我心飞扬

王浙滨 等著

北京出版集团
北京十月文艺出版社

我心飞扬

王浙滨　等著

北 京 出 版 集 团
北京十月文艺出版社

谨以此书

献给北京2022冬季奥林匹克运动会
献给为中国冰雪运动做出贡献的人们

序 PREFACE

向世界讲好中国人的体育故事

蒋效愚

北京十月文艺出版社和编剧王浙滨约我为冬奥题材电影《我心飞扬》一书写序，考虑到图书和影片将在北京冬奥会期间同步发行和上映，为北京第一次举办冬奥会营造良好氛围，作为一个老奥运人，我欣然答应了。

《我心飞扬》这本书包括影片《我心飞扬》的电影文学剧本，编剧、导演、演员及主创人员的创作经历与感悟，可以说是电影《我心飞扬》创作历程的真实记录，是对影片创作背景和创作初衷的第一手注解，是对影片创作描绘原型人物的补白，也是对影片人文内涵和社会价值的中肯评价。

影片中的主人公原型，是2002年在美国盐湖城第19届冬奥会上夺得中国冬奥历史上第一枚金牌的优秀短道速滑运动员杨扬。记得是2017年初夏的一天，浙滨同志来到北京奥运城市发展促进会与我交谈。她曾拍过两部奥运题材的影片《一个人的奥林匹克》和《许海峰的枪》，这次北京又获得2022冬奥会的举办权，她有一种情怀，总想为北京冬奥会做点什么，我为她的激情和责任感所感动。那天我们谈了很长时间，相互交流了许多情况和想法。我向她建议，应该拍一部冬奥电影，至于拍什么选题和内容，还是要综合考虑各种条件和可能。如果拍人物的话，杨扬是最佳人选，她对冬奥的贡献与价值非同一般，是不二选择。那次谈话之后，我没有继续关注和跟进这件事。因为我接触过不少人，有各种各样的想法和创意。有的是谈过就无声无息了，有的虽有动作但半途而废了。让我感到意外的是，今年初夏的一天，浙滨同志邀我去看她的影片《我心飞扬》，虽然不是最后完成片，但影片已经有关部门初审认可。看过影片后我感到一种惊喜，想想这中间的种种艰辛：确定题材、申请立项、采访原型人物并获得授权、打磨剧本、组建团队、选择演员和外景地拍摄、筹措资金、后期制作……一部电影得经历多少环节啊。尤其是这一切正常环节和流程都是在新冠肺炎疫情严峻、各地防控措施极其严格的情况下进行的。个中艰辛、曲折、酸甜苦辣，恐怕旁人是很难体会、理解的。我从心里为这部影片的诞生感到高兴，对浙滨同志和这个团队充满敬意！

选择杨扬作为主人公原型是非常正确而恰当的。历史的发展往往由一些标志性的事件和人物作为代表来构成。中华民族的奥运梦想从清朝政府后期梦的缘起，到旧中国交出的惨淡答卷，再到新中国百年圆梦走向辉煌，经历了一个曲折、漫长的历史过程。其中的代表性人物有许多，但最具典型意义的人物一个是刘长春，作为当时4亿中国人的唯一运动员代表参加了1932年洛杉矶第10届奥运会。一个是许海峰，在1984年洛杉矶第23届奥运会上获得金牌，实现了中华民族奥运史上金牌“零的突破”，成为中国奥运史上金牌第一人。再一个就是杨扬，在2002年盐湖城第19届冬奥会上获得中华民族冬奥历史上的首金，成为中国冬奥史上金牌第一人。作为代表性人物，选择杨扬是正确的，这也为浙滨同志奥运人物三部曲画上了圆满句号。杨扬不仅是个代表性人物，也是一个传奇性人物。她从中华人民共和国一个普通运动员，到中国冬奥史上冠军第一人，再到成为国际奥委会委员、国际反兴奋剂机构副主席，并且还担任北京冬奥组委运动员委员会主席，至今仍活跃在国内、国际体坛上，为中国第一次举办冬奥会和国际奥林匹克运动事务正在做着积极贡献。她的经历在中国是绝无仅有的，在世界上也是少见的。这样的人物背后一定有精彩的故事，选择拍摄这样一部电影是非常值得的、恰当的。

看过影片之后，我对浙滨同志的奥运情怀和执着精神深感钦佩。关注奥运题材，浙滨同志不是最早的人，但是她为奥运题材电影的付出和所取得的成果却是十分突出且具有代表性的。十多年持续关注这一题材并全力付出，连续策划制作了三部奥运人物电影并获得广泛认可，这是非常难能可贵的。首先让我感动的是，浙滨同志的家国情怀和时代责任感。中华人民共和国成立之后，体育电影曾有过一段发展兴旺的时期，《女篮5号》《水上春秋》《冰上姐妹》《女跳水队员》《沙鸥》等一系列体育题材电影，在当时的年代里曾受到全国人民的热烈欢迎，是家喻户晓的经典影片。此后国产体育电影经历了一段沉寂时期。进入21世纪，中国获得了2008年第29届奥运会的举办权，这是中国第一次获得举办奥运会的权利，也是从1908年天津青年杂志发出“奥运三问”以来，中国共产党领导的中华人民共和国对中华民族百年奥运梦想交出的最圆满历史答卷，做出的最好时代回答。2001年7月13日在国际奥委会第112次全会上传来“北京赢了”的喜讯时，北京城百万市民自发上街、彻夜狂欢，神州大地举国欢庆的场景成为中华儿女心中永恒的记忆。如何乘北京奥运东风，再展中国体育电影辉煌，成了摆在中国电影人面前的一道课题。浙滨同志和她的团队敏锐觉察到这个时代的脉搏和历史机遇，自觉承担起这个时代责任，这种家国情怀和大局担当变成了他们自觉的行动。他们的付出和成果也成就了中国体育电影新世纪再度兴起、繁荣的佳话之一。

这种时代担当不仅展现了他们的奥运情怀，也展现了他们的一种精神境界。这部影片的拍摄正处于全球新冠肺炎疫情肆虐的时候，中国举国抗疫、万众一心。虽然我们较好地控制了疫情蔓延，在全球率先取得战胜疫情阶段性胜利，但仍面临“外防输入、内防反弹”的艰巨任务，各项工作都受到一定影响和制约。听浙滨同志介绍，他们到国外实景拍摄杨扬生活工作的一些计划因国外疫情而泡汤了。国内拍摄几度吹响集结号，拉起队伍，又几次按下暂停键。有时甚至团队已到拍摄地，因疫情又不得不偃旗息鼓、“坐以待机”……这中间经历的不仅仅是工作计划的调整、演员档期的调配、经费的压力等，更多的是心理上的煎熬和考验。冬奥会一天天临近，影片真的要成为历史的遗憾吗?！时间在拷问他们！但是他们初心不改、顽强拼搏，克服了一个又一个困难，闯过一道又一道难关，执着前行！可以说，他们是在用自己的行动践行着奥林匹克精神和中华体育精神，去完成一部中国人的奥林匹克电影。说起有关方面对影片的支持，她十分激动，动情处甚至热泪盈眶。北京冬奥组委、北京市委宣传部、黑龙江省委宣传部、吉林省委宣传部……不论是单位还是机构，不论是陌生人还是朋友，那时的任何一点关心和支持，都让他们感到温暖和力量！我相信她的话，一部在特殊条件下诞生的特定题材的电影，没有方方面面的关心、支持、协助，是不可能完成的。但我首先还是要向浙滨同志致敬，向这个团队致敬，没有他们的执着、担当，就没有《我心飞扬》这部奥运题材的优秀电影！

在这里，我还想多说几句话。几年前，一部印度电影《摔跤吧！爸爸》在国内引起热烈反响，赢得了票房和口碑双丰收。当时我就想，印度没有举办过奥运会，最多就是举办过亚运会、英联邦运动会。印度至今总共获得10枚奥运金牌（其中8枚来自曲棍球一个项目），而我们中国举办过奥运会、青奥会、世界大学生运动会，亚运会更是不在话下。我们的体育健儿至今已获得275枚奥运金牌，到2020年底共获得3588个世界冠军。为什么我们拥有如此丰厚的体育资源却没能拍出像《摔跤吧！爸爸》这样的励志电影呢？为什么我们成百上千的奥运冠军、世界冠军，他们精彩的人生故事没有被电影界关注呢？在此，我郑重呼吁：体育题材是一个还没被充分重视、尚待开发的富矿，电影人在那里是可以大有作为的！希望有更多的编剧、导演、制片人、演员、投资者关注体育电影，投身体育电影，用自己的作品向世界讲好中国人的体育故事，为推进中华体育强国建设，为实现中华民族伟大复兴贡献一份力量！

这就是我为《我心飞扬》电影点赞，为《我心飞扬》一书写序的原因和期望。

蒋效愚

2021年11月10日

蒋效愚，北京奥运城市发展促进会副会长，教授。

曾任共青团北京市委副书记；北京青年政治学院常务副院长；北京市委宣传部副部长；北京市文化局局长、党组书记；北京市朝阳区委书记；北京2008奥运会申办委员会副主席兼新闻宣传部部长；北京市委常委、宣传部部长；第29届奥林匹克运动会组织委员会执行副主席，分管奥运会新闻宣传、开闭幕式、火炬接力、文化活动和媒体运行等部门工作。

第十一届全国政协委员，教科文卫体委员会副主任。

目录 CONTENTS

★ 电影文学剧本

我心飞扬

编剧　王浙滨　王放放

1. 挪威。利勒哈默尔冬奥会。女子短道速滑500米决赛。日。内。【纪录片】

1994年挪威利勒哈默尔冬季奥运会，女子短道速滑500米决赛，中国短道速滑名将张艳梅一路领先。

就在最后一个弯道，就在全场都准备为中国队欢呼胜利的时刻，紧随其后的美国运动员凯西·特纳突然用手碰了张艳梅的膝部。

张艳梅被迫减速，瞬间被凯西·特纳反超，致使她丢掉了即将到手的金牌，最后获得了银牌。

字幕：中国冬奥代表团在本次冬奥会上未能实现“零的突破”。

2. 北京。国家短道速滑队。院子。日。外。

字幕：1994年　北京　国家短道速滑队

冬奥会刚刚结束，国家短道速滑队的大院在冬日里显得异常萧瑟。

3. 北京。国家短道速滑队。滑冰馆。走廊。日。内。

穿黑色皮鞋快速向前迈动的双脚。

国家短道速滑队主教练金亚林（55岁）怒气冲冲地走向滑冰馆训练场。

4. 北京。国家短道速滑队。滑冰馆。训练场。日。内。

训练场二楼的门被踢开了，金亚林大步走到冬管中心副主任吴平（50岁）和助理教练秦杉（38岁）面前："你们这是干什么?"

秦杉一愣："老师，您不是去休假了吗?"

金亚林指着楼下冰场上站着的数十名十六七岁穿着冰鞋的男女运动员们，大喊："我问，你们这是在干什么?"

金亚林的怒吼声，让整个冰场突然安静了。

年轻的运动员们都停止了运动，呆呆地望着二楼教练席上的三个人。

吴平："老金，你别激动，这不国家队放假了，我们就是想选几个好苗子。"

金亚林怒气未消，转对秦杉："这么大的事，为什么不和我商量? 你们眼里还有我这个国家队主教练吗?"

秦杉沉默不语。

吴平："冬管中心对这届冬奥会的成绩非常不满意，已经决定，换掉所有队员，重组国家队。"

金亚林："重组国家队? 你明明知道，那场比赛，是因为裁判的误判，和运动员没有任何关系!"

吴平打断："如果我们的运动员能再快一点，不给美国队犯规的机会，这枚奥运金牌……"

金亚林打断："短道速滑怎么可能做到不给对手犯规的机会呢？老吴，你不是在开玩笑吧？"

吴平："已经五届冬奥会，中国队没有拿下一枚金牌，我和你开什么玩笑！"

金亚林冷笑："我可训练不出那种不给对手犯规机会的运动员。"

吴平严肃地说："你如果这么说，就不适合再当国家队主教练了。"

金亚林："你想开除我？国家队可是我一手创立的，所有人都是我的学生，你看谁能代替我！"

吴平："秦杉，你能训练出这样的运动员吗？"

秦杉愣住了。

金亚林："秦杉，你说话呀。"

秦杉："老师，恕我直言，您的训练方法有问题。"

金亚林惊诧地看着秦杉："你说什么？"

秦杉："如果咱们训练方法再不改变，中国短道速滑不可能获得冬奥会金牌。"

吴平看着秦杉："好！从现在起，你就是中国短道速滑队代理主教练。"

秦杉惊愕地看着吴平。

金亚林："秦杉，从运动员到助教，我整整带了你二十年。今天，你要背叛我？行，你小子有种，我倒是要看看，你怎么拿下这枚冬奥会金牌！"

金亚林转身离开了，离开了这个二十年里，曾经属于他的一切。

秦杉望着老师的背影，还愣在那里。

吴平："秦杉，你的运动员都在下面等着你呢。"

秦杉转过头，看着下面那么多张青春的面孔，突然大声喊道：

“从今天起，你们当中最优秀的，将会和我一同奋斗，为中国夺下第一枚冬奥会金牌！”

说完，秦杉从衣兜里掏出口哨，用力吹响了。

哨声响彻整个冰场。

片名：我心飞扬

本片故事取材于真实事件，并非真实记录。

人物情节均为艺术再创作，请勿对号入座。

5. 北京。国家短道速滑队。宿舍。晨。内。

字幕：1996年　北京　国家短道速滑队

清晨，天还没亮，中国女子短道速滑队的宿舍里，运动员们仍在熟睡。

突然，闹钟铃响，刚刚还熟睡的运动员，一个个像是触了电一样，立刻蹦起来，有的找衣服，有的找裤子，姑娘们你呼我叫忙成一团。

6. 北京。国家短道速滑队。院子。晨。外。

中国短道速滑队主教练秦杉将那条伤腿跨在自行车上，在宿舍楼下，朝着一个个跑出宿舍楼的运动员大声催促：“快点，快点！”

杨帆（21岁）、罗小燕（19岁）、吴海霞（20岁）、王佳佳（18岁）和队员们陆续跑了出来，有的还在打哈欠，显然没有睡醒。

7. 北京。首都体育馆门口。晨。外。

运动员们从首都体育馆门口巨大的“刘德华北京演唱会”海报

前跑过，跑出了首体大门，秦杉骑着自行车跟在队员们身后。

8. 北京。街道。晨。外。

路灯还亮着，冷风吹起地上的纸片，街道上静悄悄的，只有路边报刊亭前停着一辆邮局的货车，一名工人正从车上扔下一捆捆当天的报纸。

秦杉骑着自行车，带着朝气蓬勃的队员们在空旷的街道上奔跑。

9. 北京。紫竹院公园。晨。内。

清晨，公园里的人十分稀少，只有几个老年人在晨练。

秦杉骑着自行车，带着杨帆和队员们，绕着公园的湖边跑步。

杨帆和队友们个个跑得浑身大汗，满脸通红，嘴里冒着热气。

此刻，朝霞映在湖面上，红彤彤染了一片。

10. 北京。国家短道速滑队。冰场上。日。内。

洁白的冰面上，几双冰鞋飞驰而过。

秦杉拿着秒表站在场地中央，杨帆、罗小燕、吴海霞和王佳佳绕着冰场训练。

秦杉盯着杨帆在滑行过程中不太标准的动作，立刻吹停了训练。

四个人滑到秦杉教练面前。

秦杉："杨帆，你的重心为什么总那么高，你懂不懂什么叫下蹲？重心下不去，你的速度怎么可能上来？"

杨帆气喘吁吁，也不回答。

秦杉："其他人都不用练了，杨帆你单独再来七圈。"

杨帆被当众批评，满脸通红，一个人滑了出去。

秦杉手拿教棍不停地喊：“下蹲，下蹲，再蹲！”

杨帆尝试着把身体尽可能往下蹲。

秦杉看着，一直摇头。

11. 北京。国家短道速滑队。教练办公室。日。内。

领队赵海波（38岁）：“你要开除杨帆？”

秦杉：“她的身体素质太差了，根本练不出来。”

赵海波一边整理新来的运动服：“可她是我们队里唯一黑龙江籍的运动员，你要是开除了她，国家队不就变成吉林队了吗？”

秦杉：“吉林队怎么了？我是按成绩说话。”

赵海波：“老秦，咱俩都是吉林队出来的，况且你现在还是代理教练，你这么做让别人怎么看我们？”

秦杉：“我才不管别人怎么看，我只要出成绩。”

赵海波：“再过两个月，亚冬会在哈尔滨举行，你再给杨帆一次机会吧，也许到了她家乡，她能发挥好些。”

12. 七台河。照相馆（杨帆家）。日。内。

闪光灯一闪，照相师杨文韬（50岁）给一个孩子拍周岁照。

孩子母亲：“杨师傅，再给我和孩子拍一张合影吧。”

杨文韬：“没问题，坐着还是站着？”

孩子母亲：“就坐着吧。”

杨文韬：“好，坐在椅子上，往后靠。”

孩子母亲：“等等，杨师傅，能借你们家杨帆的金牌用一下吗？我想让孩子长大也学滑冰，像你们家杨帆一样，进国家队。”

杨文韬："没问题，这是杨帆得的第一枚金牌，少年组全国冠军。"

杨文韬一边说一边从墙上摘下一枚奖牌，递给孩子母亲。

孩子一下被闪光的奖牌吸引了，伸手抓过，咧嘴笑开。

杨文韬："快，这个表情好，不要动。"

杨文韬刚要拍摄，突然，街坊老李急匆匆跑进来。

老李："老杨，不好了，杨帆来电话，好像出事了……"

13. 七台河。街道。日。外。

工作服都没有脱的杨文韬慌慌张张地跑向街道对面的邮电局，一边跑，一边扒拉开街上过往的人群："抱歉抱歉，让一下，让一下。"

众街坊看他慌慌张张的样子，都让开了路。

14. 七台河。邮电局。日。内。

杨文韬上气不接下气地跑进邮电局，看到邮电局老张正拿着电话听筒。

杨文韬："怎么了？"

老张把电话递给杨文韬，做了一个无奈的表情："哭着呢。"

杨文韬平静了一下心情，接过电话。

老张借机离开邮局，顺便把门关上。

杨文韬："喂，是杨帆吗？"

杨帆："爸……教练要开除我！"

杨文韬："怎么回事？慢慢说。"

15. 北京。国家短道速滑队。传达室。日。内。

杨帆站在传达室门外，转过身来，此时已满脸泪水。

杨帆："教练说，如果这次亚冬会拿不到奖牌，就让我回省队。"

杨文韬："这哭什么，不是还没有开除你吗？"

杨帆："可这次亚冬会，教练让我滑长距离。长距离是韩国人的强项，我肯定没戏，这不等于提前开除我了吗？"

16. 七台河。邮电局。日。内。

杨文韬："亚冬会还没有比呢，你怎么知道，就一定拿不了奖牌呢？爸爸不是和你说过吗，输了，咱不丢人，怕输，咱才丢人！"

杨帆："比赛就剩下不到两个月了……"

杨文韬："别想那么多，两个月，好好练，到时候，爸和你妈还有你妹，都去哈尔滨，给你加油！"

杨帆："真的吗……"

杨文韬："到时候，爸带上长焦镜头，给你拍几张好照片。"

杨帆："爸，我一定好好练。"

杨文韬："咱们亚冬会见。"

17. 哈尔滨。黑龙江省滑冰馆。赛场。日。内。

字幕：1996年　哈尔滨

滑冰馆内，座无虚席，人声鼎沸。

解说员："这里是第3届亚洲冬季运动会女子短道速滑500米的决赛现场，现在比赛还有最后一圈。"

“中国队加油，中国队加油！”观众席上爆发出一阵阵呐喊声。

赛场上，中国队吴海霞、王佳佳和罗小燕分别处于第一、第二和第三的位置，其他选手紧随在她们后面。

场边，秦杉和助理教练刘大龙（28岁）一边观察着场上的情况，一边留意着离他们不远处的韩国短道速滑队主教练金向南（50岁）。

金向南是中国队的老对手，在1992年和1994年两届冬奥会上，率领韩国队打败了中国队，是中国短道速滑在实现冬奥会“零的突破”道路上的头号障碍。

金向南此刻表情严肃，身穿西服，镇定地审视着场上的形势，似乎一切都在他掌控之中。

刘大龙：“都输了，韩国教练怎么不着急呀？”

秦杉：“他知道，着急也没用。”

说着，秦杉朝着场内的队员们大喊：“冲刺，冲刺，把她们统统甩掉！”

赛场上，吴海霞、王佳佳和罗小燕，听到了秦杉的呼喊声，立刻加速，将其他选手远远甩在了身后。

解说员：“最后一个弯道了，中国队还是领先。太棒了，冲刺！她们居然获得了女子500米决赛的前三名！祝贺中国队，包揽金、银、铜三枚奖牌！”

18. 哈尔滨。黑龙江省滑冰馆。门口大厅。日。内外。

杨帆身穿比赛服，外面披着件棉大衣，等在滑冰馆门口大厅里。

杨帆朝玻璃窗上哈口气，玻璃上的霜慢慢融化，她透过玻璃看着滑冰馆入口。

滑冰馆外，飘着鹅毛大雪，几个晚来的观众，陆陆续续走进入口。

刘大龙：“杨帆？”

杨帆回头，是助理教练刘大龙。

刘大龙："你在这干吗呢？"

杨帆："我爸说来看我比赛，可现在都没到。"

刘大龙："1500米马上就要开始了，还不赶紧去热身！"

杨帆看着手中的三张票。

刘大龙："快点！一会儿秦教练该急了。"

杨帆叹了口气，遗憾地转身离开了。

窗上那块透明的部分，很快凝结成霜，窗外的世界再一次变得模糊起来。

19. 哈尔滨。哈尔滨市第一医院。门口。日。外。

"啪"的一声，救护车的后门打开。

医护人员迅速从车上抬下已陷入昏迷的危重病人——杨帆的父亲杨文韬。

杨帆的母亲江宏（42岁）和妹妹杨欣（17岁）护送着担架，江宏对戴着氧气罩的杨文韬喊道："老杨！老杨！到医院了！你坚持住！"

医护人员一边推着担架往急救室赶，一边朝前面的人群大喊："快！让开！让开！"

20. 哈尔滨。哈尔滨市第一医院。急救室。日。内。

无影灯亮，杨文韬被推到了手术台上。

医护人员紧张地准备着各种抢救设施。

一位医生站在手术台前，仔细检查着杨文韬血淋淋的伤口。

21. 哈尔滨。黑龙江省滑冰馆。冰场。日。内。

场上。正在进行1500米半决赛，四名运动员排成前后一条线，中国选手杨帆位列第四，平稳而谨慎地向前滑着。

解说员："现在两位韩国运动员全孝利和元惠真排在第一和第二位，日本选手和野千代排在第三位，来自黑龙江的杨帆排在最后一位。"

"中国队加油，中国队加油！"观众席上爆发出一阵阵呐喊声。

场边，刘大龙看到杨帆排在第四，着急地朝场上大喊："杨帆，上，快上！"

秦杉："别喊了，你看杨帆，没有一点儿向上冲的欲望，这么滑，她进不了决赛。"

场上，第三名日本运动员和野千代，突然滑到外道，准备利用下一个弯道，超越她前面的韩国运动员元惠真。

排在第二位的元惠真已经感到和野千代要从外道超越，于是也滑到了外道，试图阻挡和野千代。

就在和野千代和元惠真在外道纠缠之际，内道让了出来。面对这转瞬即逝的好机会，杨帆突然一个加速从内道连续超过了和野千代和元惠真，一举冲到了第二位。

现场观众立刻爆发出一片掌声。

解说员："刚才太精彩了！杨帆趁着日本队员被韩国队员吸引到外道的机会，竟然从内道冲上来，连续超越，排在第二位。"

刘大龙："教练，你看呀，杨帆第二了。"

秦杉惊讶地看着场上瞬间的变化，对杨帆已刮目相看。

22. 哈尔滨。黑龙江省滑冰馆。运动员通道。日。内。

罗小燕、吴海霞和王佳佳都挂着奖牌，在通道里接受记者采访。

赵海波急匆匆地走过来。

赵海波："教练呢？"

吴海霞："在里面，杨帆正比赛呢。"

赵海波转头就走。

罗小燕："哎，领队，这位记者还想采访您。"

赵海波头也不回，朝赛场跑去。

23. 哈尔滨。黑龙江省滑冰馆。冰场。日。内。

赛场上，最后一圈的铃声响起。

解说员："比赛还剩下最后一圈，最先冲过终点的前两名运动员将进入1500米决赛。"

秦杉突然朝着场内的杨帆高喊："杨帆，继续上呀！"

刘大龙："教练，杨帆不用拿第一，保住第二也能进决赛。"

秦杉："我的队员，必须争第一。"

赛场上，杨帆听到了教练的呼喊声，但已体力不支，根本冲不上去，紧跟她身后的元惠真随时有超越她的可能。

现场观众一直在喊："中国队，加油！中国队，加油！"

解说员："观众们，杨帆是来自我们黑龙江的，让我们直接喊她的名字，好不好？"

于是，整个观众席一起喊起来："杨帆，加油！杨帆，加油！"

杨帆听到观众们一起在喊她的名字，顿时从脚底升起一股力量。

杨帆咬紧牙关，拼尽全力，眼看与第一名的全孝利齐头并进，最后冲刺时，冲在前的她竟然以一个刀尖领先，夺得第一名。

观众席上立刻欢声雷动。

解说员也异常兴奋："太棒了，来自黑龙江的杨帆获得第一名，挺进决赛！"

杨帆高举双手，享受着胜利的喜悦，向家乡观众致意。

场边，秦杉兴奋地和刘大龙拥抱在一起："杨帆，好样的！"

这时，赵海波眉头紧锁，慌慌张张地跑进来："老秦，我有重要事找你商量。"

秦杉兴奋地拍了一下他的肩膀："老赵，你果然说中了，杨帆在家乡比赛状态完全不一样！"

赵海波看着秦杉，却没有一点儿激动的样子。

秦杉："老赵，你怎么了？杨帆半决赛刚拿了第一！"

赵海波："她父亲出车祸了，现在人就在市医院！"

秦杉脸上顿时没有了笑容。

24. 哈尔滨。哈尔滨市第一医院。急救室门口。日。内。

江宏和杨欣等在手术室门口。

杨欣紧紧抓着母亲的手，江宏脑子里一片空白，呆呆地望向手术室门口。

忽然，手术室的门开了，一名医生走出来，朝着江宏和杨欣摇了摇头。

25. 哈尔滨。哈尔滨市第一医院。重症监护室。日。内。

江宏和杨欣在医生的引领下，走进重症监护室，只见杨帆的父亲杨文韬静静地躺在病床上，仍在昏迷。

杨欣看到父亲身上插满了管子，一下子扑过去。

杨欣："爸，我是小欣，你醒醒！"

杨文韬紧闭双眼，没有反应。

医生："病人的伤太重了，我们已经尽力了。"

江宏听完，身体摇晃了一下，差点儿瘫倒在地。

医生赶紧搀住江宏："你们早做准备吧。"

母女俩抱作一团，失声痛哭。

突然，杨欣站起来就往外走。

江宏："小欣，你干吗去？"

杨欣："我去找我姐。"

江宏："找你姐干吗？她正比赛呢。"

杨欣："爸是因为她出事的，我要把她找回来！"

26. 哈尔滨。黑龙江省滑冰馆。运动员休息室。日。内。

杨帆请罗小燕、吴海霞和王佳佳帮助自己分析如何在决赛中战胜对手。

吴海霞："金美善也是小组第一，而且比你还快了一秒呢，决赛你想超过她，我觉得有点难。"

杨帆点了点头，没说话。

王佳佳："别看全孝利半决赛输给了你，她可是1994年奥运会1000米的金牌，世锦赛全能冠军。半决赛她有可能保存实力，决赛她一定会拼的。"

杨帆听着，已经有些失望了。

罗小燕："杨帆，也就是那个叫金恩希的，和你水平差不多。别忘了，决赛可是你一个人对仨韩国人，她们要是联合起来对付你，就算得一枚铜牌，也太难了。"

杨帆此时不服气了："我让你们帮我分析，怎么能拿到奖牌，你们可倒好，就知道长别人志气，灭自己威风。”

王佳佳：“我们这叫实事求是，韩国队长距离项目全世界第一，你又不是不知道?”

杨帆：“难道我就没有一点机会了?”

罗小燕和吴海霞摆弄着手里的奖牌，不说话了。

杨帆：“敢情你们都有奖牌了？不够意思。”

说完，转身离开休息室。

27. 哈尔滨。黑龙江省滑冰馆。角落。日。内。

滑冰馆一处僻静角落，秦杉一边抽着烟，一边眉头紧锁地来回踱步。

秦杉：“她家不是在七台河吗？她爸妈怎么到哈尔滨来了?”

赵海波：“这不是来看杨帆比赛嘛，刚出火车站就出事了。”

秦杉：“杨帆知道吗?”

赵海波：“应该不知道，她妈电话打到省队，就说他爸现在十分危险，让杨帆赶紧过去，也许是最后一面了。”

秦杉沉默片刻：“能让她参加完决赛再去吗?”

赵海波：“决赛？你怎么现在还想着比赛呢?”

秦杉：“你都看到了，她刚进入状态。”

赵海波：“那可是她父亲的最后一面!”

秦杉沉默不语。

赵海波：“老秦，没时间了，我们不要在这里争了，你去通知杨帆，我联系车，咱们五分钟后滑冰馆门口见。”

说完，赵海波急匆匆地走了。

秦杉靠着墙，长叹一口气。

“教练!”

秦杉转身一看，是杨帆。

杨帆："教练，您怎么在这儿，我找您半天了。"

秦杉："哦，正好你来了，我有一件事要和你说。"

杨帆："我也正好有件事要跟您说。"

秦杉："你先听我说。"

杨帆："教练，我知道，您一直不看好我，认为我怎么滑也出不来成绩，也许亚冬会后我就会离开国家队。但是今天，我进了1500米决赛，我就是想在我的家乡父老面前证明自己，我想获得一枚亚运会奖牌。教练，您说决赛，我该怎么滑？"

秦杉看着杨帆那股拼命的劲儿，现在让她放弃这场比赛，他真说不出口。他不忍心在这个时候，告诉她父亲病危的消息。

突然，秦杉的眼圈红了。

杨帆："教练，您怎么了？"

秦杉掩饰着："杨帆，你是个好姑娘。"

28. 哈尔滨。马路。日。雪。外。

大雪纷飞，杨欣站在马路边，着急地伸手拦一辆出租车，出租车却没有停下。

杨欣焦急中看到后面一辆小轿车驶来，她什么也顾不上了，冲到马路中央，伸开双臂拦车，小轿车一个急刹车停了下来。

29. 哈尔滨。哈尔滨市第一医院。重症监护室。日。内。

江宏从护士手里拿过一台收音机放在了杨文韬的耳边。

江宏："老杨，杨帆的比赛就要开始了，你能听见吗？"

这时，广播里传来比赛的解说声："发令枪响了！ 1500米的决赛正式开始了。中国队杨帆起跑失利！排在第四位……”

杨文韬在广播里听到了女儿的名字，嘴角微微动了一下。

30. 哈尔滨。黑龙江省滑冰馆。短道速滑赛场。日。内。

场上比赛进行得异常激烈，转弯处，四名运动员身体倾斜，手指摩擦着冰面，动作一致地向前滑去。

解说员：“现在场上，三名韩国选手封住了杨帆的路线，她想要超越将会非常困难。”

场边。罗小燕、吴海霞、王佳佳和刘大龙都目不转睛地盯着比赛。

赵海波则在一旁压低声音和秦杉说话。

赵海波：“你等着，这件事，我会向领导汇报的。”

秦杉：“等比赛结束，你干什么都行。”

赵海波：“真要出了事，我看你怎么办。”

秦杉：“我会第一时间亲自带她去医院，现在你给我闭嘴。”

赵海波也只好闭嘴。

场上，杨帆还排在最后一位，紧随三名韩国运动员飞驰而过，身姿矫健。

31. 哈尔滨。马路。日。雪。外。

漫天大雪中，轿车缓慢地行驶在马路上，杨欣坐在副驾驶座位。

杨欣着急地催促司机：“师傅能再快点儿吗？我有急事！”

司机无奈：“小姑娘，雪天路滑，快不了。”

杨欣着急地看向窗外。

32. 哈尔滨。哈尔滨市第一医院。重症监护室。日。内。

收音机里传出解说员的声音:“排在最后的杨帆滑到了外道，准备加速超越前面的韩国选手金美善。”

江宏紧张地握着杨文韬的手，听着广播。

杨文韬平静地躺着，似乎在听，又似乎睡着了。

33. 哈尔滨。黑龙江省滑冰馆。短道速滑赛场。日。内。

场边，金向南迅速给运动员下达阻挡的手势。

场上。排在第三的韩国运动员金美善，滑到外道阻挡住杨帆，杨帆超越失败。

场边，秦杉愤怒地在护栏上捶了一拳。

场上，四位运动员很快又进入了下一个弯道，杨帆跃跃欲试，再次滑到外道，准备超越。

然而，金美善在金向南的手势指挥下，再一次滑到外道阻挡杨帆。

不料，杨帆这次立即闪回到内道加速，和外道的金美善保持并列，并在出弯道处完成超越。原来刚才外道超越只是杨帆的假动作。

场边，秦杉禁不住为杨帆的计谋喝彩:“好样的，有脑子!”

赵海波狠狠地瞪了秦杉一眼。

没想到，排名第二的全孝利，像是早就预料到了杨帆的真实意图，突然减速，在内道挡住了杨帆，给刚才在外道阻挡杨帆的金美善让出空间，于是金美善又加速回到内道。

结果出弯道之后，杨帆仍然排在第四位，整个观众席上立刻爆发出一阵遗憾的叹息声。

此时，反复的超越已经让杨帆体力不支，她喘着粗气，速度也降了下来。

场边，秦杉失望地摇了摇头。

金向南则得意地大笑，对运动员挥了挥手，示意让运动员们放开滑，自己解决比赛。

看到金向南的手势后，排名第三的全孝利继续看住杨帆，排名第一的金恩希和第二的金美善则加速，开始争夺金牌。

34. 哈尔滨。黑龙江省滑冰馆。门口。日。雪。外。

载有杨欣的轿车终于驶近，停在了滑冰馆门口。

杨欣着急地从车上下来，朝滑冰馆里跑去。

此时的滑冰馆入口大门已关闭。

“哐、哐、哐！”

杨欣着急地拍着门上的玻璃。

杨欣：“有人吗？有人吗？”

检票员不耐烦地开门：“不让进了！比赛都开始了！”

杨欣：“我找我姐！我有急事！”

35. 哈尔滨。黑龙江省滑冰馆。短道速滑赛场。日。内。

场上，杨帆落后第三名全孝利并拉开一段距离，她似乎已经体力不支了。

现场观众也似乎泄了气，不再呐喊。

解说员：“现在比赛还剩下最后三圈，杨帆仍处在最后一位，可能是体力出现了问题，她显得有些疲惫。”

解说员正说着，场上的形势突然发生了变化。

排在第一位和第二位的金恩希和金美善因为争夺内道居然撞在

了一起，双双滑出了赛道，撞在防护栏上。

裁判手势，比赛继续。

这突如其来的意外，让赛场气氛瞬间紧张起来，场上只有两名运动员比赛，杨帆第二，距离第一近在咫尺，观众的加油声又响了起来。

观众："杨帆，加油！杨帆，加油！"

场边，见此情形，金向南笑容僵住，迅速给全孝利下达了加速的手势。

秦杉也再次看到机会，几乎半个身子都趴在了防护栏上，激动地指挥。

秦杉："冲啊！杨帆！往前冲！"

杨帆迅速调整呼吸，脚下加快了速度，全力追赶前面的全孝利。

36. 哈尔滨。哈尔滨市第一医院。重症监护室。日。内。

广播里："短短几秒钟，场上的局势发生了戏剧性的变化，中国选手杨帆从第四名变成了第二名。"

江宏一边擦眼泪，一边激动地握住杨文韬的手："杨帆第二了！老杨你听到了吗？咱们的女儿有机会拿冠军了！"

杨文韬的脸上似乎露出一丝笑容。

突然，一旁的心脏监控仪发出警报声。

江宏手足无措，仍紧握着杨文韬的手。

江宏："老杨！你怎么了！老杨！"

医生和护士迅速冲了进来，围住杨文韬。

医生："血压？血氧多少？"

江宏被挤到了角落里，着急地看着病床上的杨文韬。

37. 哈尔滨。黑龙江省滑冰馆。走廊。日。内。

杨欣在前面跑着，后面检票员追着杨欣。

检票员：“你站住！”

杨欣：“我找我姐！”

杨欣一边慌张地跑着，一边寻找进入赛场的通道。

检票员在她身后喊着：“那也不行……没票不让进……听见没有……给，给我站住！”

38. 哈尔滨。黑龙江省滑冰馆。短道速滑赛场。日。内。

解说员：“比赛还剩下最后一圈，杨帆已经非常接近全孝利，中国队这次有很大的可能性夺得金牌。”

场外，秦杉、赵海波、刘大龙、罗小燕、吴海霞和王佳佳一起高喊：“杨帆，加油！”

全场观众被带动起来，观众席上一声声呼喊：“杨帆，加油！”

排山倒海的“加油”声震耳欲聋，瞬间点燃了整场比赛的气氛。

长时间的追逐已经让杨帆体力明显下降，疲态尽显，她看着前面的全孝利，仿佛觉得自己永远也追不上了。

就在这紧要关头，杨帆突然看到父亲好像就站在场边，正在朝自己招手，他的笑容在众人面前还有点儿腼腆，跟记忆中一样亲切。

杨帆仿佛听见了父亲的声音在耳边响起。

杨文韬：“闺女，别泄气，加油啊！”

一咬牙，杨帆再次迸发出力量，她拼命蹬腿挥臂，速度越来越快。

全场所有观众一起高呼：“杨帆，加油！”

5米，4米，3米，2米，1米……

这时，位于二层的观众席入口处，杨欣冲了进来。

赛场上，杨帆挥舞双臂，以微弱优势超过全孝利，第一个冲过了终点。

沸腾了！现场所有观众都沸腾了！

解说员更是慷慨激昂："最后一刻，杨帆反超了韩国选手全孝利，获得了女子1500米比赛的第一名！"

在周围一片热烈的欢呼声中，杨欣只能一遍又一遍微弱地哭喊着。

杨欣："姐！姐！爸不行了——"

杨欣的声音完全淹没在了现场的气氛中。

39. 哈尔滨。哈尔滨市第一医院。重症监护室。日。内。

医生和护士迅速对杨文韬进行抢救。

屋里的广播还在继续播放着："杨帆第一个冲过终点，获得了冠军！杨帆获得了1500米比赛的冠军，她打破了韩国队在这个项目上多年的垄断……"

杨文韬的心脏监视器上，心跳逐渐变成了直线，也许他在最后的瞬间，听见了女儿获得冠军的消息，脸上带着微笑，离开了人世。

40. 哈尔滨。黑龙江省滑冰馆。短道速滑赛场。日。内。

赛场内，杨帆高举着鲜花，她完全没有料到会是这样的比赛结果，她激动地向家乡的观众们招手致意。

记者们蜂拥而上，争先给杨帆拍照。

突然，杨帆的目光越过眼前的记者，看到了妹妹杨欣站在人群后面。

杨欣瞪大双眼，看到姐姐终于发现了自己，愤怒地喊道："姐！"

杨帆一惊，意识到出事儿了。

41. 哈尔滨。哈尔滨市第一医院。走廊。日。内。

医院走廊门打开，杨帆和杨欣向重症监护室跑去。

秦杉和赵海波跟在她们身后。

42. 哈尔滨。哈尔滨市第一医院。重症监护室。日。内。

杨帆跑到重症监护室门口，看到母亲江宏站在病床前，泪流满面。

而病床上的父亲已经被白布盖上了。

杨帆的眼泪夺眶而出，她跑到病床前，想掀开白布，可是手却抖得厉害。

突然，杨帆跪在病床前，趴在父亲的遗体上大哭起来。

杨帆："爸——"

秦杉和赵海波看到杨帆痛哭的情景，两个人眼圈也红了。

杨帆："妈，我爸什么时候出事的？你们为什么不早告诉我？"

杨欣："姐，我给省队打过电话。"

赵海波："我们接到电话，决赛已经开始了。"

杨欣："不可能，是你们没有告诉我姐！"

江宏："人都没了，还说这些干啥！"

杨帆："赵领队，你告诉我实话。"

赵海波有些紧张："杨帆，是这样……"

秦杉突然开口："是我决定不告诉你的。"

所有人都吃惊地看着秦杉。

赵海波："老秦！"

秦杉："杨帆，我认为这场比赛对你很重要。"

杨帆："比见父亲最后一面还重要吗？"

秦杉："我希望你拿下这枚金牌，没想到，你父亲……"

秦杉话音刚落，杨帆从兜里掏出那枚亚冬会1500米金牌，扔向秦杉。

金牌砸在了秦杉身上，掉在地上，发出清脆的响声。

所有人都惊呆了，谁也没有想到杨帆会做出这样的举动。

江宏："杨帆！"

杨帆："金牌，给你！"

说完杨帆推开众人流着眼泪跑出去。

秦杉从地上捡起了那枚亚冬会金牌。

43. 哈尔滨。哈尔滨市第一医院。日。雪。外。

杨帆一个人跑进漫天飞舞的大雪中，她的悲伤无处发泄，只觉得这寒冷的天地间只剩她孤独的一个人。

44. 北京。国家短道速滑队。会议室。日。内。

字幕：两个星期后　北京　国家短道速滑队

吴平宣布："鉴于中国短道速滑队在第3届哈尔滨亚洲冬季运动会取得了优异成绩，国家体育总局冬季运动管理中心决定，任命代理主教练秦杉为中国短道速滑队主教练。"

秦杉、刘大龙、罗小燕、吴海霞、王佳佳，还有国家短道速滑队其他运动员、替补运动员们，穿着国家队队服，坐在会议桌前。

现场响起热烈掌声。

秦杉站起来，走到吴平面前，从吴平手里接过任命书，脸上只有凝重没有喜悦。

45. 北京。国家短道速滑队。训练馆。日。内。

秦杉陪吴平走进训练馆，视察运动员们训练。

吴平："怎么，当上主教练了，还愁眉苦脸的？"

秦杉："杨帆还没有回信儿。"

吴平："赵海波不是去她家了吗？"

秦杉："都去一周了，也没个结果。她可能还在记恨，亚冬会我没有及时告诉她父亲病危的事。"

吴平："你不要责怪自己，发生这种事，谁都不好处理。如果她真的不想练了，就随她去吧。"

秦杉："可她刚出成绩呀！"

吴平："你现在带的是一支要为中国拿下冬奥金牌的队伍，而不是只培养她一个人。"

秦杉沉默不语。

46. 北京。国家短道速滑队。院子。夜。外。

国家短道速滑队院内，整个办公楼只有教练办公室一个房间亮着灯。

47. 北京。国家短道速滑队。办公室。夜。内。

秦杉朝刚刚回来的赵海波大喊："你知不知道，亚冬会结束都半个月了，杨帆再不回来训练，人就废了！"

赵海波："你朝我喊什么，我又不是不知道。"

秦杉："那你为什么不把她带回来？"

赵海波："她妈妈和妹妹连家门都不让我进，你说我怎么把她带回来？"

秦杉："那杨帆呢？"

赵海波："她整天待在家里，一步也不出来。"

秦杉："她在干什么呢？"

赵海波："她爸在七台河开个照相馆，她整天在家帮母亲洗照片。"

秦杉："你说什么？杨帆在洗照片？"

48. 七台河。照相馆（杨帆家）。暗房。日。内。

暗房里，杨帆把一盒底片放进冲片罐里，倒入了显影液。

突然，她大喊一声："糟了！"

她赶紧把底片从冲片罐中捞出来，但已经晚了。

原来杨帆错把显影液当成定影液了。

49. 七台河。照相馆（杨帆家）。外屋。日。内。

江宏拿着被冲坏的底片："这个瓶子上不是明明写着显影液吗？你怎么会把显影液当成定影液呢？"

杨帆低头不语。

江宏："底片都冲坏了，咱怎么对人家说？"

杨帆："我去给他们重照一次。"

江宏想了想："还是我去吧。"

杨帆："妈，我错了。"

江宏："杨帆，你爸这辈子啥都没留下，就留下这么个照相馆。

咱娘儿俩怎么也得撑下去。”

杨帆点头。

50. 七台河。照相馆（杨帆家）。门口。日。外。

江宏将三脚架、摄影包及灯光器材放到了三轮车上，骑上就走。

对面的小卖铺里，秦杉看到江宏走远了，从小卖铺里走了出来。

51. 七台河。照相馆（杨帆家）。外屋。日。内。

杨帆低头用裁纸机剪裁照片，裁纸刀非常锋利，每一下都在手指边上切过。

照相馆的门被推开了，门上的铃铛响了起来。

秦杉走进照相馆，看到照相馆到处都贴满了杨帆从小到大滑冰的照片。

有童年时父亲指导杨帆滑冰的照片，有杨帆获得七台河少年组冠军的照片，有杨帆获得全国青运会冠军领奖的照片，还有她挂着奖牌归来街坊邻居们隆重迎接她的照片。

杨帆没抬头：“生活照在外屋，证件照在里屋。”

秦杉没说话，掀起里屋的帘子，进去了。

杨帆听见有人进来的动静，抬头发现人已经进了里屋。

52. 七台河。照相馆（杨帆家）。里屋。日。内。

杨帆端着照相机进来，打开拍摄证件照的灯光，熟练地将照相机安在固定的三脚架上，俯下身瞄着取景器：“拍身份证，还是拍驾照？”

取景器中，秦杉坐在杨帆的对面："工作证。"

杨帆抬起头，惊愕地："教练，您怎么来了？"

秦杉："我想知道，究竟是什么原因让你放弃滑冰。"

杨帆："赵领队没有和您说吗？"

秦杉："他说了，那是你母亲和你妹妹的决定，我想知道你的决定。"

杨帆沉思片刻："我爸走了，妹妹还要上学，我必须找个能给家里挣钱的稳定工作。"

秦杉："在国家队不也是一份工作吗？你现在虽然工资不高，但明年如果获得世锦赛冠军，工资就会增加一倍，还有奖金。"

杨帆打断："我爸留下这个照相馆，我想把它经营下去。"

秦杉："杨帆，你是亚冬会冠军，你真的愿意在这个小城里，拍一辈子照片吗？"

杨帆没有回答。

秦杉："如果因为亚冬会，我没有及时告诉你父亲出车祸的事，你记恨我，我现在就可以给你道歉。"

杨帆："今天，无论您怎么说，我都不会和您回国家队。"

秦杉："你爸要是知道，你为了照相馆放弃了滑冰，他会难过的。"

杨帆："闭嘴！你有什么资格说我爸？你有什么资格坐在这里，说我爸！"

秦杉："好，对不起，我不说了，给我拍张照片吧。冬管中心刚刚正式任命我为国家队主教练。我想拍张新的证件照。"

杨帆惊讶地看着秦杉。

秦杉："给我拍精神点，像一个能在冬奥会上拿金牌的教练。"

杨帆再一次俯身从取景器里看着秦杉。

秦杉瞪着眼睛直直地看着照相机，看着照相机后面的杨帆，他那犀利而自信的眼神，让杨帆手有些发抖。

此刻，杨帆才意识到，这是她进国家队两年来，第一次与教练进行心灵的交流。

“咔嚓”一声，杨帆按下快门：“四张，两元钱，明天来取。”

杨帆转过身去，不敢再看秦杉。

秦杉把两元钱放在桌子上，快步离开了照相馆。

杨帆等秦杉走后，转身发现桌子上的两元钱中，夹着一张明天早上开往北京的火车卧铺票。

53. 七台河。照相馆（杨帆家）。门口。夜。外。

夜晚，七台河这座北方小城盖满了厚厚的积雪，秦杉的背影和脚印留在雪地上。

54. 七台河。照相馆（杨帆家）。外屋。夜。内。

杨欣突然把碗往桌子上一摔，站起来。

杨欣：“你还想去滑冰？”

杨帆：“为了滑冰，我已经练了十几年了，我不应该就这么放弃。”

杨欣：“你去滑冰，这个照相馆怎么办？妈怎么办？这个家怎么办？你想过了吗？”

杨帆：“明年世锦赛我获得世界冠军，就可以给家里寄钱了。”

杨欣：“那要是获不了世界冠军呢？”

杨帆：“我刚刚获得亚洲冠军，只要保持好状态，就一定能获得世界冠军。”

杨欣：“你太自私了！”

江宏："杨欣，怎么和你姐说话呢！"

杨欣："妈，你怎么还向着她。从小到大，就因为她滑冰好，每一场比赛，无论多远，爸都要去现场，为她加油、拍照。回来把她的照片，洗得大大的，摆在橱窗里。恨不得让小城里每一个人都知道，咱家有她这样一个会滑冰的好闺女。而她呢？爸临走躺在床上，喊她的名字，她都不回来看爸最后一眼！家里都这样了，她还想着去滑冰！"

杨欣的话深深刺痛了杨帆的心，眼泪缓缓流了下来。

江宏："杨欣，你给我闭嘴！"

杨欣："好，你回北京，滑你的冰吧，我没你这个姐！"

杨欣生气地跑上楼，随后，传来重重的关门声。

江宏看着杨帆无声地哭泣着，将一块手绢递给她。

杨帆拿过手绢："妈！"

江宏眼泪也流了下来："杨帆，听妈一句，咱别滑了。"

杨帆抬起头没有想到母亲会说出这句话。

江宏："就因为看你滑冰，你爸就这么走了。妈是怕，咱们老杨家和滑冰犯忌，你以后要是再有个三长两短，叫妈怎么活呀！"

杨帆："妈，这辈子，我只想滑冰。"

江宏长叹了一口气，起身离开饭桌，留下杨帆一个人坐在那里。

55. 七台河。街道。晨。外。

晨雾弥漫，街道上静悄悄的，一个人影也没有。

56. 七台河。照相馆（杨帆家）。晨。内。

杨帆已收拾整齐，背着双肩包，轻手轻脚地走下楼梯。

杨帆走到楼下大厅，回头看着满墙的照片，尤其是她7岁生日那天，父亲给她买了一双白色冰鞋，第一次教她滑冰的照片。

杨帆摸着父亲灿烂的笑容，轻轻地说了一句："爸，我走了。我会撑起这个家。"

杨帆转身离开，突然看到饭桌上摆着一个大碗，碗上面还反扣着一个碗，旁边放着一双筷子。

杨帆摸了摸碗，还是热和的，她掀开一看，满满一碗新包的饺子，还冒着热气。她抬头看着母亲的房间，门缝里露出一道光。她知道这是母亲早晨起来亲手为她包的。

瞬间，杨帆的眼眶红了，她往嘴里塞着饺子，边吃边流下热泪。

57. 七台河。街道。晨。外。

杨帆独自一人背着双肩包，在铺满积雪的街道上向前跑，脸庞上还挂着泪珠，目光却坚毅地看着前方。

58. 七台河。火车站。月台。晨。外。

一列火车停在月台上，秦杉站在车厢门前，等待着杨帆。

杨帆背着双肩包跑到了秦杉跟前。

秦杉看到了杨帆，高兴地伸手去接杨帆的背包。

杨帆没松手："教练，答应我，一定要把我训练成世界冠军。"

秦杉点头："我会的。"

杨帆立刻跳上火车。

火车头传来出站的汽笛声，火车开始缓慢行驶。

坐在车厢里的杨帆，故意转过头去，没有再看一眼窗外的家乡。

59. 铁路。日。外。

一列火车鸣着汽笛，行驶在白茫茫的大地上。

60. 北京。国家短道速滑队。楼梯。日。外。【音乐段落】

秦杉："快，快，快，不要停！"

运动员在秦杉的监督下爬楼梯。

杨帆冲在最前面，罗小燕、吴海霞和王佳佳紧随其后。

几个来回，其他姑娘都放慢了脚步，唯有杨帆依然冲在最前面。

61. 北京。国家短道速滑队。健身房。日。内。【音乐段落】

杨帆和队友们在进行各种力量训练。

秦杉监督杨帆举杠铃。

秦杉："还有两个。"

杨帆坚持着，举完一个。

秦杉："再来一个。"

杨帆的脸和脖颈上浸满了汗水。

秦杉点头，示意可以了。

杨帆硬是又举起了一个。

62. 北京。国家短道速滑队。训练馆。日。内。【音乐段落】

杨帆和队友们身上套着皮筋在练习短道速滑弯道身体倾斜动作。

秦杉盯着杨帆，指出她倾斜角度还不够："不够，角度不够！"

杨帆用尽全身气力，把身体角度倾斜得比所有人都低。

63. 北京。国家短道速滑队。滑冰馆。日。内。

冰面上，一双双冰刀飞驰而过。

秦杉拿着秒表站在冰场中央，杨帆、罗小燕、吴海霞、王佳佳和替补队员们绕冰场训练。

刘大龙："最后三圈了！加速！"

排在第四的杨帆加速，向吴海霞、王佳佳和罗小燕发起攻势。

杨帆为了完成一超三，入弯道没有减速，从外道加速超越了罗小燕和王佳佳，与吴海霞并列，眼看就要超越吴海霞了。

不料，杨帆因为速度太快，身体瞬间失控，摔向了场边的防护垫，脚狠狠地戳在了防护垫上。

杨帆躺在冰面上顿时感到天旋地转，冰场顶部明亮的灯光，刺得她睁不开眼睛。

刘大龙跑过来："杨帆，没事吧？"

杨帆："没事。"

杨帆试图站起来，脚下一软，再一次摔倒了。

刘大龙："教练，杨帆受伤了。"

秦杉一怔，露出担忧的表情。

64. 北京。医院。放射科检查室。日。内。

"哔——"核磁共振仪从杨帆身上扫过。

杨帆安静地平躺在核磁共振机器台上。

65. 北京。医院。放射科办公室。日。内。

透过单向玻璃，秦杉和赵海波注视着里面正在做核磁共振检查的杨帆，眉头紧锁。

66. 北京。医院。杨帆病房。日。内。

杨帆经过全面检查之后，想试试自己还能不能走路。她手扶着床，艰难地站着，伸出受伤的脚刚迈了一步，就感到钻心的疼痛，一个趔趄差点摔倒。

秦杉和赵海波这时冲进病房，扶住杨帆。

赵海波："杨帆，你干什么呢？赶紧回床上躺着。"

杨帆："领队，我的脚，到底伤得怎么样？"

赵海波迟疑了一下："没事，扭了一下，医生说不严重。"

杨帆："可我怎么感觉，站都站不起来呀？教练，我还能参加世锦赛吗？"

秦杉看着杨帆，沉默着没有马上回答。

赵海波："肯定能呀，放心养伤，长距离竞赛还等着你突破呢！"

杨帆似乎不太相信赵海波的话，转向秦杉："教练，您告诉我实话。"

秦杉："杨帆——"

赵海波："老秦！"

秦杉看着杨帆迫切的眼神，叹了一口气："你的脚踝关节韧带拉伤了，至少要治疗一个月，世锦赛前不可能回到冰场上。"

杨帆听完秦杉的话，脑子里一片空白。

67. 北京。医院。院子。日。外。

深秋的北京，银杏树已经变黄，微风吹过，地上满是金黄色的落叶。

68. 北京。医院。杨帆病房。日。内。

杨帆躺在病床上，拿着笔，含泪给家里写信。

杨帆："妈，最近因为训练忙，很长时间没有给您写信了。我要告诉您一个不好的消息，我在训练中，脚受伤了，只能成天躺在病床上。教练说，我不能参加世锦赛了，实在对不起你们……"

杨帆写不下去了，将信纸揉成一团，扔在地上。

医生和护士进来查房。

医生："小同志，你怎么了？"

杨帆："医生，求你了，让我尽快站起来吧。"

医生："尽快？你的伤就需要慢慢养。"

杨帆："我如果参加不了世锦赛，就不能待在国家队了，没准儿还得退役。医生，我求你了，想想办法，怎么能让我的脚快点儿好？"

医生同情地看着杨帆。

69. 北京。医院。楼道。日。内。

秦杉和赵海波朝着杨帆的病房疾步跑来。

突然，从前面杨帆的病房里传出一声痛苦的喊叫。

70. 北京。医院。杨帆病房。日。内。

杨帆趴在病床上，护士正往她的脚踝里注射一管黄色的黏稠液体。

秦杉和赵海波推门而进。

秦杉见状大声吼道："谁让你们给她打药了?!"

医生："这是营养液，可以帮助她的韧带尽快恢复。"

秦杉："我说不行就是不行！给我立刻拔出来！"

杨帆扭过头："凭什么你说不行就不行！这是我自己的事，你凭什么替我决定?"

赵海波："杨帆，你知道吗，打这种药，韧带会变脆，以后一旦出意外，就是永久性损伤!"

杨帆："出意外算我命不好，和你们所有人没关系！这次世锦赛，我非要参加。护士，麻烦你打，快点儿。"

护士："营养液打快了，吸收不好。"

杨帆疼得浑身发抖，脑门上冒出豆大的汗珠，再一次大喊出来。

秦杉和赵海波不忍心地看着痛苦的杨帆，扭过头去。

71. 北京。国家短道速滑队。院子。夜。外。

深夜，运动员都休息了，只有秦杉的办公室还亮着灯。

72. 北京。国家短道速滑队。教练办公室。夜。内。

秦杉："我说不行，就不行。"

赵海波："她针都打了，你就不能抽出时间帮她恢复训练吗?"

秦杉："一边养伤，一边恢复训练，不可能。我当这么多年教练，没见过哪个运动员这样干。"

赵海波："你当运动员的时候，也这么干。别以为我不知道。"

秦杉："我，那我也没有两个月就恢复呀。"

赵海波："老秦，帮帮她，她现在需要你。"

秦杉："我陪她训练，小燕、海霞、佳佳，还有那些替补运动员怎么办？世锦赛前，我不能把时间浪费在没有意义的事情上。"

赵海波："你不练是不是？那我陪她练。从明天起，行政的事，你自己处理。我一定让她站起来，赶上世锦赛。"

说完，赵海波摔门离去。

秦杉生气地把训练夹往桌子上一扔，跌坐在椅子上。

这时，他突然看到书柜上，挂着那枚亚冬会1500米金牌。

秦杉拿起那枚金牌，耳边回响起杨帆在医院怒斥他的声音。

杨帆："金牌，给你！"

秦杉紧紧攥着这枚金牌……

73. 北京。游泳馆外。日。外。

飞速旋转的自行车轮突然停了下来，秦杉从自行车上下来，后座上杨帆抱着拐杖。

竟然来到一家游泳馆门口，杨帆一脸疑惑。

74. 北京。游泳馆。日。内。

冬天的游泳馆内空荡荡的，杨帆穿着游泳衣披着军大衣，走到浅水池边。

秦杉此刻已经穿好泳衣泡在了冰冷的水池中，把一根绳子系在自己腰间。

秦杉:“快把大衣脱了，赶紧热身下水，做水下训练。”

杨帆:“教练，为什么要这么练?”

秦杉:“水下训练既可以锻炼腿部力量，又不会让你的脚再次受伤。”

杨帆:“那我就练游泳算了。”

秦杉:“废什么话? 快下来!”

杨帆跳下水，用脚轻轻点着水池底部。

秦杉拉紧绳子，杨帆倾斜着身体做力量训练。

秦杉:“好，走起来，不要停，脚跟不要着地。”

75. 北京。医院。病房。日。内。【音乐段落】

杨帆躺在床上，双手举起哑铃，脖颈和后背上都浸满了汗水。

杨帆放下哑铃，躺在病床上，想休息一下。

秦杉已将一辆自行车固定在病房里，挥手让她骑上车。

76. 北京。医院。病房。夜。内。【音乐段落】

一根针头再一次打进了杨帆的脚踝里。

杨帆双手紧紧抓住床沿，疼得额头冒汗，但没有大声喊叫。

护士缓缓地推进一大管黄色而黏稠的营养液。

杨帆拿起笔在床头的日历上重重画了一个叉。

77. 北京。游泳馆。日。内。【音乐段落】

秦杉拿过一杯热水，递给在泳池边冻得嘴唇发紫的杨帆。

杨帆喝下一杯热水，秦杉示意杨帆再次跳入水中。

杨帆摇摇头，冻得浑身发抖就是不肯跳。

秦杉先跳下去，拉住拴在杨帆腰间的绳子。

杨帆被迫跳入冰冷的泳池中……

78. 北京。医院。病房。日。内。【音乐段落】

杨帆伏在自行车器械上，双脚蹬车。

秦杉拿着秒表不停地念出她的蹬车速度："太慢了！"

杨帆的脖颈下、后背上浸满了汗水。

秦杉生气地踢了一脚自行车："速度加快！"

79. 北京。医院。病房。夜。内。【音乐段落】

护士娴熟地将针头扎进杨帆脚踝中。

杨帆紧紧咬着嘴唇，在床头的日历上又画了一个叉。窗外是漆黑的夜空，她不知道属于自己的光明何时才能到来。

80. 北京。首都体育馆。演唱会售票处。日。外。【音乐段落】

首都体育馆门口高高竖立着刘德华演唱会的广告牌。

售票处小小的窗口前，挤满了买票攒动的人头。

罗小燕在里面挤来挤去，终于挤到售票窗口。她一只手紧紧抓着栏杆，另一只手伸出了四根手指："四张！"

81. 北京。医院。病房。日。内。【音乐段落】

罗小燕、吴海霞、王佳佳拎着水果，推门走进病房，见杨帆摔倒在地上，拐杖扔在一边，赶忙扶她起来。

杨帆看着姐妹们来了，又高兴，又难过。

罗小燕拿出“刘德华北京演唱会”的门票，放到杨帆手里。

杨帆脸上露出惊喜的表情。

82. 北京。首都体育馆。演唱会现场。夜。内。【音乐段落】

刘德华穿着华丽的演出服，从舞台正中央缓缓升了起来。

全场开始疯狂地呼喊着：“刘德华！刘德华！刘德华！”

舞台上，刘德华向观众们致意：“北京的朋友们，大家晚上好！”

罗小燕、吴海霞和王佳佳拉着拄拐杖的杨帆在黑暗中寻找座位。

舞台上，刘德华拿着麦克风深情歌唱。

杨帆、罗小燕、吴海霞、王佳佳和所有观众一样，一边摇着荧光棒，一边激动地跟着刘德华歌唱起来。

83. 北京。街头。夜。外。【音乐段落】

演唱会后，杨帆拄着拐杖和罗小燕、吴海霞、王佳佳，四姐妹一边唱，一边并肩走在夜间的马路上。

王佳佳唱到情深处拉住杨帆的手跳起来，杨帆丢掉拐杖摔在地上。

三个人赶紧把杨帆扶起来，杨帆摇头表示没事，还能拄拐杖坚持走。

吴海霞弯下腰，要背杨帆。杨帆坚决不同意，被罗小燕和王佳佳强行按到吴海霞的背上。

杨帆趴在吴海霞的背上，雪花静静地落在杨帆的脸上，她感到无比温暖和快乐。她笑了，这是父亲去世后她第一次露出笑容。

84. 北京。秦杉家。厨房。日。内。

一盘鸡块倒入了滚烫的油中，发出“刺啦”一声响。

秦杉穿着围裙在家里认认真真地做饭。

85. 北京。医院。院子。日。外。

秦杉拎着保温饭盒，走进医院住院部。

86. 北京。医院。病房。日。内。

经过一个月的治疗，杨帆的脚伤已经好了许多，她在暖气片上挂住皮筋，练习蹬冰动作。

杨帆身体角度弯得很低，皮筋绷得很紧，脚下使劲用力。

秦杉推门进来：“好，下蹲，再用力！感觉怎么样？”

杨帆兴奋地：“感觉脚伤全好了，一点疼痛感都没有，我想明天就上冰训练。”

秦杉：“明天？下周再说吧。吃饭。”

杨帆：“好香，什么好吃的？”

秦杉：“你不是说，喜欢吃小鸡炖蘑菇吗？”

秦杉一边说，一边摆桌子。

杨帆看着秦杉：“教练，其实您不用对我这么好。”

秦杉："你说什么？"

杨帆："您不用同情我，特别照顾我。"

秦杉愣了："你说我现在做的一切，是因为同情你？"

杨帆："因为您没有让我见到父亲最后一面，就……"

秦杉打断："不，你想错了。因为我坚信你脚伤好了，可以出成绩，可以成为世界冠军。"

杨帆惊愕地看着秦杉。

秦杉："把这些都给我吃了，不准剩。"

秦杉站起走，"砰"的一声把门关上，走了。

杨帆看着桌子上的小鸡炖蘑菇，五味杂陈。

87. 长野。世锦赛。短道速滑1000米赛场。日。内。

长野世锦赛1000米赛场，人声鼎沸，似乎所有人都在呼喊她的名字："杨帆，加油！中国队，加油！"

杨帆身穿国家队队服，第一个冲过了终点线。

璀璨的灯光下，杨帆向观众挥手致意。

字幕：1997年3月　长野世锦赛　杨帆获得女子短道速滑1000米决赛冠军

88. 七台河。桃山湖水库。冰面。日。外。

水库冰面上的大卡车发动机发出轰隆隆的响声。

一张大渔网在发动机的带动下，从冰窟窿里拉了上来，硕大的网内扑腾扑腾捕满了鱼。

江宏已经令人认不出来了，她扎着围裙戴着手套穿着靴子，和渔民们争先恐后挑拣着大鱼，往自己筐里装。

岸边，邮递员老张骑着自行车，朝江宏大喊：“江大姐，有你的信！”

冰面上，江宏正忙着装鱼，朝老张喊道：“我正忙着呢，给我送家去吧。”

老张：“这还有你的汇款单。”

89. 七台河。桃山湖水库。岸边。日。外。

江宏拿着汇款单，查着上面零的个数。

江宏：“这是500元吗？”

老张：“是5000元！您少数了一个零。”

江宏：“这么多？杨帆咋给我寄这么多钱？”

老张：“多还不好，这下你不用在这儿挨冻卖鱼了。这还有一封挂号信。”

江宏拿过挂号信，拆开，发现里面除了信，还有好几张照片。

杨帆：“妈，抱歉这么长时间没给您写信。告诉您一个好消息，刚刚结束的日本长野世锦赛，我获得了500米、1000米和个人全能三枚金牌，还和队友们一起获得了女子接力比赛的金牌。我向您的承诺，终于实现了！我成为世界冠军了……”

90. 七台河。照相馆（杨帆家）。卧室。夜。内。

江宏仔细看着每一张杨帆获奖的照片，然后，把照片一张张贴到墙上。

杨帆：“这5000元是我平时省下来的，还有世锦赛的奖金，都寄给你们先用吧。上次来信您说小欣考上大学了，我真为她高兴，正好这钱可以给她上大学用。因为要备战明年的奥运会，这个春节我就不回家了，您多注意身体。”

91. 北京。国家短道速滑队。会议室。日。内。

电视屏幕上正在播放历届冬奥会中国代表团参赛的录像。

1980年美国普莱西德湖冬奥会，中国第一次派出冬季奥运会代表队参加了18个单项比赛，无一人进入前6名。

1984年南斯拉夫萨拉热窝冬奥会，中国冬奥会代表队参加了26个单项比赛，在高山滑雪比赛中获得第19名、20名。

1988年加拿大卡尔加里冬奥会，中国运动员李琰在女子短道速滑1000米比赛中获得第1名，但短道速滑还属表演项目，非正式比赛项目。

1992年法国阿尔贝维尔冬奥会，短道速滑首次成为冬奥会正式比赛项目，李琰在女子500米决赛中获得银牌。

1994年挪威利勒哈默尔冬奥会，中国冬奥会代表队再次向短道速滑金牌冲击。中国选手张艳梅在500米决赛中一路领先，但最后冲刺时被外国运动员超越，获得银牌。中国队再一次与冬奥金牌失之交臂。

队员们看完最后这段录像，群情激愤。

王佳佳：“美国队竟然用这么卑鄙的手段！”

罗小燕：“这么明显的犯规动作，裁判为什么不判？”

吴海霞：“教练，您在现场，当时为什么不提出抗议？”

秦杉叹了一口气：“当时抗议了，裁判也看了回放，就是不改变裁判结果。”

杨帆：“教练，如果我们比赛中也遇到这种情况，该怎么办？”

秦杉：“我们唯一的办法，就是在比赛中避免出现这种情况。”

姐妹们面面相觑。

秦杉：“日本长野冬奥会，是本世纪最后一届冬奥会。为了确保在这届冬奥会上完成金牌‘零的突破’，防止任何外来因素干扰，我们必须采用全程领滑战术，让对手根本碰不着你，减少裁判误判的机会。”

杨帆：“领滑对体力消耗太大。”

秦杉：“所以才需要我们有坚强的意志，关键时刻绝对不能掉链子。你们有没有信心？”

杨帆、罗小燕、吴海霞、王佳佳异口同声：“有！”

四姐妹话音刚落，门开了。

国家体育总局冬季运动管理中心副主任吴平和赵海波走了进来，赵海波怀里还抱着一个大纸盒。

吴平笑着跟大家打招呼：“什么事啊，这么慷慨激昂？”

杨帆、罗小燕、吴海霞和王佳佳站起来，齐声：“吴主任好！”

秦杉：“吴主任，我正给她们讲长野的战术呢。”

吴平：“短道速滑既是个人项目，又是团队项目，要取得好成绩，战术非常重要。不过，人靠衣装马靠鞍，你们的比赛服也同样重要啊。”

赵海波：“吴主任这次来，给你们带来了新国家队队服！”

赵海波一边说，一边打开纸盒。

盒子里放着四套色彩鲜艳的国家队队服。

四姐妹惊呼起来。

吴海霞：“太漂亮了！”

赵海波：“袋子上都有你们的名字，别拿错了。”

罗小燕：“我们现在就试试，怎么样？”

赵海波：“好吧，赶紧试，快去快回。”

秦杉：“老赵，我的战术课还没讲完呢！”

没等秦杉发话，四姐妹早就拿着新比赛服跑光了。

秦杉：“吴主任，您看海波总是惯着她们。”

赵海波：“大赛前让她们放松放松，有什么不好？”

吴平：“你们两个在一起就吵。好了，说说长野冬奥会，你们都选谁做主力？”

秦杉：“500米自然是海霞，1000米我想让杨帆当主力。”

赵海波：“500米海霞当主力，我没意见。杨帆的大赛成绩不稳定，1000米我建议还是用小燕。”

秦杉：“刚刚结束的世锦赛，杨帆拿了500米和1000米金牌，势头正好。”

赵海波：“老秦，杨帆成绩提高快，但还年轻。小燕毕竟参加过一届冬奥会，有大赛经验。”

秦杉：“运动员的状况，我更熟悉，相信杨帆一定能在这届冬奥会取得好成绩。”

吴平：“老秦，冬奥会是国家大事，在主力选择上，你要客观。”

秦杉：“吴主任，您什么意思？”

吴平：“别激动，我就是想提醒你一下。”

秦杉：“我承认，平时对杨帆关照多。我这么做，完全是因为她能出成绩。如果成绩不行，我绝不会姑息，在为中国冬奥拿下首金这件事上，我不会同情任何人。”

吴平：“有你这句话，我就放心了，希望这届冬奥会，你们能凯旋。”

92. 日本。长野。冬奥会。开幕式。日。外。【纪录片】

字幕：1998年　日本长野冬奥会

第18届冬季奥林匹克运动会开幕式在长野举办。在日本世界级指挥大师小泽征尔的指挥下，歌唱家们演唱《欢乐颂》。

一朵朵烟花在场馆上空绽放，1992年冬奥会女子花样滑冰亚军伊藤绿点燃了大会圣火。

中国代表团举着五星红旗，经过主席台前，观众们热烈欢呼。

93. 日本。长野。冬奥会。短道速滑赛场。日。内。

字幕：长野冬奥会女子短道速滑1000米决赛

解说员情绪激动地："这里是长野冬奥会女子短道速滑1000米的决赛现场。现在领先的是中国选手罗小燕，中国选手杨帆处于第二位，韩国两位选手全孝利、元惠真分列第三、第四位。这是中国代表团在本届冬奥会夺金的最后一次机会，之前他们已经拿下了五银一铜，本世纪中国能不能实现冬奥会金牌'零的突破'，就看场上的两名中国选手了！"

赛场上，罗小燕、杨帆、全孝利和元惠真一字排开，在冰面上高速滑行。

场外，秦杉、赵海波、刘大龙、吴海霞和王佳佳神情十分紧张。

金向南突然举起手，向场上的韩国运动员做了最后冲刺的动作。

场上，全孝利和元惠真看到了教练的手势，立刻提速准备超越。

先是第三名的全孝利滑到了外道，处于第二位的杨帆赶紧来到外道阻拦全孝利。与此同时，第四位的元惠真从内道加速逼近杨帆。

杨帆防止元惠真从内道超越，将滑行动作幅度加大，试图阻挡从内道超越的元惠真。

解说员："比赛还剩下最后三圈，现在韩国两名选手发力了！但是中国选手杨帆死死将他们挡在了身后。"

全孝利和元惠真相互配合，超越的速度极快，杨帆忽左忽右，眼看就要挡不住了。

关键时刻，一直沉默的秦杉向杨帆喊道："杨帆，不要管她们，上！"

杨帆听到秦杉的呼喊，立刻放弃阻挡，提速向前，迅速超越了已经体力下降一直领滑的罗小燕，而全孝利此时仍紧紧跟住杨帆，也试图超越罗小燕。还没等罗小燕做出阻挡全孝利的动作，全孝利已经冲过她变为第二名。罗小燕紧紧把住了内道，阻挡后面的元惠真。

比赛惊心动魄，瞬间运动员的位置发生了变化。杨帆拼力加速，和全孝利拉开了一段距离。

秦杉："好样的！"

解说员："场上运动员的排位突然出现了戏剧性的变化，中国选手杨帆现在处在第一位，韩国选手全孝利在第二位，罗小燕在第三位。最后一圈了！我们即将见证这历史性的一刻！加油，杨帆！为中国实现金牌'零的突破'！"

现场的观众跟着高呼："中国队，加油！杨帆，加油！"

最后一圈，杨帆依然保持着很大的领先优势。

场外，吴海霞、王佳佳、刘大龙异常激动："杨帆马上就要获得金牌了！"

秦杉也控制不住自己的情绪了，朝杨帆大喊："杨帆，冲刺！快！"

场上，杨帆眼看就要进入最后一个弯道，她盯着终点线，她分明知道，只要坚持最后一秒钟，金牌就是她的了。她咬着牙在做最后努力，8米，7米，6米，5米，4米……

离终点还剩下2米的时候，杨帆突然感到身旁一道人影闪过，是全孝利？她怎么突然上来了，她不是被自己甩在身后吗？

杨帆顿时紧张起来，终点线就在眼前，她用尽全力去阻挡全孝利，结果与斜插过来的全孝利相撞——

两人几乎同时摔倒，同时滑过了终点线。

现场所有人都被比赛的最终一幕惊呆了。

杨帆摔倒在冰场上，现场的一切声音似乎瞬间都听不见了。她看到全孝利迅速从冰上爬起来，滑到裁判面前，指着自己，向裁判申诉。

场外，秦杉朝杨帆大喊，但她却听不到秦杉在喊什么。

冲过终点的罗小燕滑到杨帆身边：“杨帆，你怎么样？”

杨帆这才清醒地意识到眼前在发生什么。

罗小燕扶起杨帆指了指头顶上的大屏幕。

两人抬头看着大屏幕。

大屏幕上，此刻正反复播放着刚才杨帆和全孝利冲刺的慢动作。慢动作显示，杨帆和全孝利一边冲撞，一边同时滑向终点，最终杨帆领先全孝利一个刀尖到达终点。

杨帆兴奋地高举双手，眼泪瞬间抑制不住地流了出来。

解说员：“大屏幕显示杨帆第一！中国队夺冠了！中国队夺冠了！”

罗小燕激动地拥抱杨帆：“杨帆！终于有金牌了！”

吴海霞和王佳佳朝杨帆招手欢呼：“杨帆，你是冠军！你是奥运冠军！”

杨帆滑向冰场中央，骄傲地向观众挥舞双臂。

解说员已经哽咽：“杨帆为中国队完成了‘零的突破’！为了这枚冬奥金牌，中国队整整奋斗了十八年啊！”

赵海波激动地拍了老秦一下：“老秦，国旗！”

秦杉感慨十几年的梦想终于要实现了，他从衣兜里拿出那面保存已久的国旗，正准备递给杨帆。

这时，大屏幕突然显示出一行英文。

解说员惊诧了：“什么？裁判员认定，全孝利第一，获得金牌，杨帆最后时刻犯规，取消比赛成绩？”

杨帆看着大屏幕，无比震惊地愣在冰场中央。

全孝利这时从金向南手中接过韩国国旗，向观众挥舞起来。

杨帆无助地转过头看向秦杉、赵海波，看向队友们。

秦杉手中攥着的国旗还没有递出去，他失望地看着杨帆，说不出话语。

解说员："太遗憾了，中国队又一次在领先的情况下错失了金牌，我们只能把这个遗憾留给下一个世纪了……"

场边的中国队，有人悲伤失望，有人愤慨不平，有人痛哭难过。大家都难以接受裁判最终的判罚，难以面对这个残酷的结局。

94. 日本。长野。冬奥会。短道速滑赛场。中国队休息室。日。内。

电视画面里反复播放着杨帆和全孝利最后冲刺画面。

罗小燕："慢一点，慢一点。"

刘大龙拿着遥控器放慢了速度。

秦杉、赵海波、杨帆、吴海霞、王佳佳都在休息室焦急地看回放。

罗小燕："可以了，可以了，就这个画面，应该是两个人同时相撞。"

杨帆："当时，明明是她先撞了我。"

刘大龙："从画面上看，是你们同时相撞。"

吴海霞："既然是同时相撞，也不应该只判杨帆犯规呀？"

王佳佳："没错，要么都犯规，要么都不犯规，怎么也不能判韩国队冠军，我们取消成绩呀！"

赵海波："杨帆，你确定是她先撞你吗？"

杨帆十分肯定："我当时的位置在前面，绝对是她先撞我的！"

赵海波："大龙，你再去一趟技术台，要一份录像，看看有没有别的角度，证明是韩国队先撞我们的。”

一直站在后面默默看录像的秦杉突然发火了：“去什么去，还怕脸丢得不够彻底是吗？早就告诉你最后一圈一定要坚持住，你是怎么滑的？韩国队能加速，你为什么不能加速？你速度上去了，全孝利还能撞到你吗？关键时候腿软，一辈子都没有冠军命！”

赵海波：“她刚输了比赛，你怎么能这么说她？”

秦杉：“中国冬奥因为你，又白白浪费了四年啊！”

本来杨帆受了委屈，情绪就不好，秦杉这么一说，她眼泪一下喷涌出来，推开门跑出去。

赵海波：“老秦，你怎么能把失败都算到她一个人身上呢？这账我回去和你算！”

赵海波赶紧追了出去。

秦杉一拳狠狠打在旁边更衣室门框上。

大家看着教练，不约而同地低下了头。

字幕：女子1000米决赛，杨帆最终因犯规被取消比赛成绩。中国冬奥代表团在长野冬奥会上再次与金牌无缘。

95. 北京。国家体育总局冬季运动管理中心。日。外。

字幕：一个月后　国家体育总局冬季运动管理中心

初春，国家体育总局冬季运动管理中心大楼。

96. 北京。国家体育总局冬季运动管理中心。主任办公室。日。内。

吴平仔细看着秦杉用了一个月时间写的工作总结，题目为“长野冬奥会失利的原因及教训”。

秦杉坐在吴平对面，神情颇为紧张，他不知道等待自己的命运将会是什么。

吴平看完了最后一页，把报告扔在桌子上："四年前，你老师就把失败的原因都赖在裁判身上。没想到，四年后，你竟然也一个样！当初，你是怎么答应我的？"

秦杉："我辜负了您对我的信任，也辜负了中心和总局的信任。吴主任，再给我四年，下届奥运会，我一定拿金牌回来。"

吴平："你以为我还会信你吗？"

秦杉沉默不语。

吴平："中心已经决定，国家队暂时解散一年，明年全运会，按成绩重新选拔。"

秦杉："解散一年，那队员训练怎么办？"

吴平："你可以带着小燕、海霞、佳佳回吉林队训练。"

秦杉："那杨帆呢？她回黑龙江，我就不能保证她的成绩了。"

吴平："你还管她的事儿，先把你自己的事儿管好吧。一周以后，给我拿出新一届奥运备战计划。"

秦杉点头，心中沉重，起身要走。

吴平喊住："等会儿。"

秦杉："主任，还有什么事儿？"

吴平："抽空去看看你老师，听说他最近摔了一跤，挺严重。"

秦杉怔怔地看着吴平。

97. 吉林。长春。体育局家属院。金亚林家。卧室。日。内。

洗澡时不小心摔了一跤的金亚林正躺在床上休息。

金亚林妻子："老金，老金，快醒醒。"

金亚林："什么事呀，觉都不让人好好睡！"

金亚林妻子：“志强来看你了。”

金亚林一听是志强，赶紧翻过身来，吉林省短道速滑队主教练张志强正坐在床边。

张志强：“老师，您好点了吗？”

金亚林看见张志强，脸上露出了笑容：“前两天，你不是来过了嘛。”

张志强：“今天刚好到局里开会，我就来看看您。”

金亚林：“我一个退休的人，没啥大事，不要总来看我。你现在是吉林队的主教练，要把精力都放在队里，多培养几个好苗子。”

张志强：“老师您放心，好苗子我一个都不会放过的。师母，这是给老师带来的，您收一下。”

金亚林：“你这孩子，怎么又拿东西了？”

金亚林妻子接过：“哟，这还是老金喜欢吃的北京点心呢。”

金亚林觉得有些不对劲，两眼直勾勾地看着张志强。

见被老师看穿，张志强只好坦白：“秦杉知道您病了，特意从北京赶了过来，他人就在楼下呢。”

金亚林听到“秦杉”的名字，脸色骤然变了。

98. 吉林。长春。体育局家属院。金亚林家。院子。日。外。

秦杉站在金亚林家楼下一边抽烟，一边踱步。

这时，张志强已经从楼门洞里走了出来。

秦杉看到张志强手里拎着自己送给老师的北京点心，原封不动又被拎了回来，立刻就明白了。

张志强：“老秦呀，老师今天有点累，就不见你了。最近他血糖高，说这些点心吃不了。”

秦杉抬起头，看着老师家的窗户。

99. 吉林。长春。体育局家属院。金亚林家。客厅。日。内。

金亚林站在窗户前，俯视着秦杉。

100. 吉林。长春。体育局家属院。金亚林家。院子。日。外。

秦杉接过点心，转身随手扔到了垃圾桶里，径直走出院子。

101. 吉林。长春。体育局招待所餐厅。夜。外。

吉林省体育局招待所餐厅里灯火通明，好不热闹。

102. 吉林。长春。体育局招待所餐厅。小包厢。夜。内。

酒桌上一片狼藉，几个白酒瓶子横七竖八地歪在桌子上。

秦杉已经喝得酩酊大醉，他拿起酒杯对着张志强和几个当年一起学滑冰的师兄弟大喊：“你们说，我做错了什么，老师他非要把我拒于门外？”

师兄甲：“老秦，金老师身体不好，怕你看见了担心，别小题大做了。”

秦杉：“如果国家队还按着他的方式训练，会有今天的成绩吗？他就是不肯承认，学生比他强。”

师兄乙：“金老师有时候就是固执，但你别忘了，当年在队里，金老师最疼的就是你！咱们这批运动员退役，谁不想留在国家队当助教，最后留下的，不还是你吗？”

秦杉：“那是因为我的成绩比你们好。”

师兄丙:“老秦，你这话我就不爱听了。你成绩再好，也是个瘸子呀!”

张志强:“老孙，兄弟们好不容易见面一次，说什么呢? 来，大家再干一杯。”

师兄丙:“不行! 我今天非要把话说明白。秦杉，你知道当年为了留你当助教，金老师求了多少人吗?”

秦杉:“你说什么，我当助教，是金老师求的人?”

师兄乙:“这事我最清楚，是我陪着金老师从省冬季运动管理中心到省体育局，一个领导一个领导地找，一个领导一个领导地拜。这辈子，我都没见他这么求过人。”

秦杉:“他为什么要那么做?”

张志强:“还不是因为你打封闭上场比赛，滑断了腿。”

秦杉:“那是我自己要上场的，与他无关。这事儿，我也从来没有怨过他。”

师兄丙:“你是没怨过他，可你腿断后，每天都喝得醉醺醺的，金老师看着不忍心啊。”

张志强:“秦杉，老师对我说过，你是个刚强的人，输的时候容易折，需要有人扶你一把。”

秦杉非常难过地拿起酒杯，倒满了酒，一饮而尽。

服务员敲门进来:“你们谁叫秦杉?”

秦杉:“他不在。”

张志强:“什么事?”

服务员:“北京长途。”

大家都不说话了，看着秦杉。

103. 吉林。长春。体育局招待所。前台。夜。内。

秦杉在前台拿起电话。

赵海波："老秦，我可算找着你了。"

秦杉："什么事，这么急？"

赵海波："杨帆申请出国了。"

秦杉脸色一变，酒顿时就醒了。

104. 哈尔滨。黑龙江省冬季运动管理中心。院子。日。外。

杨帆背着包，走进黑龙江省冬季运动管理中心大楼。

105. 哈尔滨。黑龙江省冬季运动管理中心。办公室。日。内。

黑龙江短道速滑队年轻教练王瑞（35岁）坐在杨帆的面前，仔细看完了杨帆拿过来的资料。

王瑞："杨帆，你也来中心好几次了，你想利用夏训时间出国训练，我向省体育局领导汇报了。省里决定，协调你去吉林队夏训。"

杨帆："去吉林队？"

106. 哈尔滨。黑龙江省冬季运动管理中心。办公室。里屋。日。内。

王瑞："吉林队现在是秦教练带，罗小燕、吴海霞和王佳佳都是你国家队的队友，你去吉林队训练，就像回国家队一样，成绩不会下降。"

秦杉端着茶缸，竖起耳朵听着杨帆和王瑞的谈话。

原来秦杉知道杨帆要出国的消息，当天晚上就买了火车票赶到哈尔滨。今天让杨帆来中心谈话，是秦杉一手策划的，他想知道杨帆申请出国的真实目的。

107. 哈尔滨。黑龙江省冬季运动管理中心。办公室。日。内。

杨帆："长野失败后，秦教练说我一辈子都没有冠军命，他还愿意训练我吗?"

王瑞："秦教练已经给我打电话了，他承认长野冬奥会后，有些话说得太重了。他相信你有潜力，有信心把你培养成为奥运冠军。"

杨帆："他真这么说了?"

王瑞："当然是真的了。他还说，你是一个刚强的人，输的时候容易折，关键的时候，需要别人帮一把。"

杨帆沉默不语了。

王瑞："杨帆，别出国了。秦教练都开口了，你再出国，他会很没面子。"

杨帆："长野冬奥会失利对我打击很大，我不相信其他国家的运动员比我们训练更刻苦。我想出国看看他们对这个项目有哪些不同的理解。我不在乎秦教练怎么看我，也不在乎他怎么想。麻烦您再和省局领导说一说。"

108. 哈尔滨。黑龙江省冬季运动管理中心。办公室。里屋。日。内。

坐在里屋的秦杉一脸怒气，他没有想到自己主动认错，杨帆还是要出国。

王瑞："杨帆，你的话我一定会转达给领导。但这事儿不一定能成，省里不一定拿得出这笔经费。”

杨帆：“拜托了，王队长。”

片刻，王瑞走进里屋：“老秦，你都听到了，我看这事再缓一缓吧。”

秦杉：“让她出国吧。”

王瑞：“你说什么？”

秦杉：“我倒是想看看，她还能找到哪个比我更好的教练！”

109. 七台河。墓地。日。外。雨。

杨帆打着伞，独自一人来到父亲的墓地前。

一排排整齐的墓地，淋在雨中格外宁静肃穆。

杨帆俯下身，在父亲的墓碑前放了一束鲜花。

杨帆：“爸，下周，我就要去加拿大训练了。这个加拿大俱乐部虽然名气不大，只教青少年，但教练很优秀，是位奥运冠军，在弯道技术方面更是一流。长野冬奥会，我被判犯规还丢了金牌，妈说这就是命，让我别滑了。教练也说，我天生没有冠军命。但我偏偏不信。我记得您说过，路，都是人走出来的。爸，放心，我不会轻易放弃的，我要证明给所有人看，我一定能成为奥运冠军。”

110. 哈尔滨。机场。跑道。日。外。

随着发动机的轰鸣声，一架飞机驶离地面，飞向蓝天。

111. 加拿大。蒙特利尔。城市街道。日。外。

字幕：加拿大　蒙特利尔

杨帆坐在出租车上，透过车窗看着蒙特利尔这座美丽的城市，在这里，古老与现代交织，经典与时尚包容，形成了一道独特的风景线。

112. 加拿大。蒙特利尔。哈维滑冰馆。门口。日。外。

出租车停在哈维滑冰馆门口，杨帆下了车，兴奋而又期待地看着眼前这座现代化的滑冰馆。

滑冰馆的广告栏上贴着一张巨幅海报，海报正中是一名中年男性教练在教一群孩子们在冰场上滑冰，此人正是杨帆来求教的科尔教练。

杨帆刚想走进滑冰馆，突然看到两个广告工人走过来，将一张冰球队的海报覆盖到原来的海报上。

杨帆疑惑地询问："请问短道速滑俱乐部不在这里了吗？

工人："他们不在这儿了，这个冰场现在被冰球队租下了。"

杨帆大吃一惊。

113. 加拿大。蒙特利尔。科尔家。门口。日。外。

杨帆手拿着地址敲门。

一位外国中年男人开门，看着杨帆，先是惊讶，然后马上认出来了："你是中国运动员杨帆吧？"

杨帆点头："科尔先生，您好。我刚才去了滑冰馆。"

科尔叹气："不好意思，我们进来说吧。"

114. 加拿大。蒙特利尔。科尔家。客厅。日。内。

科尔家很乱，但到处都是和冰雪体育文化有关的物品。

科尔给杨帆倒了一杯茶:“杨帆,你在长野冬奥会的比赛我看了,你表现得非常出色,你们中国队在短道速滑这个项目上获得了五枚银牌,都很优秀。”

杨帆:“可我们总是在最后冲刺阶段,被韩国队反超。她们的弯道技术,的确比我们好。我知道,您是短道速滑弯道技术的专家,所以,才不远万里来求教。”

科尔:“杨帆,我其实非常想教你,可是,冰场老板一直嫌我们给的租金太低。前几天恰好来了一支冰球队,提供的租金比我们高很多。我们只能离开了。”

杨帆:“别的冰场呢,我听说蒙特利尔有很多冰场。”

科尔:“别的冰场都不太适合智障儿童。”

杨帆:“智障儿童?”

科尔:“我的俱乐部中有很多都是智障儿童。”

杨帆大吃一惊。

科尔:“非常抱歉,杨帆,我不能教你了,我可以给你介绍其他优秀的加拿大教练。”

杨帆:“科尔先生,我来加拿大就是为了向您求教的,您为什么一定要教智障孩子们学滑冰呢?”

科尔沉默了一会儿,不太好回答。

这时,一个10岁左右的孩子跑出来,抬头看着陌生的杨帆。

杨帆一眼就看出了这个孩子是智障儿童。

科尔:“他是我儿子凯文,患有唐氏综合征。我办这个俱乐部,主要是因为他。”

杨帆:“滑冰会对他们有治疗作用吗?”

科尔摇头:“滑冰并不会改变他们的智力,但是,滑冰可以让他们的生活更丰富一些,让他们活得更快乐。”

科尔一边说,一边摸着凯文的头。

凯文笑呵呵地看着科尔。

杨帆被这一幕所感动："科尔先生，我想替您再和冰场谈一下。"

115. 加拿大。蒙特利尔。哈维滑冰馆。冰场。日。内。

哈维滑冰馆，新来的军刀冰球队，正在冰场上进行激烈的攻防演练。

队长卢卡斯打进了一个远距离的穿裆球，冰球从守门员的胯下直击球网。

卢卡斯高举双手，大声呼喊："好球！"

场外一名运动员朝卢卡斯大喊："队长，有人找你。"

卢卡斯不耐烦地摆手："没看到我刚进了一个好球吗，你们接着练！"

116. 加拿大。蒙特利尔。哈维滑冰馆。会议室。日。内。

卢卡斯看完了科尔和杨帆起草的一份协议书。

杨帆和冰球场老板，坐在卢卡斯对面。

卢卡斯："你是说，要让我们和那些孩子一起使用这个冰场？"

杨帆："是的，一周给我们三个小时冰上训练就行，不会耽误你们训练和比赛，我们还会付给您适当的费用。"

卢卡斯考虑着："三个小时。"

冰球场老板："卢卡斯，算了吧。让他们来吧，你还可以少拿一部分租金，我也可以多赚点。"

卢卡斯："我不明白，这些孩子智力有问题，也滑不出什么名堂。你们为什么要浪费时间？"

杨帆："你怎么知道他们滑不出名堂？"

卢卡斯看着杨帆："那不如咱们打个赌？"

说完，露出一脸坏笑。

117. 加拿大。蒙特利尔。餐厅。日。内。

科尔和杨帆，还有凯文坐在一起。

科尔："什么？让这些孩子们和他们比赛？"

杨帆："他们允许我和孩子们一组，和他们比。"

科尔："但那也不可能赢呀！"

杨帆："3000米接力，一共27圈。只要三个孩子每个人能滑完1圈，剩下的24圈，都由我来完成。"

科尔："杨帆，谢谢你愿意帮忙，但是孩子们太弱了。"

杨帆："这是让孩子们回到冰场的唯一机会，我们应该拼一下。"

118. 吉林。长白山国家训练基地。门口。日。外。

一辆大巴车驶进吉林省长白山国家训练基地。

119. 吉林。长白山国家训练基地。院内。日。外。

大巴车停下，刘大龙、罗小燕、吴海霞、王佳佳，还有几名替补队员从车里下来。

众人看着如度假村一样美丽的训练基地，连连惊叹。

罗小燕："啊，这里也太美了。"

吴海霞："这是带我们来度假吗？"

王佳佳："你们都别做梦了，今年夏训提前，肯定没好事儿。"

罗小燕："你别总是把事往坏了想，这里又没有操场，又没有冰场，怎么训练?”

这时，秦杉和赵海波也下了车。

秦杉：“这里环境怎么样?”

大家都异口同声：“太美了。”

秦杉：“今天这么好的天气，大家好好放松放松，现在所有人，把行李都放在地上，从这个基地的后面上山，跑到山顶然后再跑回来取行李。”

王佳佳：“怎么样，我说得没错吧!”

罗小燕：“早知道这样，我也申请出国训练了!”

吴海霞抬头：“那么高的山，得跑多长时间呀?”

秦杉：“两个小时后开饭，跑不回来，就没饭吃。”

运动员们听罢，赶紧放下行李，迅速跑光了。

赵海波：“适当的时候，你也应该让她们放松一下。”

秦杉：“等拿了冬奥会金牌，再放松吧。”

120. 加拿大。蒙特利尔。哈维滑冰馆。冰场。日。内。

冰场上，科尔在仔细地将红和蓝两种颜色的橡胶块摆在弯道处，向杨帆讲述弯道技术。

科尔：“短道速滑这项运动，最大的特点，就是在速度和路线之间取得平衡。如果你想滑得距离短，那么转弯的时候，你就必须要大幅度减速。如果你想保持一定的速度，那么就不能转得太急，滑的路线就会长。你们中国队向来追求滑冰的路线短，而韩国队则善于控制路线，练就了她们这种高超的外线弯道超越技术。”

杨帆试着朝弯道猛冲过来，她试图像韩国运动员那样，不减速，绕过红色橡胶块。但由于速度太快，刚开始转弯，整个人就悠了出去，直撞向垫子。

科尔："速度快时转弯，身体的倾斜角度就要加大。再试一次！"

这次，杨帆高速转弯时，刻意压低角度，结果整个人贴着冰面滑了出去。

科尔走过去拉起杨帆。

杨帆："你能告诉我，我到底要把速度降到多少？"

科尔："每个人的身体力量，骨骼的形状，滑冰的姿势都不一样，这需要你自己去体会。"

这时，凯文和另外两名参赛的孩子——大眼睛女孩艾丽丝和高个子男孩巴德，在冰场上兴奋地你追我赶，开心地滑过来。

杨帆这时才意识到，他们的滑冰技术水平远比她想象的还要差。

杨帆："他们是你这儿滑得最好的？"

科尔点头，然后拍了拍杨帆的肩膀："比赛全靠你了。"

121. 加拿大。蒙特利尔。哈维滑冰馆。门口。日。外。

一幅崭新的巨幅海报"杨帆带领智障儿童队对抗军刀冰球队"，贴在哈维滑冰馆门口的广告牌上，大批观众走进哈维滑冰馆。

122. 加拿大。蒙特利尔。哈维滑冰馆。冰场。日。内。

滑冰馆一下子坐满了上百人，很多孩子的家长也来了。

冰场上。杨帆和卢卡斯已经站在起跑线上，他们分别是第一棒。

裁判吹响了口哨。

杨帆和卢卡斯飞快地滑了出去。

卢卡斯虽然身强力壮，但毕竟不是专业短道速滑运动员，第一个弯道就被杨帆甩到了身后。

杨帆知道必须为后面三个孩子创造更多的优势，她没有减速，用尽全力向前滑。

计分牌的数字不停地变化：2 ∶ 1，3 ∶ 2，4 ∶ 2……12 ∶ 8。

杨帆完成了12圈，而冰球队则完成了8圈。

场上，杨帆朝着终点快速滑来，然后，朝着科尔做了一个手势。

科尔给巴德戴上了眼镜："巴德，下面该你上场了！"

看台上的观众们激动地呼唤着："巴德！巴德！"

巴德朝看台上的观众们，激动地挥手。

场上，杨帆终于在快到终点之前，轻轻推了一下巴德。

巴德在杨帆的推力下，正式进入赛场，向前滑起来。

这是第一位智障儿童进入赛场，现场响起了一片掌声。

卢卡斯朝着场上的队友大喊："快，快！"

军刀队的对手奋力滑到了终点，快速推了一下卢卡斯。

场上，卢卡斯试图超越巴德，但没有想到，巴德虽然是一位智障孩子，滑冰的速度却一点都不比卢卡斯差。

卢卡斯不仅没有追上巴德，还被巴德甩在后面。

终点线上，杨帆对艾丽丝说："艾丽丝，该你了，加油！"

艾丽丝非常紧张。

巴德来到了终点线，轻轻推了一下艾丽丝。

艾丽丝冲了出去，她动作规范，姿势优美，但却来到了外圈。

杨帆非常着急："滑内圈！内圈距离短。"

科尔："她太紧张，听不见的，就让她这样滑吧。"

场上，艾丽丝什么都听不见，独自在外道滑着大圈，很快被卢卡斯追上了。

卢卡斯滑过艾丽丝，朝她大喊一声："小姑娘！"

艾丽丝正专心滑着，突然被这一声喊吓坏了，滑得更慢了。

杨帆朝裁判喊道："他犯规了。"

裁判回应："他在场上没有碰到她，不算犯规。"

科尔喊道：“艾丽丝，加油！”

卢卡斯看到艾丽丝滑得更慢了，非常得意，和队友们一次次从艾丽丝身边超过。

记分牌变成：13 ∶ 12。

凯文在做上场的准备。

杨帆：“凯文，看你的了！”

凯文自信地朝着杨帆微笑。

艾丽丝终于滑到了终点，推了凯文一下。

凯文飞快地冲进了赛场，他身体笔直地站立着向前滑行，速度不快也不慢，面带微笑，非常快乐，很快被军刀队的队员超过。

科尔朝凯文喊道：“凯文，快点，加油！”

杨帆在终点线等待着与凯文交接。但是，谁也没有想到，凯文竟然没有推杨帆，冲过终点，又向前滑去。

杨帆喊道：“凯文，凯文！”

此刻，凯文享受着观众们的掌声，享受着滑冰带来的快乐，其他的事都忘在脑后了。

杨帆焦急地喊道：“凯文，凯文，你在干什么？”

科尔：“他还没滑过瘾，让他再滑一圈吧。”

凯文一边滑，一边举起双手，向全场挥舞着，好像自己是这个世界上最快乐的人。

场上所有人都站起来，为凯文鼓掌。

那一瞬间，杨帆被感动了，她理解了滑冰对于凯文有多么重要。

凯文终于想起了什么，滑到杨帆身边，推了她一下。杨帆像离弦的箭冲了出去。

凯文来到科尔面前：“爸，我好像犯错了。”

科尔摸着凯文的头：“没有，你是好样的！”

记分牌上：16 ∶ 19。

场上，变成了杨帆和军刀队最后的角逐，一圈又一圈。

记分牌不断地变换：17 ∶ 20，18 ∶ 21，20 ∶ 22，21 ∶ 23，22 ∶ 24，24 ∶ 25，26 ∶ 26……

比赛进入最后一圈了，冰刀队仍然领先杨帆半个弯道。

几乎所有人都觉得没有希望了。

科尔也失望地摇了摇头。

此刻的杨帆却无比从容，她听不见任何声音，她排除了一切干扰，她的眼睛里只有对手。她咬紧牙关，一刀一刀地追赶着，全力冲向最后一个弯道，没有减速，她身体倾斜戴着防护手套触摸冰面，以冰刀与冰面保持28度最低倾角从内侧滑过弯道。

杨帆没有摔倒，在出弯道的一瞬间，突然出现在对手的前方，以微弱优势超越了对手，冲过终点。

现场观众沸腾起来了！

科尔、凯文、巴德、艾丽丝和孩子们都朝着杨帆扑了过来。

杨帆也异常激动地对科尔说："我做到了！你看见了吗？我做到了！"

科尔："我看到了，太棒了！"

杨帆："我没有减速！我做到了！"

科尔："杨帆，你太棒了。"

123. 吉林。长白山国家训练基地。门口。傍晚。外。

秒表嘀嗒嘀嗒地走着，显然超过了秦杉的预期。

秦杉拿着秒表站在国家训练基地门口，足球队、篮球队、田径队，已陆续跑回基地。

刘大龙站在高处："教练，过来了。"

秦杉："让她们快点，磨蹭什么呢。"

刘大龙朝远处喊道："加油！"

吴海霞和替补运动员们汗流浃背，一跑进基地门口，就全部瘫倒在了地上。

吴海霞上气不接下气："教练，实在不行，坡太大了。"

刘大龙："小燕和佳佳呢？"

吴海霞："啊，她们没回来吗？"

刘大龙："没有呀！"

吴海霞回头望着山路，不作声了。

秦杉："海霞，到底出了什么事？"

吴海霞："她俩实在跑不动，走进山里，抄近路下山了。"

秦杉："混蛋！"

124. 吉林。长白山国家训练基地。山林。傍晚。雨。外。

秦杉和刘大龙穿着雨衣在树林中寻找罗小燕和王佳佳。

刘大龙大喊："佳佳！小燕！"

秦杉焦急地朝树林深处走去。

刘大龙拦住："教练，你的伤腿……"

秦杉不听："我还没残废！"

刘大龙："我不是这个意思。"

突然，刘大龙听到了远处传来罗小燕和王佳佳的声音："有人吗？有人吗？"

刘大龙："教练你听！好像是她们！"

秦杉侧耳听到了，朝着声音的方向跑去。

突然，他脚下一滑，身体失控，随即跌倒，滚下山坡。

刘大龙大惊失色："教练，秦教练！"

125. 吉林。长白山国家训练基地。基地医院。病房外。日。内。

赵海波急匆匆地走进医院住院部楼道。

病房门口的刘大龙看到赵海波，赶紧迎上去。

赵海波："老秦摔得怎么样？"

刘大龙："医生说旧伤有点复发，得恢复一段时间。"

126. 吉林。长白山国家训练基地。基地医院。病房。日。内。

赵海波："凡事都要有个度吧，这么热的天，这么大强度，谁能顶得住？"

秦杉："就她们这种体能，怪不得夺不了冠军。"

赵海波："运动员也是人，我就没见过你这么练的！"

秦杉："我是教练，怎么练我心里有数。"

赵海波："怪不得，杨帆要出国训练呢，换了我，也不跟你练了！"

秦杉冷笑："你要是对我不信任，就让中心把我换了。"

赵海波："你还以为中心真的不敢换你吗？"

说完，赵海波把一份文件放到秦杉面前。

秦杉看着文件题目"关于短道速滑队未来10年规划"。

秦杉："什么意思？"

赵海波："中心已经决定，无论盐湖城冬奥会成绩如何，所有运动员和教练、领队、主管领导一刀切，要么退役，要么退居二线，全部换新人接替。"

秦杉："拿了金牌，也要换人？"

赵海波点头："这是我们这个集体，我们这一代人，最后一次冲击奥运金牌了。"

秦杉听得目瞪口呆。

赵海波："老秦，珍惜这最后的时间吧。"

秦杉扭头看向窗外灿烂的阳光。

127. 加拿大。蒙特利尔。科尔家。夜。内。

餐厅灭了灯，科尔端着生日蛋糕走进来，烛光慢慢照亮了整个餐厅。

凯文此刻被杨帆蒙住双眼。

杨帆松开手，凯文睁开眼睛，发现眼前是一大块被做成短道速滑冰场模样的奶油生日蛋糕，中间印着奥运五环。

凯文开心地大笑，周围的孩子们也乐成一团，在餐桌前追逐嬉笑。

科尔："凯文，今天是你12岁生日，从今天起，你就可以和队友们一样参加特奥会，为奥运冠军奋斗了。"

凯文非常得意，举起双臂，向众人展示自己瘦弱的肱二头肌，表示他已经成熟而强大了。

在场的人都被他逗笑了，孩子们一哄而上分起了蛋糕。

科尔也故意跟孩子们开玩笑，一起抢着吃蛋糕。

杨帆看着科尔和孩子们满手满脸都是蛋糕，无比欢快的样子，悄悄地离开了。

128. 加拿大。蒙特利尔。科尔家。阳台。夜。外。

初冬的加拿大已经有了寒意，杨帆站在阳台上，看着明月当空，想念起故乡、队友和教练。

这时，科尔端着一块蛋糕过来。

科尔："怎么，我做的蛋糕不好吃?"

杨帆摇头："科尔，我就要回国了。"

科尔："回国？是你们国家队召你回去?"

杨帆："我们全国冬季运动会下个月就要召开了，我必须回去参加。"

科尔有些意外："如果你不想走，完全可以留下来。"

杨帆："我们国家的体育文化与加拿大不同，对于你们来说，体育可以是兴趣，也可以是一份工作。但对我们来说，体育是我们奋斗终生的事业。没有国家的培养，我不可能从一个北方小城走出来，成为世界冠军。科尔，我必须回去，我的国家需要我。"

科尔："可是你的训练课程，我还没有教完呢。"

杨帆："下次有机会，再向您学习。"

科尔："那好吧，我和你一起去中国。"

杨帆惊诧地望着科尔。

129. 长春。五环体育馆。1000米比赛现场。日。内。

字幕：1999年1月　长春　五环体育馆

解说员："这里是第9届全国冬季运动会1000米决赛，比赛已经进入最后一圈，吉林队吴海霞排在第一位，第二位是黑龙江队杨帆。"

身穿各省队服的运动员，排成一条线，进入最后一个弯道。

吴海霞眼看胜券在握，突然，杨帆从吴海霞身旁像一只飞鸟轻盈滑过，没等吴海霞反应过来，杨帆已经滑在她前边。

解说员："太精彩了，杨帆在最后一个弯道滑到外道，神奇地超越了吴海霞，获得了1000米冠军。"

场边，秦杉和赵海波、罗小燕、王佳佳都被眼前的一幕惊呆了。

科尔跳起来激动地为杨帆欢呼："杨帆，好样的！"

130. 长春。运动员宾馆。秦杉房间。夜。内。

秦杉房间已经成为吉林队临时办公室，场地图、战术图、运动员资料贴满了墙。

秦杉指着吴海霞："你说呀，最后一圈是不是减速了？"

吴海霞："我真没减速，我都不知道是怎么被她超的！"

秦杉："还是输在最后一哆嗦，一个夏天的体能都白练了！"

罗小燕："教练，不怪海霞，杨帆最后一圈速度极快，像飞起来一样。我真想问问她，在国外怎么练的体能？"

王佳佳："我看，还不如直接问问那个外教呢。"

罗小燕："哪个外教？"

王佳佳："就是场边一直喊着给杨帆姐加油的那个老外。"

罗小燕："他是教练？那么年轻，我还以为是她在国外认识的男朋友呢。"

秦杉："都说什么呢？有什么好问的，我不相信这个世界上，还有不刻苦训练，在赛场就能赢的事。"

这时，电话铃响了，秦杉拿起电话。

赵海波："老秦，快看电视。"

秦杉："我现在哪有心思看电视呀。"

赵海波："杨帆从加拿大带回来一位老外教练，正在接受电视采访呢。"

131. 长春。运动员宾馆。大厅。夜。内。

西装革履的科尔面对一群记者，正在侃侃而谈。

记者："请问您如何看待中国短道速滑队一直无缘奥运金牌?"

科尔："在奥运会上，中国短道速滑队总是在最后一刻被超越，我认为根本原因是战术问题，不是队员体能问题。尤其是在长距离项目上，拼命练习体能，效果并不会好……"

132. 长春。运动员宾馆。秦杉房间。夜。内。

电视画面里的科尔继续接受采访："……中国短道速滑队太渴望拿金牌，一直采用领滑战术，这反而成为了中国队最大的包袱。因为跟滑者比领滑者能更好地分配体能，更容易变换战术……"

记者："比赛结束了，您能具体说说什么战术吗?"

科尔幽默地说："比赛还没有结束，我要替杨帆保密。"

王佳佳："领滑消耗体力，这谁不知道。"

吴海霞："这个老外什么意思呀？不就是赢了一场比赛吗，有什么了不起。"

秦杉未语，一直盯着电视里的科尔。

133. 长春。五环体育馆。日。外。

长春五环体育馆，第9届全国冬季运动会的会旗迎风飘扬。

134. 长春。五环体育馆。运动员休息区。日。内。

运动员休息区角落，杨帆最后检查冰刀，科尔在她身旁不断唠叨着。（两人用英语交流。）

杨帆：“科尔，比赛开始你不能留在赛场边，必须坐在观众席上。”

科尔不解：“我不在赛场边，怎么帮你调整战术？”

杨帆：“我求你，不要再给我添麻烦了，你现在的身份不是我的教练。”

秦杉腿伤还没恢复，在赵海波的搀扶下，带着罗小燕、吴海霞和王佳佳走了过来。

秦杉：“还在研究怎么对付我们吉林队？”

杨帆：“秦教练，您的腿伤怎么样了？我回来就比赛，还没来得及去看您。”

秦杉淡淡地说：“没事儿。”

杨帆：“这位是我在加拿大俱乐部的教练科尔先生。”

科尔（英语）：“秦教练，抱歉，听说前几天的记者采访给您带来了麻烦。”

杨帆：“教练，他在为记者采访的事，向您道歉。”

秦杉：“道歉？人说错话才道歉。如果说得对，不是他道歉，而是我道歉。”

杨帆惊诧地看着秦杉。

秦杉：“小燕、海霞、佳佳，你们给我听好了，今天1500米决赛，你们三个人轮流领滑，把杨帆牢牢锁在后面，看看她能不能像韩国队员一样最后一圈反超。如果你们赢了，我就接受科尔先生的道歉。如果你们输给杨帆，我就辞去国家队主教练。”

赵海波："老秦，你这说什么呢？"

罗小燕："教练，您别这样说啊。"

吴海霞："老外就随便那么一说，教练，您怎么还当真了？"

秦杉："他是随便的，我是认真的。杨帆，一会儿赛场上，你要是敢让着她们仨，别怪我翻脸不认人！"

杨帆一直沉默不语。

秦杉说完，扭头离开了。

赵海波："杨帆，他腿伤之后，整个人状态都不对头了，你别放在心上，正常比赛。"

赵海波急急离开了休息室。

科尔："杨帆，他在说什么，我感觉他好像没有原谅我。"

杨帆狠狠地瞪了科尔一眼。

135. 长春。五环体育馆。走廊。日。内。

秦杉一瘸一拐地走在前面，赵海波很快追上了他。

赵海波："老秦，你这是干什么呀？"

秦杉："如果今天杨帆能打败小燕、海霞和佳佳，获得冠军，你说我这个中国队主教练还当得下去吗？"

赵海波："这叫什么话？"

秦杉："如果杨帆赢了，至少证明我的训练方法不如那个科尔。"

赵海波："那也不能让他当国家队主教练呀！"

秦杉："只要能为中国队拿下冬奥金牌，外国人当主教练怎么了？"

赵海波："老秦，你不是一直希望能带着国家队拿下冬奥金牌，青史留名吗？"

秦杉："可我不希望，因为自己无能，耽误了中国冬奥夺金，成为历史罪人！”

赵海波：“那也不是你一个人的责任。”

秦杉：“杨帆她们四个姑娘，是中国短道速滑这几年来，最优秀的一批运动员。既然这是她们最后一届奥运会了，我希望在她们退役前，脖子上都挂着金灿灿的冬奥金牌。”

赵海波的眼圈红了。

秦杉拍了拍赵海波的肩膀，先走了。

136. 长春。五环体育馆。运动员更衣室。日。内。

更衣室，只剩下杨帆、罗小燕、吴海霞和王佳佳在做赛前准备。

王佳佳把鞋套往地上一扔：“反正我是不会跟着外国人练滑冰的。”

杨帆知道这是故意冲着自己来的，没有吭声，仍旧系着鞋带。

吴海霞：“你们两个听着，一会儿上场把吃奶的劲儿都给我使上，今天要是输了，我们都陪秦教练离开国家队！”

罗小燕凑近杨帆：“杨帆，要不一会儿我起跑时，故意犯规先把你拉倒，这样你就不用为难了？”

杨帆把头盔一摔：“你们这是干什么？难道你们苦练滑冰，就是为了教练一个人吗？”

王佳佳：“谁说的，我们也是为国家，为拿金牌。但是，绝不会为了一个外国人……”

杨帆：“我们是职业短道速滑运动员，我们滑冰的目的是让这项运动更有魅力，让这项运动得到更好的发展。”

吴海霞：“哼，出了趟国，就是不一样了。你这些话我咋听不懂，我只懂一句话，人不能忘恩负义！”

杨帆猛地站起来：“你说谁忘恩负义？”

吴海霞："我说谁，谁心里清楚。"

罗小燕："海霞姐，别说了，马上就要比赛了。"

吴海霞："教练好心送她出国，她却带回来一个洋鬼子对教练说三道四，这不是忘恩负义是什么?"

杨帆："送我出国的是我们省队。"

吴海霞："你们省队？要不是教练给你垫钱，你根本就出不去!"

王佳佳："教练还给你做了担保人，我们都知道!"

罗小燕："说句公道话，咱们四个，教练对你最好。夏训的时候，天天都在嘴边念叨，说我们都不如你。杨帆，为了教练，这场比赛你不能赢。"

更衣室里顿时安静了。

杨帆也哑口无言了，把鞋带紧紧一系，抱起头盔，起身离开了更衣室。

解说员："现在进行的是第9届全国冬季运动会女子短道速滑1500米的决赛，领先的分别是吉林省运动员罗小燕、王佳佳和吴海霞，黑龙江省运动员杨帆排在第四位。"

137. 长春。五环体育馆。1500米比赛现场。日。内。

全运会赛场，座无虚席，气氛热烈。

赛场上，杨帆虽然排在第四位，但与前面三个人的差距并不大。

吴平和赵海波坐在主席台上关注着比赛。

秦杉目不转睛地盯着场上的比赛。

观众席上，科尔在不停地挥手示意杨帆超越。

解说员："现在比赛已经进入了最后两圈，杨帆能否像昨天的比赛一样，完成逆袭，让我们拭目以待。"

赛场上，运动员即将进入弯道，杨帆在一瞬间，看到了场外的秦杉。

秦杉也看着她，两人目光相撞，杨帆一犹豫，丧失了弯道超越的时机。

解说员：“很可惜，杨帆在这个弯道没有超越成功，马上要进入最后一个弯道了。”

观众席上，科尔焦急地朝杨帆喊道：“杨帆，你怎么了？”

秦杉看出来杨帆在犹豫，突然朝她大喊：“杨帆，冲过来，冲过来！”

秦杉的声音很大，响彻整个赛场，杨帆听到了这熟悉的声音，咬着牙，心一横，在最后入弯道口没有减速，直接冲向弯道，同时加快蹬冰频率，直到弧顶才转弯，由于用力过猛，身体倾斜的角度非常之大，杨帆竟然一下子同时超越了罗小燕、王佳佳和吴海霞三个人。

现场所有的观众都被这突如其来的反转震惊了，鸦雀无声。

秦杉第一个喊道：“漂亮！”

现场沸腾起来。

解说员：“太神奇了，杨帆在最后一个弯道竟然一下超越三名运动员，排在第一位！冲刺！杨帆获得了第一名！最后一个弯道完成神奇超越！”

秦杉一颗心终于落了下来。他知道自己接下来该做什么，把一件外衣披在了教练服外面，拄着拐杖，就像一名普通的观众，与大家一起退场了。

杨帆冲过线，看向教练席，看到秦杉一瘸一拐地离开了。

138. 长春。五环体育馆。1500米比赛现场。运动员通道。日。内。

杨帆从更衣室出来，披着运动服就往外跑。

赵海波陪吴平走过来。

吴平：“杨帆，你的进步很大。看来，这趟国没有白出呀！”

杨帆：“对不起，吴主任，我要见一个朋友说几句话，马上就回来。”

杨帆转身跑出去。

吴平：“什么朋友，是她那个外国教练？”

赵海波：“我猜，应该是一个中国朋友。”

139. 长春。五环体育馆。走廊。日。内。

秦杉拄着拐杖，挤在散场的观众中。

杨帆在观众中寻找着秦杉的身影。

140. 长春。五环体育馆。日。外。

秦杉拄着拐杖和最后几名观众一起慢慢迈下台阶。突然，抬头发现，杨帆气喘吁吁站在了他面前。

秦杉：“杨帆，我输了，没有资格再当国家队主教练。”

杨帆：“教练，你知道这叫什么吗？这叫知难而退。”

秦杉：“你为什么要劝我留下？是我没有让你见到父亲最后一面，是我在长野失败后把责任都算在你头上，你应该恨我。”

杨帆：“我是恨过你。我恨你无情，恨你自私，恨你没人性，只为你的荣誉。可在我养伤的那一个月，我发现，让我真正挺过来的，不是我对滑冰的热爱，不是我对冠军的渴望，而是你的羞辱和批评。我咬着牙，强挺着，就是想要证明，我不是你嘴里说的那个软弱的人。我承认，你让我变得更坚强，更勇敢，更无畏，而这些是别人无法做到的。”

秦杉静静听着。

杨帆：“小燕、海霞和佳佳都是十几岁就跟你练冰的，我也跟了你快八年了，我们从一开始就是一个整体。今天，你想当逃兵，我不同意！你总是喜欢决定别人的命运，也应该有一次，让别人决定你的命运！”

说完，杨帆从兜里拿出辞职信，撕成两半，扔给了秦杉，转身走了。

秦杉看着杨帆的背影，眼睛里含着泪水，将辞职信撕得粉碎。

141. 七台河。照相馆（杨帆家）。门口。日。外。【音乐段落】

邮递员骑着自行车停在门口，将一份报纸塞进信箱里。

报纸体育版面标题赫然醒目：“中国短道速滑队再度集结，四朵金花备战盐湖城冬奥会。”

142. 七台河。照相馆（杨帆家）。夜。内。【音乐段落】

台灯下，江宏将整版报纸剪了下来，贴在了一大本有关杨帆和中国短道速滑队报道的剪报集上。

其中一张报纸标题赫然写道：“中国短道速滑队勇于创新，吸收国外先进技术，成绩显著提高。”

下面刊登了一张秦杉在冰场上与科尔相互切磋的照片。

143. 保加利亚。索非亚。世界短道速滑锦标赛赛场。日。内。【音乐段落】

杨帆身穿国家队队服，在最后一圈出弯道时，瞬间超越了一名欧洲运动员，第一个冲过终点。

场外，罗小燕、吴海霞和王佳佳高兴地跳了起来。秦杉一边向杨帆招手祝贺，一边还不忘拿着秒表让刘大龙仔细地记录下杨帆的成绩。

字幕：1999年3月，保加利亚索非亚世界短道速滑锦标赛。杨帆获得女子500米、1000米、3000米和全能四项冠军。

144. 英国。谢菲尔德。世界短道速滑锦标赛赛场。日。内。【音乐段落】

最后一圈，杨帆和罗小燕配合，利用弯道连续超越两名外国运动员，以第一名和第二名的成绩先后冲过终点。

场外，刘大龙和吴海霞、王佳佳一同高兴地呼喊起来。

秦杉找到金向南，非常有风度地伸出手，金向南看了看周围的人，只得与秦杉握手。

字幕：2000年3月，英国谢菲尔德世界短道速滑锦标赛，杨帆获得女子1000米、3000米、个人全能、3000米接力四项冠军。

145. 韩国。全州。世界短道速滑锦标赛赛场。日。内。【音乐段落】

杨帆和两名韩国运动员在赛场上艰难地追逐。最后，杨帆在出弯道时瞬间连续超越两名韩国运动员，第一个冲过终点。

金向南严厉地向韩国运动员咆哮着，挥舞着拳头。

杨帆获胜后来到场边，与队友们一一击掌，秦杉也激动地与杨帆拥抱在一起。

字幕：2001年4月，韩国全州世界短道速滑锦标赛，杨帆获得女子1000米、1500米、3000米、个人全能四项冠军。

146. 北京。国家短道速滑队。荣誉室。日。内。【音乐段落】

荣誉室里摆满了各式各样金光闪闪的世界比赛的奖杯。

秦杉、赵海波、刘大龙、杨帆、罗小燕、吴海霞、王佳佳站在奖杯前，拍了一张“全家福”。（定格）

姑娘们意犹未尽，又摆出自己喜欢的造型拍照。（定格）

字幕：1999—2001年，杨帆连续三年成为世界女子短道速滑排名第一的运动员。

147. 七台河。照相馆（杨帆家）。日。内。

一台新电视机，屏幕上一片雪花。

杨欣拿着遥控器蹲在地上调出各个电视台节目。

江宏进来：“小欣，不用调那么多台，把体育频道调出来就行。”

杨欣：“您只看一个体育频道？”

江宏：“妈眼睛不好，看电视也就是看你姐比赛。”

杨欣：“那就简单了，开机就行，其他都不用动了。”

江宏：“好，越简单越好。”

杨欣：“妈，我在哈尔滨上大学，一个月能回来看您一次，现在我去北京读研，半年才能回来，您照顾好自己。”

江宏：“妈的身体你不用担心。小欣，你这次去北京读研，总要去看看你姐吧。”

杨欣：“她现在是体育明星，又要备战冬奥会，哪有时间见我呀？再说，我研究生课程安排也挺紧，有空再说吧。”

江宏：“去看看她吧，亲姐俩有啥话说不开的？”

杨欣看着母亲，若有所思。

148. 北京。国家短道速滑队。会议室。日。内。

白色石膏细细地涂抹在一只只脚上。

杨帆、罗小燕、吴海霞和王佳佳四个姑娘光着脚，坐成一排，一位师傅认真地将石膏涂抹在她们的脚和小腿上。

四个姑娘看着彼此涂满了石膏的脚丫，觉得非常有趣。

赵海波很认真地监督着每一副石膏：“脚抬高点，千万不要沾地。”

杨帆：“领队，脚型鞋和脚，是刚刚合适，还是给脚留一点空间？”

赵海波：“为了便于滑冰时发力，脚型鞋不会留一点多余的空间。”

王佳佳：“那脚变胖了，怎么办？”

罗小燕：“那就给你重做一双。”

吴海霞：“重做！你们知道，做这么一双冰鞋得花多少钱吗？今天是给咱们建脚模，然后裁剪、试穿、修改，最后做成至少也要两个月。”

罗小燕：“国家为我们花了不少钱呀！这要是拿不下金牌怎么办？”

四个人突然沉默不语了，不约而同地看着赵海波。

赵海波："拿不下金牌，让你们在电视里向全国人民谢罪。"

王佳佳："啊！领队，那我不要脚型鞋了！我原来那双，穿着也挺舒服的。"

姐妹们笑成一团。

刘大龙跑了进来："杨帆，你妹来看你了。"

杨帆："我妹？在哪？"

刘大龙："收发室。"

杨帆情急之下忘了脚上的石膏，放下脚。

赵海波："一会儿再去，要不石膏就白涂了。"

杨帆举着脚左右为难。

149. 北京。国家短道速滑队。院子。日。外。

杨帆急匆匆从办公楼出来，跑向收发室。

150. 北京。国家短道速滑队。收发室。日。内。

收发室的老大爷正在听广播。

杨帆："大爷，我妹妹呢？"

大爷："走了。"

杨帆转身欲追。

大爷："别追了，我看见她上公共汽车了。"

杨帆："您怎么不留下她呢？"

大爷："她说学校离咱们很近，下个周末还会来看你，把信和东西放下就走了。"

杨帆拆开信封，里面除了一封信，还有一卷冲洗好的胶卷。

杨帆拿起信，读起来。

杨欣："姐，我还是无法面对你，或许我已经适应那个在电视里经常看到的你了。其实，从小到大，我一直在逃避，逃避你远比我优秀的事实。"

151. 北京。国家短道速滑队。杨帆宿舍。日。内。

杨帆读着妹妹的信。

杨欣："写这封信，让我突然间感觉轻松了好多，我可以自豪地对所有人说，我有一个了不起的姐姐。这些胶卷都是当年爸爸给你拍的。小时候，我嫉妒爸爸总在家里挂你的照片，把胶卷私自藏了起来。爸爸拍得太好了，我一直好好保存着，现在还给你。希望看到这些底片，你能想起爸爸，他在天之灵会保佑你的。预祝你奥运会获得金牌！你的妹妹杨欣。"

窗边，阳光下，杨帆一点一点展开胶卷，看着一张张父亲当年拍下的底片，眼睛湿润了。

152. 吉林。长春。体育局招待所餐厅。门口。日。外。

一辆汽车停在招待所餐厅门口，司机打开车门，金亚林走了出来。

站在餐厅门口的张志强赶紧迎过去，试图扶金亚林，被金亚林一把推开。

金亚林："人都来了吗？"

张志强："都来了，省冬季中心的领导、短道队的教练、主力队员，还有那几个和您要好的老裁判，我都请来了。"

金亚林："秦杉呢？"

张志强："他知道您要见他，昨天晚上就坐火车来了。"

金亚林没有再说话，径直进了招待所餐厅。

153. 吉林。长春。体育局招待所餐厅。宴会厅。日。内。

宴会厅内，摆了四桌酒席，吉林省短道速滑界的重要人物都被请来了。

秦杉由师兄甲陪着坐在主桌，师兄甲小声叮嘱："一会儿不管金老师怎么骂你，你可都要忍着。"

秦杉："你放心，老师能见我，骂我什么都行。哎，今天老师为什么要请这么多人?"

师兄甲："可能他好久不出来，想热闹一下。"

秦杉："他不是这样的人。"

师兄甲沉默不语。

秦杉："老谢，到底发生了什么?"

师兄甲瞒不住了："金老师得了癌症。"

秦杉："什么? 老师身体不是挺好的吗，怎么会得癌症?"

师兄甲："年前他摔了一跤，过去大半年也没有好。上个月去医院做检查，没想到是肺癌，已经扩散了。"

秦杉大吃一惊。

这时，金亚林在张志强的陪同下走进来，现场所有人见到金亚林都站起来，围过去。

一位老领导："金教练。"

金亚林："真不好意思，把您也请来了。"

老领导："哪里，哪里，你看起来身体不错呀!"

金亚林："就那么回事吧。"

一位年轻教练带着一个年轻队员过来："快过来，叫师爷。"

年轻小伙子过来就给金亚林鞠了一大躬："师爷好。"

金亚林拍了拍年轻队员粗壮的大腿，高兴地对那位年轻教练说："眼光不错，是个好苗子。"

年轻教练："谢谢老师！"

金亚林："孩子，好好练，争取以后能拿奥运冠军。"

秦杉走了过来："老师，好久不见了。"

金亚林看着秦杉："好久不见了。"

秦杉再想和金亚林说点什么，金亚林转身与其他来宾握手。

金亚林来到主座前，现场所有人都坐好了。

金亚林："今天请大家来这里聚聚，没有别的意思，就是希望和大家一起祝愿我曾经的学生秦杉，能够带领中国短道速滑队在盐湖城冬奥会上，为我们中国拿下首金。"

所有人的目光投向了秦杉，秦杉的脸上有些紧张。

金亚林："大家都知道，秦杉从小就跟着我练滑冰。从省队到国家队，退役后又给我当助教，我作为他的教练、老师，带了他整整二十年。但是，1994年失败后，他认为是我的训练方法有问题，没有站在我这一边。"

秦杉不敢去看老师的目光，低下头。

金亚林："在座的，很多人都当过教练，应该能理解我当时的心情。在我的理念里，老师再错，做学生的也要忍着。因为，没有我把他选出来，手把手地教他，就没有他的今天。"

秦杉内心难过，闭上眼睛。

金亚林："可是，这么多年，每当我在电视上看到中国短道速滑队在世界冰坛披荆斩棘，勇往直前，收获了大大小小几十个冠军的时候，我又觉得，秦杉这么做是对的，我是错的。要不是他向领导指出我的问题，取代我执教国家队，哪有中国短道速滑今天的成绩。"

秦杉抬起头激动地看着金亚林。

金亚林："我老了，脑子笨了，有些事想不明白。秦杉，今天我敬你一杯酒，这事就算是过去了。"

金亚林端起酒杯看着秦杉。

秦杉已泪流满面："老师，我对不起您。"

金亚林："哭什么，你现在是国家队主教练，把眼泪给我憋回去。"

秦杉擦了一把眼泪，端起酒杯："我向在座的各位保证，这次冬奥会，我一定拿下金牌，让金老师和我的名字留在中国体育史上。"

说完，秦杉一饮而尽。

金亚林："拿不下冬奥金牌，你也是我最好的学生！"

金亚林举杯一口喝干杯中酒。

秦杉情不自禁与金亚林拥抱在一起。

现场所有人为之感动，为金亚林和秦杉两位硬汉鼓掌，叫好。

154. 美国。盐湖城。莱斯－埃克塞斯运动场。夜。外。【纪录片】

美国当地时间2002年2月8日晚7时，第19届冬季奥运会在犹他州首府盐湖城莱斯－埃克塞斯运动场拉开帷幕。

解说员："在精彩的开幕式后，共有来自77个国家和地区的2399名选手走过主席台，参加本届冬奥会的78个比赛项目，创历届冬奥会人数和比赛项目最高纪录。"

在鲜艳的五星红旗引导下，中国体育代表团出场了。

解说员："中国体育代表团由133人组成，其中运动员77人，是中国历史上参加冬奥会人数最多的一次，共参加7大项38小项的角逐，再一次向中国冬奥会金牌'零的突破'发起冲击。"

155. 美国。盐湖城。新闻发布会。日。内。

中国短道速滑队新闻发布会现场，秦杉、杨帆坐在台上，台下是世界各地的体育记者。

外国记者甲：“1980年中国第一次参加冬奥会，到今天二十二年了，一枚金牌也没拿到，请问是什么原因？”

秦杉：“冰雪运动在中国起步晚，也不够普及，运动员大赛经验也不足。”

外国记者乙：“可你们有12亿人口，难道就培养不出一个能获得冬奥金牌的运动员吗？”

秦杉：“竞技体育有一定偶然性，中国队一直没有获得冬奥金牌的原因是复杂的。”

外国记者丙：“韩国短道速滑教练金向南曾经说，有一种魔咒一直在困扰着中国队，让中国队拿不到冬奥会的金牌。请问您怎么看？”

面对外国记者挑衅的问题，还没等秦杉回答，杨帆立刻拿过话筒：“这届冬奥会的第一项比赛，就是我的强项1500米，我会在这届奥运会的第一天，为中国实现冬奥金牌‘零的突破’。”

外国记者丙：“杨帆，您听说了吗？韩国队为了针对您，这届奥运会专门派了两名年仅17岁的小将。”

杨帆：“近三年，无论世锦赛，还是世界杯，我在1500米这个项目上，从来都没有输过。无论他们换谁，冠军都是我的，不信，我们赛场上见。”

杨帆立下铮铮誓言，现场响起一片掌声。

记者们顿时兴奋起来，冲着杨帆不停拍照。

秦杉看着杨帆，脸上现出一丝担忧。

156. 北京。国家体育总局冬季运动管理中心。大楼门口。傍晚。外。

吴平和刘秘书快步走出大楼门口。

办公室小孙拎着一袋子盒饭进门，正好撞见吴平。

小孙："吴主任，您这是去哪？"

吴平："我家里有点儿事。"

小孙："不是说好了，晚上和总局领导在中心一起看冬奥会现场直播吗？您是主管领导，可不能走呀！"

吴平："我爱人身体不舒服，我要陪她去医院，你替我向总局领导请个假。"

小孙："吴主任，您觉得这次咱们有希望吗？"

吴平头也没回："应该没问题！"

157. 七台河。照相馆（杨帆家）。傍晚。内。

街坊邻居们早早就盼望着这一天，足足有十几口人挤在电视机前。

江宏和杨欣忙活着端茶送水，小小的照相馆从来没有一下子聚过这么多人。

邻居："快，转播开始了，你们娘儿俩也别忙活了，快坐下。"

电视里解说员："下面将要进行的是本届冬奥会的第一个比赛项目——女子短道速滑1500米的决赛。"

这时有人敲门，江宏刚坐下忙又站起来去开门。

黑龙江体育中心王瑞带着五六个人出现在门口。

王瑞："江大姐，这是咱们省体育局的郭书记还有省台和市台的记者。”

江宏：“郭书记，您好，真不好意思，让您大老远地赶来。我们这个家挤了点。”

街坊邻居们一看有领导来了，忙把前面的位置腾出来。

郭书记：“没关系，别客气。我们坐哪儿都行。”

解说员：“比赛即将开始，参加比赛的运动员现在上场了。”

杨欣：“快看，我姐上场了。”

记者们立刻举起摄像机，对着电视上的杨帆拍起来。

江宏招呼着郭书记、王瑞坐在电视机前。

158. 加拿大。蒙特利尔。科尔滑冰俱乐部。休息室。日。内。

科尔、凯文，还有其他孩子们坐在电视机前。

解说员：“第一道是保加利亚运动员伊万诺娃。第二道是韩国运动员崔敏英。第三道是中国选手杨帆……”

凯文和孩子们兴奋得手舞足蹈，向电视中的杨帆挥手：“杨帆！我们看到你了！”

159. 吉林。长春。体育局家属院。金亚林家。卧室。夜。内。

金亚林躺着靠在床头看电视，张志强和徒弟们围在左右。

金亚林非常紧张，拿过来一支笔和一张纸：“把我的表拿过来。”

金亚林妻子把金亚林的手表递给他。

金亚林：“我要这个干什么！我要秒表。”

金亚林妻子：“秒表？到哪儿找去呀？”

张志强："师母不用找，我这儿有。"

张志强把自己的秒表掏出来，递给金亚林。

金亚林拿过秒表，试了试灵敏度，眼睛直勾勾地看着电视。

电视里解说员："正在朝观众挥手的是中国选手罗小燕……"

罗小燕的身影出现在电视画面里，朝观众挥手致意。

160. 美国。盐湖城。冬奥会。达美航空中心。日。内。

盐湖城冰上运动中心，是达美航空中心篮球馆改造而成的滑冰场，四面观众席的座位特别高。此时此刻，上万名观众聚集场内，观看本届冬奥会的首场决赛。

现场赛事人员："请运动员就位。"

所有运动员都站在了起跑线上，做好准备出发的姿势。

现场顿时安静下来。

场边，秦杉、赵海波、吴海霞、王佳佳和刘大龙都紧张地看着杨帆和罗小燕。

"砰"的一声，发令枪响了。

六位运动员冲出跑道，因为是1500米长距离，大家一开始都没有滑得太快。

161. 北京。小餐馆。夜。内。

嘈杂的小餐馆里，刘秘书端来两碗炸酱面放在桌上。

吴平盯着挂在墙上的电视机，电视机里正直播盐湖城冬奥会比赛实况。

解说员："今天很有可能是中国冬奥历史性突破的一天！让我们一起拭目以待。比赛正式开始，韩国运动员高幼贞第一位，崔敏英第二位。加拿大泽茜莱特第三位。”

吃饭的人纷纷抬起头看电视，吧台后正在算账的老板也抬头看着，就连厨子也拿着大饭勺探出头来。

人们叽叽喳喳地议论着，电视机的声音逐渐被掩盖了。

刘秘书：“你们小点儿声，没看比赛都开始了嘛。”

162. 七台河。照相馆（杨帆家）。夜。内。

解说员：“中国队罗小燕第四位。保加利亚伊万诺娃第五位。中国队杨帆第六位。”

江宏盯着电视：“杨帆怎么了？为什么是最后一名？”

杨欣：“妈，这是战术，到最后几圈，我姐就超上来了。”

王瑞：“杨欣说得对，长距离比赛，战术很重要。”

街坊邻居都不敢说话，安静地看着比赛。

163. 加拿大。蒙特利尔。科尔滑冰俱乐部。休息室。日。内。

电视里，比赛在激烈地进行着。

解说员：“现在运动员滑过了两圈，位置还没有改变。”

科尔和孩子们紧张地盯着电视：“杨帆，稳住。”

164. 吉林。长春。体育局家属院。金亚林家。卧室。夜。内。

电视里，罗小燕和泽茜莱特陷入拉锯战，一圈后，罗小燕终于利用弯道从内侧迅速超越了泽茜莱特，占到了第三的位置。

张志强看到罗小燕冲到第三名，高兴地呼喊："加油！"

金亚林一句话不说，只是迅速用手中的秒表，记录着赛场上运动员的单圈时间，然后把这些数字记在纸上。

165. 美国。盐湖城。冬奥会。达美航空中心。日。内。

秦杉朝着场内大喊："小燕，继续上！"

场上，位于第三的罗小燕听到了教练的话，开始来到外道，准备对第二名的韩国选手崔敏英进行超越。

解说员："场上的局势发生了变化，中国选手罗小燕已经上到了第三位，接下来，她会不会超越韩国选手崔敏英呢？"

站在秦杉不远处的金向南，听到了秦杉在高喊，并判断出秦杉喊话的内容，于是他站起来，举起双臂，向场上的韩国运动员做了一个交叉的手势。

场上，崔敏英看到了金向南的手势后，立刻从内道滑到了外道。

罗小燕为躲开崔敏英的阻挡，向更外道滑去，准备从更外道超越崔敏英。

弯道处，崔敏英的右腿突然向外侧滑了一大步，她的刀尖正好碰到了罗小燕的冰刀上。因为处在弯道，罗小燕身体倾斜，崔敏英的冰刀虽然只轻轻碰了罗小燕一下，罗小燕顿时失去了平衡，直接摔了出去，撞在场边的保护垫上。

这一切发生得太突然了。

现场观众见有运动员摔倒，发出一片惊呼。

杨帆用余光看到从旁边摔出去的罗小燕，非常意外。

166. 七台河。照相馆（杨帆家）。夜。内。

电视机旁，杨欣看到罗小燕摔倒在地上，愤怒地喊起来：“是韩国队犯规了！碰到了小燕！”

邻居愤愤不平地说：“裁判眼睛瞎了，没看见吗？应该投诉！”

邮局老张：“不叫投诉，那叫申诉。”

王瑞：“韩国运动员的身体在小燕前面，还不能算犯规，现在只能看杨帆一个人了。”

江宏：“杨帆，可千万别出事。”

167. 美国。盐湖城。冬奥会。达美航空中心。日。内。

赛场上，杨帆马上调整自己，坚定地从外道超越伊万诺娃。

伊万诺娃为了不让杨帆超越自己，也在加速，试图超越泽茜莱特。泽茜莱特也想保住第三，拼力向前冲。

这时，金向南再一次高举双臂，和上次一样，做了一个交叉的手势。

这个交叉的手势恰恰被场上的杨帆用余光看到了。

场上，泽茜莱特刚刚加速，崔敏英又似脑后长眼，突然来了一个减速，故意要往泽茜莱特身上撞。

泽茜莱特同样选择向外道躲闪，崔敏英还是右腿向外侧滑出了一大步，刀尖又轻轻地碰到了泽茜莱特的冰刀上。因为在弯道，泽茜莱特同样无法控制重心，也摔倒在了冰面上。

金向南高举双手用一种独特的手势指挥场上的韩国运动员，让杨帆顿时恍然。原来金向南在指导韩国队员，对从后面超上来的对手做准确判断，然后再利用比赛规则允许的范围恶意阻挡。

168. 北京。小餐馆。夜。内。

电视里，解说员："这场比赛的对抗性太强了，加拿大选手泽茜莱特也摔倒了，现在场上只剩下了4名选手。"

小餐馆的观众不解地说："中国队为什么不上呀！"

刘秘书："现在杨帆冲上去，也会和前面几个运动员一样摔倒。"

吴平默默祈祷："杨帆，可千万别出事。"

169. 美国。盐湖城。冬奥会。达美航空中心。日。内。

解说员："现在还剩下最后三圈，运动员开始冲刺了，位置依然没有变化，夺冠大热门的中国队杨帆还处在第四位。"

场上，杨帆内心十分矛盾，她深知如果此时超越，有可能会被崔敏英绊倒，如果不超过去，就再也没有机会了。

就在杨帆犹豫之际，听到场外秦杉大喊："杨帆，等什么，超上去!'

赵海波、刘大龙、吴海霞、王佳佳一起喊："杨帆，加油！"

场外，所有中国观众齐声呐喊："杨帆，加油！"

在欢呼声中，杨帆不得不进行殊死一搏。

解说员："比赛进入最后两圈了，杨帆在抓住机会！"

场上，运动员再一次进入弯道，杨帆没有减速，准备利用这个弯道，超越前面的崔敏英。

金向南看出了杨帆的动机，高举双手，又一次向崔敏英做出了那个双手交叉的手势。

杨帆全力进入弯道，想从外道完成超越。

杨帆身体倾斜几乎到了30度，戴着防护手套触摸冰面，想用她标志性的弯道不减速超越，完成对前面运动员的一次性超越。

果然，第三名的伊万诺娃在内道对杨帆的超越还没有来得及反应，就被杨帆轻松超越了。

第二名的崔敏英故意滑到了外面，似乎永远像是脑后长了眼睛，又做了一个右腿向外侧的蹬冰动作，故意阻拦外道的杨帆。

杨帆反应快，迅速改变步伐躲开了崔敏英的冰刀。

冰刀是躲开了，但她重心不稳，脚步乱了，多滑了几刀调整步伐，不仅没有超越崔敏英，反而被内道的伊万诺娃完成了对她的反超越，杨帆还是停在第四位。

杨帆一边调整自己的步伐，一边无法掩饰内心的愤怒，大喊一句："混蛋！"

场边，秦杉看到了这一幕，预感到杨帆的情绪出了问题。

170. 吉林。长春。体育局家属院。金亚林家。卧室。夜。内。

师兄甲看着杨帆没有超越成功，焦急地说："杨帆没有超过去！"

金亚林眉头紧锁，一句话不说，还在用秒表记着时间。

171. 加拿大。蒙特利尔。科尔滑冰俱乐部。休息室。日。内。

解说员："反复超越失败，这对杨帆的体力和心态都是很大的考验。"

凯文看着电视着急得直跺脚。

科尔安慰凯文："别着急，还有一圈呢！"

172. 美国。盐湖城。冬奥会。达美航空中心。日。内。

解说员："现在比赛还剩下最后一圈，运动员已经开始最后时刻的冲刺了，我们祝愿中国队的杨帆能够创造奇迹!”

现场所有人都在高喊：“杨帆，加油！中国队，加油!”

场外，刘大龙、吴海霞、王佳佳也在喊：“杨帆，加油!”

但是，秦杉已经不喊了。

赵海波：“老秦，杨帆，怎么了?”

秦杉：“她已经放弃了。”

赵海波：“啊!?”

果然，场上的杨帆越滑越慢，最后索性把双手背在身后，眼看着距离前面的三名运动员越来越远……

耳边，中国观众的加油声，逐渐变成了对她质疑的口哨声，她似乎什么都听不见了，内心充满了愤怒、委屈和不甘。

173. 七台河。照相馆（杨帆家）。夜。内。

电视上，高幼贞、崔敏英、伊万诺娃先后通过了终点线。

解说员：“没有想到盐湖城冬奥会第一场决赛就爆出大冷门，连续三年在1500米比赛上没有输过的中国选手杨帆，竟然被韩国队年仅17岁的小将高幼贞和崔敏英打败了。”

高幼贞和崔敏英向欢呼的观众们挥手致意，然后滑到场边与金向南拥抱。

照相馆内鸦雀无声，所有人都呆呆地望着电视不知道该说什么。

杨欣打破了安静，大喊一声：“姐，你这是怎么了?”

江宏：“真是对不起啊，郭书记，杨帆的表现让你们失望了，辜负了国家对她的栽培。”

郭书记：“不必，不必。胜败乃兵家常事，奥运会还没有完，杨帆还有机会。”

王瑞：“江大姐，杨帆就是没有拿下金牌，也是我们中心的骄傲，我们应该感谢您才对。”

174. 加拿大。蒙特利尔。科尔滑冰俱乐部。休息室。日。内。

解说员：“中国运动员再一次没有实现金牌‘零的突破’。从韩国队两名年轻选手的优秀表现，我们可以看出，这场比赛也许标志着女子短道速滑进入了一个新时代。”

凯文看着电视画面中失望的杨帆，小声哭泣起来。

科尔将凯文搂在怀里：“别难过，我们要相信杨帆。”

175. 北京。小餐馆。夜。内。

解说员：“韩国年轻运动员将取代冰雪女王中国选手杨帆，成为世界短道速滑的新一代女王……”

群众甲：“这么大个国家，竟然搞不出几个会滑冰的，真丢脸。”

刘秘书：“有能耐，你们去滑呀。”

群众乙：“要我说，把体育局主管这个项目的领导都撤了，都是一帮饭桶。”

刘秘书：“你怎么骂人呢？”

群众乙：“我又没骂你。”

吴平一把拉住刘秘书。

176. 吉林。长春。体育局家属院。金亚林家。卧室。夜。内。

电视里，金向南递给高幼贞和崔敏英一面韩国国旗，两个人将韩国国旗高高举过头顶，再一次滑入场中，向观众们致意。

师兄甲：“杨帆怎么会突然发挥失常？”

张志强："中国队的战术，已经被韩国人研究透了。"

一晚都未开口的金亚林："秦杉一定会调整好运动员的状态。"

177. 美国。盐湖城。冬奥会。达美航空中心。休息室。日。内。

杨帆坐在中间，赵海波、罗小燕、吴海霞和王佳佳围坐在旁边。

秦杉在房间里踱步，控制着自己的情绪。

秦杉："你最后一圈为什么放弃？"

杨帆："滑不动了。"

秦杉："这是冬奥会决赛呀，你开什么玩笑！"

杨帆不说话，低着头。

秦杉："你知道全国人民，全世界的观众都在看着你吗？"

杨帆："你看不出韩国队的小动作吗？她们教练就站在入弯处，只要有运动员从后面超越，他就会朝场内打手势，韩国队就会用不正当手段阻挡。"

秦杉："那你也不应该放弃比赛！"

杨帆："和这些耍手段不光彩的人比赛，有什么意义？"

秦杉："杨帆，我们是来夺金牌的，不是和谁比耍手段的。无论他们使用什么小动作，只要在比赛规则内获得冠军，就是英雄。你输了，就是狗熊！"

杨帆沉默不语。

赵海波："你们两人慢慢说，别激动。老秦，韩国队用这样的方法，我们接下来怎么应对？"

秦杉："采用领滑战术。"

杨帆："我不同意！"

秦杉："只有领滑战术才会保证我们不被任何因素干扰，获得冠军。"

杨帆："前几届已经证明了，这么滑拿不到金牌。"

秦杉："必须这么滑！因为，这是我们最后一届冬奥会了！"

当秦杉说出"最后一届冬奥会"的时候，在场所有人都大吃一惊。

吴海霞："教练，真的吗？这是我们最后一届冬奥会？"

罗小燕："冬奥会后，我们都会离开国家队吗？"

王佳佳："领队，教练说的是真的吗？"

赵海波试图安慰大家："教练就是这么随口一说，没这回事。"

秦杉："老赵，到了这个时候，我们就没必要再隐瞒了，我要让她们知道，这届冬奥会对于她们人生的意义。"

赵海波看着秦杉，长叹一口气，摇了摇头。

秦杉："杨帆、小燕、海霞、佳佳，中心早就做出决定，无论成绩如何，这届冬奥会后，你们、我和领队，都要被换掉。你们将退役，我也不会再担任教练了。你们要理解这个决定，我们要给后面的年轻人让路。"

杨帆眼含泪水，罗小燕、吴海霞和王佳佳都哭出了声。

秦杉："姑娘们，我们在一起整整八年了。天下没有不散的筵席，这一天总要来的。"

赵海波也擦了一把眼泪。

秦杉："全力以赴吧，不要给自己的运动生涯留下遗憾。"

178. 美国。盐湖城。冬奥会。奥运村。傍晚。外。

各国运动员享受着这四年一度的体育盛会。

有的运动员在奥运村里散步，无论熟悉还是陌生，彼此打着招呼。

有的运动员在露天咖啡馆聊天，相互介绍各国的趣闻，气氛轻松友好。

179. 美国。盐湖城。冬奥会。奥运村。秦杉房间。夜。内。

秦杉站在窗前，望着窗外奥运村的夜景。

赵海波进来："杨帆来了，说她想明白了，500米要采取你的领滑战术。"

秦杉没有任何意外，继续看着窗外："老赵，你说国外的运动员参加冬奥会，怎么都这么开心呢？"

赵海波走到窗边："等我们拿下这枚金牌就好了。"

秦杉："你说我们还能拿下吗？"

赵海波："我相信，一定能。"

180. 美国。盐湖城。冬奥会。达美航空中心。日。内。

解说员激昂地说："现在是女子短道速滑500米的半决赛，排在第一位的是中国选手杨帆，比赛已进入最后一圈，运动员开始冲刺了！"

最后一个弯道，杨帆仍排在第一位，韩国选手崔敏英排在第二位。杨帆没有减速进入弯道，崔敏英紧紧跟在杨帆身后，试图弯道发力超越杨帆。

场外，赵海波激动地大喊："杨帆，坚持住！"

杨帆有些体力不支了，大口喘着气。

金向南冲着场上的崔敏英大喊："她不行了，冲上去！"

年轻的崔敏英突然迅猛发力，加速进入弯道，由于她身材矮小，瞬间倾斜的身体与冰面之间夹角几乎达到26度，她在出弯道时超越了杨帆。

场外，秦杉和赵海波不禁同时叹气。

到最后冲刺了，杨帆想再拼最后一口气超越崔敏英，狠命蹬冰，不料脚踝处“啪”的一声，而这一声只有杨帆自己能听见。杨帆一咬牙，豁出去了，但已经不可能反超崔敏英。最终，杨帆第二个冲过终点线。

解说员：“女子500米C组的半决赛结束了，韩国选手崔敏英和中国选手杨帆以前两名的成绩进入了决赛。这样，中国队就有杨帆和吴海霞两位选手进入了女子500米比赛的决赛。”

崔敏英高举着双手向为她欢呼的观众致谢，而杨帆则慢慢滑到场边。此时，她已经感觉到脚踝在刚才抢拼时受了伤。

罗小燕：“教练，杨帆姐好像有点儿不对劲。”

秦杉离杨帆很近，也看出了杨帆的异常。

181. 美国。盐湖城。冬奥会。达美航空中心。休息室。日。内。

队医蹲在杨帆面前，按了按杨帆的脚踝。

杨帆忍不住痛苦地“啊”了一声。

秦杉、赵海波、罗小燕、吴海霞和王佳佳都紧张地围着她。

队医：“韧带伤了，不太严重，但不能参加比赛了。”

杨帆：“给我打封闭！”

赵海波：“能打吗？”

队医：“能打，但有风险。”

杨帆：“快打！二十分钟后就是决赛了！”

队医看着赵海波，赵海波犹豫了一下，点点头。

队医正要打开医药箱，却被秦杉拦住了。

秦杉：“等等。”

赵海波不解地看着秦杉。

秦杉："你们都出去一下，我有话要和杨帆说。"

吴海霞、罗小燕和王佳佳彼此对视一眼。

赵海波："老秦，你啰嗦什么，马上就要决赛了！"

秦杉大吼："我要和我的队员单独谈谈！"

赵海波无奈地摇头，示意大家都出去。

杨帆紧张地看向秦杉，以为秦杉又会像从前一样大骂一顿。

秦杉看到所有人都出去了，才转过头看着杨帆："杨帆，我不同意你打封闭上场。"

杨帆："教练，你说什么！？"

秦杉语气平静："你放弃500米决赛吧。"

182. 美国。盐湖城。冬奥会。达美航空中心。休息室外。日。内。

休息室的门紧闭着，赵海波、罗小燕、吴海霞、王佳佳和队医都焦急地站在走廊里。

赵海波不时地看着表，还有十五分钟就要决赛了。

183. 美国。盐湖城。冬奥会。达美航空中心。休息室。日。内。

杨帆："我真没想到，'放弃决赛'这四个字会从您嘴里说出来。"

秦杉："封闭只会让你暂时没有疼痛感，但脚伤依然会影响你比赛动作的协调性。你是拿不了金牌的！"

杨帆："就算我拿不了金牌，我也可以帮助海霞夺金牌。我们两个人上场，总比她一个人单打独斗优势要大。"

秦杉："当年我就是打封闭上场比赛，骨折的。"

杨帆："我自己的决定，出什么事我自己承担。"

秦杉："你知道你要承担什么吗？"

杨帆："我知道。"

秦杉："你会后悔的。"

杨帆："不，我不会。"

秦杉："那种痛苦你不能理解，你的伤疤每天都在提醒，你是一个失败者，你一辈子都会活在失败的阴影中。"

杨帆："我能从一个小城走到今天这么大的舞台，有我个人的奋斗，也离不开国家的培养，还有教练您对我的鼓励。您不是总让我们把赛场看成战场吗？我面前的战场，不是我一个人在战斗！教练，让我上场吧。"

秦杉低下头，无法回答。

184. 美国。盐湖城。冬奥会。达美航空中心。日。内。

浇冰车在现场浇冰，工作人员将一块块黑色橡胶标志块摆在冰面的弯道处。

解说员："第19届盐湖城冬季奥运会女子500米短道速滑的决赛就要开始了。"

185. 美国。盐湖城。冬奥会。达美航空中心。休息室。日。内。

队医将针头从杨帆的脚踝拔出来："封闭打完，疼痛感会减轻，但比赛一用力还是会疼。"

秦杉、赵海波和罗小燕陪着杨帆，杨帆的脚踝处已肿起很高。

杨帆苦笑了一下："小燕，能帮我把冰鞋穿上吗？"

罗小燕眼圈一红，蹲下帮杨帆穿冰鞋，但受伤的脚踝肿得太厉害，脚型鞋怎么也穿不上。

罗小燕有些着急又怕弄疼了杨帆："穿不上啊！"

杨帆："再用点力。"

罗小燕的双手不自觉地发抖，怎么也使不上力。

杨帆："算了，还是我自己来吧。"

说着，杨帆用力把脚往鞋里穿，还是穿不进去。

这时，秦杉蹲到了杨帆面前。

秦杉："还是让我来吧。"

杨帆吃惊地看着教练。

秦杉单腿跪在杨帆面前，使上了劲。

秦杉："忍住。"

杨帆咬紧牙。

秦杉亲自帮杨帆把脚硬是塞进了冰鞋里。

杨帆疼得满头大汗，咬着牙硬是没有发出一丝声音。

赵海波、罗小燕、吴海霞、王佳佳、刘大龙在旁边都不忍看了，背过身去。

秦杉终于帮助杨帆把脚型鞋穿上了。

杨帆轻声地说："教练，谢谢您。"

秦杉的手停住，眼睛湿润了。

秦杉："答应我，不要在比赛中受伤，我要你平安地走下赛场。"

杨帆看着秦杉点了点头。

186. 七台河。照相馆（杨帆家）。夜。内。

郭书记和记者们早早就来到了杨帆家。

照相馆里，已经坐满了街坊邻居，大家都不约而同地穿着红色衣服。杨欣也穿了一件红毛衣。

电视里正在播放冬奥会比赛的直播画面。

江宏：“郭书记，500米不是杨帆的强项，估计，她今天拿不下这枚金牌。”

郭书记：“没事儿，拿不拿金牌，我们都要陪着您，和您一起为杨帆加油。”

这时，邮局老张把一件红毛衣递给了王瑞。

王瑞：“这是干什么？”

老张：“不是说，穿红毛衣吉利吗。”

王瑞：“书记，也给您一件？”

郭书记：“你们穿吧，我就算了。”

187. 北京。小餐馆。夜。内。

客人们吃着夜宵，电视里正在播放电视剧。

刘秘书：“老板，遥控器在哪，我们想看冬奥会比赛。”

老板：“又是你们两个，上次看比赛差点在这儿吵起来，这次不看了。”

吴平赔着笑脸：“这次不会，比赛快开始了。”

老板：“我就不明白，赢不了的比赛，有什么好看的！”

吴平：“就是赢不了，也是咱们国家队的比赛啊！”

老板看着吴平，摇了摇头，顺手按遥控器，换到了冬奥会直播频道。

188. 吉林。长春。体育局家属院。金亚林家。卧室。夜。内。

张志强和几个师兄弟再次来到金亚林家，陪老师一起看比赛。

解说员："这里是美国盐湖城冬奥会，女子短道速滑500米的决赛现场。"

师兄甲："老师，比赛开始了。"

金亚林躺在床上，手里拿着秒表，闭着眼睛，没有回答。

师兄甲："老师，老师。"

张志强赶紧来到老师跟前，听到了老师均匀的呼噜声，转过身对大家说："老师睡着了。"

几个师兄弟相互看了看，不知道该怎么办好。

189. 加拿大。蒙特利尔。科尔滑冰俱乐部。休息室。日。内。

科尔、凯文和孩子们已经坐在电视前，桌子上摆满了饮料小吃。

孩子们期待地看着电视，瞪着眼睛找寻杨帆的身影。

解说员："500米比赛并不是中国队的强项，但依然有许多华人专程赶往现场为中国队加油。"

孩子们终于看到了杨帆出现在镜头中，欢呼雀跃。

190. 美国。盐湖城。冬奥会。达美航空中心。赛场外。日。内。

现场中国代表团的解说员："现在马上要进行的是女子短道速滑

500米的决赛。500米比赛规则，起跑就可以压道，因此运动员的道次非常重要。道次越靠内，起跑越占优势。现在，运动员们已经入场了。”

杨帆、吴海霞和其他三名运动员进入现场，在场外做着准备活动。

场边，秦杉、赵海波、罗小燕、王佳佳和刘大龙都看着大屏幕，期待着。

解说员：“现在所有人都等待着大屏幕公布运动员的道次。五名选手中有两名中国运动员，希望她们能有好运。”

这时，大屏幕上出现了运动员的名单和道次。

解说员：“杨帆是第一道，韩国运动员崔敏英是第二道，保加利亚伊万诺娃是第三道，加拿大泽茜莱特是第四道，吴海霞是第五道。”

解说员：“太可惜了，半决赛一直发挥出色的吴海霞抽到最外道，这无疑增加了她夺冠的难度，而杨帆非常幸运地抽到了第一道。”

杨帆看着大屏幕简直不敢相信自己的眼睛，这时，吴海霞滑过来：“杨帆，怎么办呀？你行吗？”

杨帆一脸茫然，她看向场外的教练员和运动员座席。

赵海波：“我们这是什么运气？非要让受伤的杨帆在一道，海霞在最外道。”

罗小燕绝望地说：“杨帆的针算是白打了。”

王佳佳哭了出来：“教练，是不是真的有魔咒，不让我们拿金牌呀？”

秦杉没说话，他看向场上的杨帆，两人目光相撞。杨帆的眼神像是在向他询问。秦杉知道，他必须给杨帆一个明确的指示，紧接着，他从兜里掏出了那面已准备多年的五星红旗。

秦杉：“快，老赵，小燕，佳佳，我们一起把这面国旗撑起来！”

赵海波："这比赛还没获胜呢？"

秦杉："快，把它撑起来！"

秦杉和赵海波、吴海霞、王佳佳，每人扯着国旗的一角，国旗慢慢展开了，在场边形成了一抹浓重的中国红。

观众席上，中国观众、留学生、华侨都纷纷撑起手中的五星红旗，瞬间像绽放的花朵，盛开在盐湖城冬奥会的比赛现场。

杨帆看着观众席，激情澎湃。眼前闪过自己二十年的奋斗历程……

191. 七台河。照相馆（杨帆家）。日。内。【闪回】

父亲把一个正方形纸盒递给7岁的杨帆，杨帆打开，顿时眼前一亮，盒子里是一双白色的儿童冰鞋。银色的冰刀闪闪发光，杨帆轻轻抚摸着冰鞋，感激地望着父亲。

192. 七台河。桃山湖冰面。清晨。外。【闪回】

杨帆穿着新冰鞋狠狠地摔倒在冰上，父亲在一旁鼓励着让她站起来。

杨帆在父亲的鼓励下，眼中流露出一股不服输的劲头，从冰上爬起来。

193. 七台河。照相馆（杨帆家）。内屋。晨。内。【闪回】

杨帆看着满墙自己的照片，尤其是那张父亲第一次教她滑冰的照片。

杨帆摸着父亲灿烂的笑容。

194. 北京。国家短道速滑队。训练馆。日。内。【闪回】

杨帆身上套着皮筋在练习短道速滑弯道身体倾斜动作。

秦杉盯着杨帆的倾斜角度，大声喊着。

195. 北京。国家短道速滑队。冰场。日。内。【闪回】

秦杉拿着秒表站在场地中央，杨帆和其他队员们一起滑圈。

杨帆挥动着手臂，从飞舞的冰花中穿过。

196. 北京。紫竹院公园。晨。内。【闪回】

秦杉骑着自行车，带着杨帆和队员们，绕着公园的湖边跑步。

杨帆和队友们个个跑得浑身大汗，满脸通红，嘴里冒着热气。

秦杉带领着杨帆和队友迎着朝霞跑去。

197. 美国。盐湖城。冬奥会。达美航空中心。日。内。

现场，裁判举起了发令枪，高喊：“预备——”

五名运动员各就各位，做好了起跑的姿势。

杨帆紧张得浑身都在发抖，她咬了咬牙。

砰！发令枪响。

杨帆几乎随枪响同时冲了出去。

突然，哨声响起。

裁判叫停了，示意大家都回到起跑线上。

198. 七台河。照相馆（杨帆家）。夜。内。

解说员：“刚才杨帆抢跑了，裁判向她出示了黄牌。如果两次抢跑，就要被取消比赛资格。”

江宏看到电视上，杨帆摇了摇头，和其他运动员绕场滑行。

江宏：“郭书记，要不你们在这儿看着，我出去走走。”

郭书记：“大姐，您这是？”

江宏：“年龄大了，心脏不好，我不敢看了。”

杨欣：“妈，我也不敢看，我陪您出去。”

说完，杨欣穿上外衣陪着江宏出去了。

郭书记很紧张，看到旁边没有打开包装的红毛衣。

郭书记：“把红毛衣拿来，我也穿上！”

199. 美国。盐湖城。冬奥会。达美航空中心。日。内。

场内，杨帆和运动员们，再次站在起跑线上，发令员又举起枪。

场边，秦杉、赵海波、罗小燕、王佳佳撑着国旗，紧张地注视着。

秦杉太过紧张，闭上眼睛，不敢去看赛场。

现场一片安静，杨帆高度集中注意力，似乎什么声音都听不见了。

这一刻显得无比漫长……

“砰”一声枪响。

几乎是枪响同时，杨帆脚下猛一发力，冰刀在冰上，溅起一片冰花。杨帆第一个冲出了起跑线。

解说员：“比赛开始了，杨帆起跑不错，现在她处于领先位置。”

赵海波喊道："杨帆起跑第一！第一！"

秦杉睁开眼睛："是吗？杨帆起跑第一？"

场上，杨帆处在第一位，崔敏英紧随其后。

场外，中国队激动地高声呼喊："杨帆，加油！"

200. 吉林。长春。体育局家属院。金亚林家。卧室。夜。内。

电视机里，杨帆处在第一位。吴海霞在第四位，死死挡住身后的德国选手德罗特莱。

张志强和师兄弟们非常激动，又害怕吵醒老师，不出声地欢呼着："好样的，稳住呀！"

金亚林的呼噜声越来越大。

201. 美国。盐湖城。冬奥会。达美航空中心。日。内。

场内，杨帆仍然处在第一位，崔敏英在第二位。

杨帆此时仿佛已经忘掉伤痛，反而越滑越快。

场外，秦杉十分担心地看着杨帆的一举一动。

金向南突然朝场内的崔敏英大喊："超！超过她！"

场内，崔敏英听到金向南的喊声后，一个加速来到外道，更加疯狂地逼近杨帆。

杨帆集中注意力，仔细听着身后崔敏英急促的呼吸声。

一下，两下，三下……

当崔敏英的呼吸声出现不稳的时候，杨帆咬紧牙，狠狠地蹬了一脚冰，拉开了与崔敏英的距离。

崔敏英的步伐一下子被打乱了，与杨帆的距离再一次被拉开。

202. 加拿大。蒙特利尔。科尔滑冰俱乐部。休息室。日。内。

解说员："现在比赛争夺得异常激烈，杨帆仍处在第一位。"

科尔大喊："杨帆，保持住！"

凯文忍不住站了起来，背着手，一边看着电视，一边模仿着杨帆向前冲。

203. 七台河。街道。夜。外。

正月的街道上，到处白雪皑皑。

杨欣扶着江宏走着，四周一片清冷。

杨欣冻得直哆嗦："妈，咱们回去吧。"

江宏："不，再往前走走。"

204. 北京。小餐馆。夜。内。

解说员："500米比赛只有五圈，现在就剩下最后一圈了。运动员们都发起了最后的冲刺。"

小餐馆里已经有越来越多的人围在电视机前，吴平和刘秘书都看不见了，只好悄悄往前挪了挪。

205. 美国。盐湖城。冬奥会。达美航空中心。日。内。

场外，所有中国代表团都齐声高喊："杨帆！加油！"

场内，杨帆和其他运动员即将进入最后弯道，杨帆身后的崔敏英紧紧跟在她后面。

解说员:“现在比赛进入最后一个弯道，就看杨帆能不能保住领先优势，避免韩国选手再次利用最后一个弯道超越。”

中国代表团都焦急地等待着那最后一刻，秦杉眯着眼，他实在不敢直视杨帆。

进入最后一个弯道，杨帆突然让开内道，滑向外道。

崔敏英本想从外道超越，看到杨帆让开内道，犹豫片刻，改变方向，顺势滑向内道。

杨帆完全没有理睬内道的崔敏英，更没有减速，全力冲向弯道，准备完成最后的超越。

现场所有人都屏住了呼吸。

杨帆的速度极快，蹬冰极用力，身体极倾斜……(高速)

整个冰场似乎一点声音都没有，只能听到杨帆冰刀触碰冰面的声音。

在出弯道的那一瞬间，杨帆已远远出现在崔敏英的前方。

崔敏英步伐开始凌乱，第三名的伊万诺娃，第四名的吴海霞利用这个好机会，顺势从崔敏英旁边插了进来，完成对崔敏英的超越。

杨帆一路领先，闭上双眼，仿佛赛道已经深深刻在了她的脑海里。

她猛地睁开眼睛，看到终点线就在自己面前，创造历史的时刻就要到来了!

杨帆咬紧牙关，丝毫没有受伤痛影响，开始最后一刻冲刺。

10米，8米，5米，3米……

这一刻终于到来了，那双绣着五星红旗的冰鞋，在朝着终点线，一步一步冲击。(高速)

就在到达终点前最后一米，杨帆受伤的右脚高高抬起，朝着白色终点线，狠狠压了过去。(高速)

仿佛时间都静止了，一切声音都消失了。冰刀压在终点线上落地，在冰面上发出了刺耳的一声，同时溅起了一层冰花。(高速)

绣着五星红旗的冰鞋穿过飞溅的冰花，越过了终点。(高速)

现场依然鸦雀无声，彷佛一切在冰场凝固。

裁判举起双手，示意比赛结束。

沸腾了，沸腾了，全场沸腾了!

解说员用最高亢的声音，呐喊着："冠军！杨帆获得了女子短道速滑500米的冠军!"

206. 七台河。街道。夜。外。

江宏和杨欣突然停下来，好像感觉到了什么。

杨欣仔细听着旁边邻居家里电视的声音，以及突然爆发出的呼喊声。

杨欣："妈，你听，我姐好像获胜了!"

207. 加拿大。蒙特利尔。科尔滑冰俱乐部。休息室。日。内。

科尔和所有孩子们一起激动地拥抱着，欢呼起来。

208. 吉林。长春。体育局家属院。金亚林家。卧室。夜。内。

张志强和师兄弟几个大男人泪流满面，相互拥抱在一起。

209. 北京。小餐馆。夜。内。

解说员："我们一起见证了中国第一枚金牌的诞生，一起经历了一场足以载入史册的比赛!”

群众们激动地欢呼着，举起手中的杯子，相互碰杯庆祝。

吴平不敢相信眼前发生的这一切，愣愣地坐在人群中间。

刘秘书:“吴主任，咱们夺冠了，您怎么啦?”

吴平:“就这么夺冠了?”

刘秘书:“就这么夺冠了!”

吴平突然把手中的酒杯往桌上一摔:“不就是一枚金牌嘛，为什么要让我们等这么多年!”

210. 美国。盐湖城。冬奥会。达美航空中心。日。内。

杨帆和吴海霞第一时间滑到了场边。

两个人一起投入了秦杉的怀抱中，哭泣不止。

秦杉看着杨帆，流下泪水，说不出话来。

秦杉、赵海波、罗小燕、王佳佳将一直撑着的国旗，正式交给杨帆和吴海霞。

杨帆郑重地接过五星红旗，和吴海霞滑向冰场中央。

杨帆和吴海霞共同高举着鲜艳的五星红旗，绕场滑行。

解说员:“五星红旗在杨帆和海霞的手中，迎风飘扬!犹如一团‘烈焰’，闪耀在整个冬奥赛场!”

五星红旗迎风飘扬在冬奥会赛场上空。

211. 七台河。照相馆（杨帆家）。夜。内。

解说员:“让我们记住这历史的时刻，杨帆获得了中国历史上，第一枚冬奥会金牌!”

在场的记者们，这才想起了他们的使命。

记者:“郭书记,快,赶紧拍摄!”

郭书记马上回到沙发上坐好,这才意识到杨帆的母亲和妹妹不在:“大姐呢?快叫她们回来呀!”

212. 七台河。街道。夜。外。

街坊们兴奋地纷纷从家里冲出来,在街道上高喊。

“老杨家孩子夺冠了!”

“咱们七台河出名了!”

“中国队赢了!”

有人放起了鞭炮。

杨欣激动地拉着江宏往回走:“妈,快回去,我姐得冠军了!”

一束礼花在夜空中散开,把小城的街道照得如同白昼。

江宏仰望夜空中的烟花,长叹一口气:“孩子她爸,你听到了吗?杨帆夺冠了。”

杨欣抱住了母亲,泪流满面。

213. 吉林。长春。体育局家属院。金亚林家。卧室。夜。内。

电视画面回放着杨帆夺冠的瞬间。

解说员仍然很激动:“从1980年到2002年,历时七届奥运会、二十二年时间。中国队终于拿下了冬奥会第一枚金牌!让我们祝贺杨帆!祝贺中国短道速滑队!”

张志强俯下身:“老师!中国队夺金牌了!秦杉把金牌给您拿下来了!”

金亚林根本没有听见,他的呼噜声伴随着手中秒表的嘀嗒声,响彻整个房间。

214. 加拿大。蒙特利尔。科尔滑冰俱乐部。大厅。日。内。

科尔将一张杨帆带着孩子们训练的照片，贴在了俱乐部大厅的海报栏里。

下面写着：杨帆，2002年美国盐湖城冬奥会女子短道速滑500米冠军，曾于1998年在科尔俱乐部训练。

215. 美国。盐湖城。冬奥会。达美航空中心。日。内。

杨帆双手高举着五星红旗滑向赛场，在冰场上向所有观众挥手致意，向远在故乡的亲人致意，向世界上一切关爱她的人致意。她享受着作为一名运动员，短暂并永存的人生最美好的时刻。【定格】

216.【纪录片】

盐湖城冬奥会杨扬获得500米冠军的真实纪录片。

盐湖城冬奥会杨扬获得1000米冠军的真实纪录片。

盐湖城冬奥会杨扬登上奥运会金牌领奖台，获得中国第一枚冬奥会金牌的真实纪录片。

217.【片尾】

杨扬真实照片。

字幕：杨扬，中国著名短道速滑运动员，中国冬季奥运会首枚金牌获得者。2002年盐湖城冬奥会女子短道速滑500米、1000米冠军。在整个运动生涯里，杨扬一共获得过59个世界冠军，是获世界冠军最多的中国运动员。2010年，杨扬成为中国第一个以运动员身份当选的国际奥委会委员，为中国申办北京冬奥会及冰雪事业做出了巨大的贡献。现任北京2022冬季奥林匹克运动会运动员委员会主席，世界反兴奋剂机构副主席。

字幕：2002年盐湖城冬奥会上，中国短道速滑队共获得了2金2银4铜的好成绩，打破了中国冬奥会历史上漫长的沉寂。从此，五星红旗无数次在冬奥会上空升起。二十年后的今天，北京将举办第24届冬奥会，将向全世界证明，中国在奥林匹克的历史上，迈出了前所未有的崭新步伐。

谨以此片，献给北京2022冬季奥林匹克运动会，献给为中国冰雪运动做出贡献的人们。

【全剧终】

★ 电影摄制剧本

我心飞扬

编剧　王放放　王浙滨

1.【纪录片】

1980年美国普莱西德湖冬奥会，中国第一次派出冬季奥运会代表队参加了18个单项比赛，无一人进入前6名。

1984年南斯拉夫萨拉热窝冬奥会，中国冬奥会代表队参加了26个单项比赛，在高山滑雪比赛中获得第19名、20名。

1988年加拿大卡尔加里冬奥会，中国运动员李琰在女子短道速滑1000米比赛中获得第1名，但短道速滑还属表演项目，非正式比赛项目。

1992年法国阿尔贝维尔冬奥会，短道速滑首次成为冬奥会正式比赛项目，李琰在女子500米决赛中获得银牌。

1994年挪威利勒哈默尔冬奥会，中国冬奥会代表队再次向短道速滑金牌冲击。中国选手张艳梅在500米决赛中一路领先，但最后冲刺时被外国运动员超越，获得银牌。中国队再一次与冬奥金牌失之交臂。

字幕：从1980年到1994年，中国一直没能在冬季奥运会上获得金牌。无法实现金牌“零的突破”，犹如一道冰痕深深刻在了每一个冬奥健儿的心中。

2. 北京。国家体育总局冬季运动管理中心。院子。日。外。

字幕：1994 年　北京　国家体育总局冬季运动管理中心

冬奥会刚刚结束，国家体育总局冬季运动管理中心的大院在冬日里显得异常萧瑟。

3. 北京。国家体育总局冬季运动管理中心。会议室。日。内。

会议室里，冬管中心副主任吴平（50岁）和几位领导坐在会议桌前，听取国家短道速滑队主教练金亚林（55岁）利勒哈默尔冬奥会失利的总结报告。

金亚林：“短道速滑队在这届冬奥会上没有实现夺金，原因很多。首先，冬季运动在咱们国家起步晚，只有黑龙江和吉林两个省在搞，基础薄弱。其次，我们在比赛中屡屡遇到裁判不公的问题，比如这次张艳梅在500米决赛遇到对手的小动作，裁判却没有判罚……”

吴平打断：“老金，这件事情我们都已经讨论过了。裁判的问题是我们无法改变的。而且人家的小动作也在规则的模糊地带里。其他人还有什么看法吗？”

会议室内其他人都默不作声。

吴平意识到大家都不敢当着金亚林的面说话，只好苦笑一下。这时，突然有人说话。

助理教练秦杉（36岁）：“金教练说的都对，可是还有一点也很重要。”

金亚林：“那你说，是什么？”

秦杉：“根本原因还是我们不够强。”

现场所有人都非常惊讶，看着秦杉。

金亚林也很惊讶，一时不知道该做何反应。

秦杉：“我们的运动员在最后一圈冲刺时被反超，说明在体能和心态上都有严重的不足。”

吴平：“老金，你说呢？”

金亚林面向秦杉，言语里已经带着不快：“你要是在我的位子上，你说我们怎么办？”

秦杉：“解散国家队，重新选拔，只要24岁以下的。”

大家面面相觑。

金亚林：“开什么玩笑，现在这一批，已经是我在全国范围内能

选出来的体能和技术最好的了!”

秦杉:“我要是选人,先选敢打敢拼的。体能可以想办法练,先天的心理素质我们改变不了。”

金亚林压不住火气,起身甩了一句:“纸上谈兵!”

金亚林拂袖而去。

吴平:“老金!”

金亚林已经出门。

吴平看向秦杉:“秦杉,如果真的让你做主教练,你做不做?”

秦杉面无表情。

会议室内所有人陷入沉默。(淡出)

字幕:一个月后,金亚林卸任中国短道速滑队主教练,由助理教练秦杉接任,重组国家队,备战新一届冬奥会。

片名:我心飞扬

本片故事取材于真实事件,并非真实记录。

人物情节均为艺术创作,如有雷同,纯属巧合。

4. 北京。国家短道速滑队。滑冰馆。一楼。日。内。

字幕:两年后　国家短道速滑队　亚冬会选拔赛

洁白如镜的冰面上,反射着滑冰馆屋顶耀眼的灯光。

突然,一双冰刀由远至近飞驰而过,冰刀溅起冰花,在空中飞舞,晶莹剔透,冰面上留下了一道道深深的冰痕。

场上,杨帆(18岁)飞速蹬冰,紧紧跟在赵雪(20岁)的后面。

防护垫边,秦杉和国家队领队赵海波(36岁),还有队员们都紧张地注视着场上。

吴海霞(20岁):“就剩三圈了,杨帆怎么还不超呀?”

王佳佳（17岁）：“她跟赵雪关系好，让着她呢。”

罗小燕（19岁）：“教练都说了，一场定输赢，输了就离开国家队。就算她平时成绩比赵雪好，她敢让吗？”

赵海波有点担心地看了一眼秦杉。

秦杉意识到了赵海波的担心，没理他，面无表情地盯着赛场上的杨帆。

赛场上，助理教练刘大龙（28岁）朝杨帆和赵雪大喊：“还有两圈！”

杨帆平稳了一下呼吸节奏，咬紧牙开始加速，逐渐逼近赵雪。

赵雪毫不相让，两人脚下冰刀飞起飞落。

一出弯道，杨帆滑到外道，准备超越赵雪。

赵雪意识到了杨帆的意图，也迅速滑到外道，阻挡住身后的杨帆。

很快又要入弯了，杨帆没有完成超越，只好和赵雪一起退回内道，减速过弯。

刘大龙：“最后一圈！”

出弯道，赵雪没有控制好自己的身体，稍微偏离了内道，身后的杨帆立刻抓住这个机会，突然加速，试图从内道完成对赵雪的超越。

两人几乎平行向前滑，胳膊纠缠在一起，脚下的冰刀也险些碰撞。

眼看就要进入下一个弯道了，如果杨帆不能在弯道标志块前进入弯道，就会被挤出界。

就在这千钧一发之际，杨帆身体突然往内侧一闪，一直在和杨帆较劲的赵雪，被闪了个空，一下失去了重心。

杨帆顺势猛蹬一刀，凭借身体的灵活性，领先赵雪半个身位，挤进内道完成了对赵雪的超越。

雪
体
育
峰

赵雪被超越后，心气立刻就没了，速度慢了下来。

杨帆最终以明显优势，率先踏在了终点线上。

场边，队员们感慨着第一场比赛的激烈与残酷。

赵雪趴在防护垫上，“哇”的一声哭了出来。

杨帆回头看着不远处的赵雪，突然，前面传来秦杉的声音。

秦杉隔着防护垫大喊：“杨帆你给我过来！”

杨帆滑到秦杉面前，隔着防护垫看着秦杉。

秦杉质问杨帆：“你刚才干吗呢？”

杨帆：“我怎么了？”

秦杉：“你以为我没看见吗？起跑的时候你自作主张把内道让给赵雪。比赛规则都是事先制定好的，你为什么不遵守？”

杨帆：“我没让着她。”

秦杉：“那你为什么一直跟在她后面滑？”

杨帆：“我最近在练后程超越，今天想试一试。”

秦杉：“万一输了，你怎么办？”

杨帆：“可是我赢了。如果我输了，那就证明您的赛制不合理。”

杨帆说完，转身要滑走，忽然又转过来：“其实，前面有个目标，我会滑得更快。”

秦杉看着杨帆的背影，哑口无言。

这时，赵海波凑了上来：“这也太有个性了吧。”

秦杉：“亚冬会的主力就她了。”

5. 哈尔滨。黑龙江省滑冰馆。短道速滑赛场。日。内。

滑冰馆内，座无虚席，人声鼎沸。

赛场上，四名运动员排成一列，向前滑行，杨帆排在第二位。

秦杉和刘大龙，以及吴海霞、罗小燕、王佳佳都紧张地注视着

比赛。

解说员（O.S）[1]：“这里是哈尔滨亚冬会女子1000米半决赛现场，比赛还剩下最后半圈，现在运动员已经开始冲刺了。”

场上，全孝利和杨帆同时滑出了弯道。杨帆在出弯道时，极力控制住身体，占据了内道，在最后冲刺时刻，领先全孝利一个刀尖，稳稳地把冰刀踩在了终点线上。

解说员（O.S）：“太漂亮了！杨帆第一个冲过终点，以小组第一的成绩闯进决赛！”

场边，队友们都为杨帆欢呼。

赵海波急匆匆赶到秦杉身边。

秦杉兴奋地拍了一下赵海波的肩膀：“老赵，杨帆进决赛了！”

赵海波：“杨帆她爸，出车祸了。”

秦杉：“啊？”

赵海波：“专程从老家来看她比赛，刚出火车站就被撞了。”

秦杉：“严重吗？”

---

① O.S（off-Screen）：电影电视中的镜外音，指并未出现在镜头之内的旁白、内心独白、话外音等。

赵海波："还不清楚。"

秦杉看着赵海波，又看了看场上欢呼胜利的杨帆，一时间说不出话来。

6. 哈尔滨。哈尔滨市人民医院。急救中心。抢救室。日。内。

无影灯下，医护人员紧张地开展抢救。

杨文韬躺在手术台上，双眼紧闭，陷入昏迷。

7. 哈尔滨。哈尔滨市人民医院。急救中心。抢救室门口。日。内。

抢救室门口，杨欣紧紧抓着母亲江宏的手，呆呆地望着抢救室大门。

这时，抢救室的门开了，一名医生走出来。

医生："杨文韬家属在吗？"

江宏和杨欣战战兢兢站了起来。

医生走到江宏和杨欣面前："病人颅内损伤严重，我们还在全力抢救，但目前情况不乐观。"

江宏身体摇晃了一下，差点儿瘫倒在地。

杨欣赶紧扶她，不知道该怎么办。

8. 哈尔滨。黑龙江省滑冰馆。休息室。日。内。

休息室中间横着几条长木凳，沿墙摆放着更衣柜。

王佳佳站在休息室中间，模仿着韩国教练金向南在赛后训斥韩国队队员（韩语）："怎么能让中国队反超了呢？脑子被狗吃了吗？"

吴海霞："不像，不像。"

王佳佳："怎么不像？"

罗小燕："结尾不对，是升调，升调。"

中

杨帆没笑："这话什么意思啊？"

王佳佳（中文）："怎么能让中国队超了呢？脑子被狗吃了吗思密达？"

罗小燕："我还以为只有咱们秦教练爱骂人呢，原来韩国教练也这么训队员……"

四人都笑了。

杨帆："哎，秦教练呢？"

9. 哈尔滨。黑龙江省滑冰馆。角落。日。内。

滑冰馆的一处僻静角落，赵海波和秦杉商量着是否让杨帆去见其父。

赵海波："从体育馆到医院来回15分钟，再给她10分钟看父亲，半个小时之内，最多半个小时，杨帆一定能回来。"

秦杉："她爸躺在医院，她回来还能比赛？"

赵海波："那也不能不告诉她呀！"

秦杉："你知道这场比赛对她有多重要吗？"

赵海波："那你说怎么办？"

突然，传来杨帆的喊声："教练，我找您半天了。决赛我怎么滑？"

秦杉和赵海波抬头，看到杨帆走了过来。

秦杉边思考边说："决赛……你的三个对手都是韩国的冬奥冠军……你夺冠的机会其实不是很大……"

杨帆很诧异地打断："您怎么了？"

秦杉："你有信心拿冠军吗？"

杨帆："教练，这可是在我老家。您咋啦？"

杨帆热切地看着秦杉，等着秦杉给她布置战术。

秦杉看向旁边的赵海波，赵海波目光闪避，也只好装作没事发生。

10. 哈尔滨。黑龙江省滑冰馆。观众席。日。内。

大批的观众已经重新回到座位上。

解说员（O.S）：“女子短道速滑1000米决赛马上就要开始了，请大家抓紧时间入座。”

11. 哈尔滨。黑龙江省滑冰馆。上场通道。日。内。

不同国家的运动员和工作人员穿梭着。

杨帆穿着冰刀，戴着刀套，一步一步走向赛场。

杨帆打量着身边一起上场的韩国队员全孝利、元惠真和金美善。

突然，杨帆听到身后有人在喊她的名字。

杨欣呼喊（O.S）：“杨帆！杨帆！”

杨帆回头，看到杨欣被一名保安拉住。

杨帆：“杨欣？”

杨欣看到了杨帆，一下挣脱了保安，朝杨帆跑去：“姐！姐！”

姐妹俩终于在人群中相遇。

杨帆意外：“杨欣，你怎么在这？”

杨欣哭了：“爸出事了！”

杨帆一愣。

12. 哈尔滨。黑龙江省滑冰馆。赛场边。日。内。

秦杉和赵海波站在赛场边，看着三名韩国队员在场上试冰。

突然，刘大龙慌慌张张跑了过来："教练、领队，杨帆走了！"

秦杉和赵海波脸色一变。

13. 哈尔滨。黑龙江省滑冰馆。大厅。日。内。

杨帆跟着杨欣从走廊里跑出来。

杨欣慌乱中撞倒了工作人员扮演的吉祥物"豆豆"。

杨欣："姐，快走！"

杨帆跑出大门。

14. 哈尔滨。黑龙江省滑冰馆。门口台阶。日。雪。外。

凛冽寒风夹杂着雪片迎面扑来。

杨帆迅速跑下第一层台阶，突然脚下一滑，摔倒在台阶中间的平台上。

杨欣从后面跑过来扶起杨帆：“姐，快走。”

杨帆站起来，身后突然传来秦杉的喊声：“杨帆！”

杨帆回头，看到秦杉已经从门里冲了出来。

秦杉：“杨帆！你不比了？”

杨帆看着秦杉，两人对视。

杨欣：“姐！走呀！”

广播里：“代表中国队出场的是来自黑龙江七台河的运动员杨帆，她将以少战多，对抗三名韩国运动员，这将是本次亚冬会一场精彩的比赛……”

杨帆回头看着妹妹，又回头看秦杉。秦杉目光急切。

杨帆再回头看杨欣，杨欣意识到不对劲。

杨帆：“给我10分钟。”

杨欣拉住杨帆的手：“你说什么？”

杨帆目光坚定：“10分钟！就10分钟！”

杨帆挣脱了妹妹的手，转身走向台阶上的秦杉。

杨欣看着杨帆的背影，顿时绝望。

秦杉看着杨帆在自己面前跑过，连他都有些被杨帆的决绝给惊到了。

15. 哈尔滨。黑龙江省滑冰馆。短道速滑赛场。日。内。

杨帆滑进赛场，现场观众爆发出了热烈的掌声和欢呼声。

解说员（O.S）：“三名韩国运动员已经准备好了，最后滑向起跑线的是场上唯一的中国选手杨帆……”

杨帆高举双臂，面无表情，向四周观众致意。

秦杉在场边注视着杨帆，目光中百感交集。

16. 哈尔滨。哈尔滨市人民医院。急救中心。抢救室。日。内。

一台收音机被放到病床旁，收音机里传来现场的比赛解说声："比赛已经开始了，中国队杨帆起跑不错，目前排在第一位……"

杨文韬浑身插满管子，他用最后一点微弱的气力挣扎着让自己的耳朵靠近收音机。

17. 哈尔滨。黑龙江省滑冰馆。短道速滑赛场。日。内。

全场排山倒海的"加油"声，震耳欲聋。

赛场上，杨帆一马当先冲在最前面，与三名韩国运动员拉开了距离。

解说员（O.S）："杨帆的速度非常快，将身后三名韩国运动员远远甩开！"

场边，刘大龙、罗小燕、吴海霞和王佳佳，激动地朝场上呼喊："杨帆，加油！杨帆，加油！"

赵海波的眼角也湿润了，对身边的秦杉感慨："杨帆说不定能拿冠军。"

秦杉："情绪不对，这么滑下去要出事。"

解说员（O.S）："比赛前半程，杨帆就拿出了冲刺的劲头，她像一艘红色的火箭，冲在最前面！"

场上，杨帆眼含泪水，分不清是着急比赛完去看父亲，还是对冠军的渴望，她不顾一切，发疯地向前滑去。

解说员（O.S）："比赛还剩下五圈，杨帆依旧排在第一位，让我

们一起为杨帆加油，希望她能创造奇迹！”

场外，秦杉、赵海波、刘大龙、罗小燕、吴海霞和王佳佳都在激动地高喊：“杨帆，坚持住！”

场上，杨帆努力坚持着，泪水混合着汗水，顺着她的脸庞滑落。

解说员（O.S）：“虽然对于中长距离来说，运动员不会像滑500米短程那样一直保持全速，但杨帆的对手可是三位奥运冠军呀，她能一直领先实属不易。”

场外，韩国队主教练金向南（45岁）敏锐地观察着杨帆，突然，他把双手高高举起，向场内的韩国运动员，发起了同步超越的信号。

场上，三名韩国运动员看到教练的手势后瞬间一起加速。

解说员（O.S）：“韩国队员提前加速了，杨帆小心！”

在快入弯道时，排名第二的全孝利猛地扎进内道，排名第三的金美善滑向最外道，而排名第四的元惠真则加快速度，占据中道。

解说员（O.S）：“她们居然采取了三条路线，同时发起超越！韩国队的团队配合真是太厉害了，现在我们看看杨帆能否抵挡住她们的这次配合。”

三人滑过弯道后，全速向前，很快就接近了杨帆。

秦杉发现场上韩国队员的变化，立刻朝杨帆大喊：“内道！守住内道！”

解说员（O.S）：“全孝利！全孝利先从内道上来了！”

场上，杨帆听到了教练的提醒，但为时已晚。

解说员（O.S）：“全孝利速度太快了，杨帆处境非常危险！”

由于杨帆前面滑得太猛，此时体力已明显下降，而全孝利看准时机，加速从最内道滑出一个弧线，她脚下的冰刀直指杨帆扶冰的左手。

杨帆被迫抬起扶冰的左手，提前起身，踉跄两步来到外道。而这时，金美善又出现在杨帆的外道，将杨帆撞向内道。

杨帆面临两名韩国运动员的左右夹击，身体瞬间失去平衡，脚

下乱了步伐，就这样被全孝利和金美善从内外道同时超越了。

解说员（O.S）："杨帆被韩国队干扰，速度大幅下降！"

这时，紧跟在后的元惠真，也把握住机会，在即将进入弯道时，从外道将杨帆超越，并且出弯时紧紧扣住了内道，不给杨帆任何机会。

解说员（O.S）："太遗憾了，短短一个直道，杨帆就丧失了领先优势，从第一名落到了最后一位。"

待杨帆调整好平衡，发现自己已经被三名韩国选手远远甩下了。

现场观众席上一片惋惜的感叹声。

场边，秦杉、赵海波、刘大龙、吴海霞、罗小燕和王佳佳都不忍再去看场上还在奋力坚持的杨帆，默默垂下了头。

镜头最后落到杨帆的脸上，她挣扎着，还没有放弃。

18. 哈尔滨。哈尔滨市人民医院。急救中心。抢救室。日。内。

收音机里（O.S）："三名韩国队员已经甩开杨帆小半圈了，这样的距离杨帆很难再赶上去，但杨帆没有放弃，还在咬牙坚持着……"

杨文韬紧闭双眼，默默为女儿加油，但是他的心脏监控仪上，曲线正在逐渐趋于平缓。

19. 哈尔滨。哈尔滨市人民医院。急救中心。走廊。日。雪。内。

医院走廊门被推开，杨帆身穿比赛服向抢救室跑去。

突然，杨帆停下脚步。

杨帆看到医生、护士从抢救室拉出来一辆担架车，朝自己的方向而来。担架车上的人，已经被白布盖上了。江宏跟在担架车后痛哭，杨欣搀扶着她。

杨帆傻傻地看着。

担架车擦肩而过，杨帆想跟上去，被杨欣一把推开。

杨欣：“滚！”

杨帆看着担架车从拐角消失，拐向太平间。

杨帆瘫跪在了地上。一刹那，她的感情决堤了，再也抑制不住，双手捂住脸，痛哭不止。

秦杉站在走廊门口，看到杨帆在抱头痛哭。

赵海波把秦杉拉了出来。

秦杉转头只见窗外的鹅毛大雪，在疾风中，旋转飞舞。

20. 七台河。日。雪。外。

字幕：一个月后　黑龙江　七台河

白雪皑皑的七台河小城，在阳光的照射下，显得非常静谧。

21. 七台河。老杨照相馆。门口。日。雪。外。

一台三蹦子离开，秦杉站在了杨帆家的照相馆门口。

照相馆门前挂着“今日营业”的招牌。

照相馆橱窗里，醒目的位置上挂着一张杨帆7岁时，父亲在桃山湖冰面教杨帆滑冰的照片。

秦杉看着照片里，杨帆在洁白如镜的冰面上滑行，父亲站在她身后鼓掌加油。父女两人开心地笑着，天地间，仿佛除了他们，只有无边无际的桃山湖冰面。

秦杉驻足良久。

22. 七台河。老杨照相馆。暗房。日。雪。内。

红色光线下，杨帆在冲洗一卷胶卷。

杨帆一张张地晾照片，看到其中一张是孩子们滑冰的照片，心中感慨，不忍再看。

这时，杨帆听到照相馆外屋门上的铃铛响了一声。

23. 七台河。老杨照相馆。外屋。日。雪。内。

杨帆从暗房里出来，看到秦杉正背对着自己，看墙上的照片。

杨帆愣住了。

这时，秦杉转过身，看到杨帆穿着洗照片的工作服，有些惊讶。

两个人对视，一时不知该说点儿什么。

秦杉："你家还挺远的。"

杨帆走到柜台后，一边收拾一边说："赵领队来的时候我已经跟他说过了，我不会再滑冰了。您回去吧。"

秦杉："我想听你亲口说出来。"

杨帆顿了一下，看着秦杉："我已经决定了。"

秦杉叹了口气："那好吧。"

杨帆看着秦杉，没想到他这么痛快就答应了，心中又有一丝

失落。

秦杉："世锦赛要开始了，我需要一张证件照。"

杨帆有些意外。

秦杉："我大老远跑过来，你帮我拍张照片，不过分吧。"

24. 七台河。老杨照相馆。里屋。日。雪。内。

杨帆打开拍摄证件照的灯光，熟练地将照相机固定在三脚架上。

秦杉左右打量，看到整整一面照片墙上，全是杨帆从小到大滑冰的照片。

秦杉："这些都是你爸拍的？"

杨帆俯下身瞄着取景器："请您坐好。"

秦杉："你爸爸的事情，我给你道歉。"

杨帆："是我自己决定回去比赛的，与您无关。"

秦杉："我知道，在七台河这种地方，你那么选择，肯定会被很多人议论……"

杨帆："头往左面点。"

秦杉："只有你拿了世界冠军，他们才会理解你。"

杨帆："您还拍不拍了？"

秦杉："你要想一辈子躲在这儿，做摄影大师，你就躲，不过不要让我有一天再看到你，因为我不想看到一个自欺欺人的杨帆。"

杨帆不作声，赶紧"咔嚓"一声按下了快门。

杨帆："拍完了。"

秦杉站起来："我不在乎你是不是跟我回国家队，但你要诚实地面对你自己。"

杨帆："两元。"

25. 七台河。老杨照相馆。外屋。日。雪。内。

秦杉自顾自走到外屋，看着杨帆和父亲的一张合影，指了一下。

秦杉："这样的杨帆，才是你爸最想看到的。"

片刻，杨帆拉开帘子探出脑袋，看到秦杉已经离开了照相馆。

杨帆来到桌前，看见一张开往北京的火车票，放在两元钱上。

杨帆看着火车票，沉默不语。

墙上的那张合影：少女杨帆和父亲在桃山湖冰面上，杨帆抱着冰刀倚在父亲身边，咧嘴笑着，自信，快活。

26. 七台河。街道。夜。外。

雪停了，整个小城都被厚厚的积雪覆盖着。

27. 七台河。老杨照相馆。卧室。夜。内。

杨帆独自一人收拾着行李，外屋传来江宏打电话的声音。

江宏（O.S）：“老杨十年前弄这个照相馆就花了两万多，你现在就给一万，这也太少了……”

28. 七台河。老杨照相馆。外屋。夜。内。

江宏用哀求的口气：“能不能再多一点，一万二……”

突然，杨欣一把摁掉了电话。

江宏：“你干什么？”

杨欣：“妈，您看不出来他在趁火打劫？”

江宏：“不卖怎么办？你要上学，你姐要走，我又不会照相。”

杨欣：“爸临走她都不来看一眼，您为什么还向着她。她怎么就不能留下来照相呢？”

江宏：“你姐要回国家队。”

杨欣：“她非得去滑冰啊？”

江宏：“她滑得好啊……”

29. 七台河。老杨照相馆。卧室。夜。内。

杨帆放下手中的衣服，听着外面母亲和妹妹的对话。

杨欣（O.S）：“亚冬会她连个奖牌都没有拿到，好个屁！”

江宏（O.S）：“你爸说了，她能拿世界冠军……”

“啪”的关门声，杨帆听到杨欣跑出门。

杨帆面带愧疚，低下了头。

30. 七台河。晨。外。

清晨，整个小城还未苏醒，晨雾弥漫下，显得寂静祥和。

31. 七台河。老杨照相馆。外屋。晨。内。

杨帆已收拾整齐，背着双肩包，轻手轻脚地走到外屋。

杨帆站在父亲的遗像前，摸了摸照片上父亲的面容。

她转身刚要离开，突然发现饭桌上摆着一个大碗，大碗上反扣着另一个大碗，旁边摆着一双筷子。

杨帆掀开碗，竟然是新包的一碗饺子，还冒着热气。

顿时，杨帆的眼泪涌了出来，她本打算黎明前悄悄离开，没想到母亲如此了解自己。

杨帆一边抹眼泪，一边往嘴里塞饺子，这碗饺子让她彻底放下了心理负担。她望着母亲紧紧关闭的房门，泪水止不住地落下。

32. 七台河。街道。晨。外。

冬日的朝阳映在杨帆脸上。

杨帆背着双肩包，在铺满积雪的街道上走着，脸上还挂着泪痕。

走着走着，杨帆加快步伐，迎着朝阳跑了起来。

33. 北京。国家短道速滑队。训练室。日。内。

秦杉正背对着门口，监督队员们训练。

团结拼

突然，他发现吴海霞、罗小燕和王佳佳都惊讶地看着自己身后，不练了。

秦杉刚要吹哨，猛然意识到了什么，回头果然看到杨帆已站在自己面前。

杨帆一手拎着行李，一手将冲好的照片递给秦杉。

秦杉掩饰着内心的激动，大声喊道："还不快去！把落下的训练补上！"

杨帆迅速脱下外套："您的证件照。"

杨帆把一个信封塞给了秦杉，然后大步走到器械前，开始训练。

秦杉打开信封，拿出照片，照片上的自己表情很狰狞。

秦杉撇了撇嘴。

34. 北京。国家短道速滑队。宿舍。晨。内。【音乐段落】

一个个闹钟突然响起，一只只手摁掉闹钟的声音。

35. 北京。国家短道速滑队。水房。晨。内。【音乐段落】

一排水龙头被拧开，水流猛地喷出来。

队员们站成一排，睡眼惺忪地对着镜子刷牙。

36. 北京。国家短道速滑队。宿舍楼下。晨。外。【音乐段落】

秦杉跨在自行车上，在宿舍楼下耐心地等着队员们。

杨帆、罗小燕、吴海霞、王佳佳和男队员们纷纷跑了出来，有的在打哈欠，有的还在系鞋带。

37. 北京。国家短道速滑队。院子。晨。外。【音乐段落】

秦杉骑着自行车在队伍前面，队员们列队跟在秦杉自行车后，一起跑出了院子。

38. 北京。居民楼。晨。外。【音乐段落】

清晨，送奶工打开居民楼下的送奶箱，把一瓶伊利牛奶放进去。

秦杉带着运动员们从送奶工身边跑过，送奶工与队员们打招呼。

39. 北京。报亭边。晨。外。【音乐段落】

路边报刊亭，一位老大爷将一捆捆当天的报纸，摆出来。

秦杉骑着自行车，带着朝气蓬勃的队员们在空旷的街道上奔跑。

路灯还亮着，冷风吹起地上的纸片，街道上静悄悄的，只有一队运动员在一往无前地奔跑着。

40. 北京。北京展览馆门口。晨。外。【音乐段落】

清晨的北京展览馆庄严肃穆，偌大的广场上空无一人。

秦杉骑着自行车，带着队员们跑过北京展览馆正门。

此刻，朝霞映在每个运动员的脸上，红彤彤染成一片。

41. 北京。国家短道速滑队。秦杉办公室。夜。内。【音乐段落】

墙上挂着一张巨大的赛场平面图，标满了各种各样的数据。

秦杉拿着标尺画着战术。

42. 北京。国家短道速滑队。训练室。日。内。【音乐段落】

吴海霞举杠铃，脸和脖颈上浸满了汗水。

罗小燕半蹲在镜子前，做着杠铃硬拉动作。

王佳佳躺在长椅上，把两个哑铃从胸前举起。

杨帆身上套着皮筋，练习弯道身体倾斜动作。

秦杉时而示范指导，时而朝坚持不下去的队员们怒吼，刘大龙则记录着每个人的成绩。

43. 北京。国家短道速滑队。楼梯。夜。内。【音乐段落】

秦杉拿着秒表站在楼梯拐角，监督队员们跑楼梯。

运动员们跑上跑下，脚下发出紧凑有力的踢踏声。

秦杉不断催促大家加快速度。

44. 北京。国家短道速滑队。滑冰馆。日。内。【音乐段落】

一双双冰刀从平整的冰面上滑过，冰刀与冰面摩擦，溅起冰花，在空中飞舞。

秦杉拿着秒表站在冰场中央，不断为运动员报时，催促着杨帆和队员们一起绕场滑冰。

45. 七台河。邮局。日。内。

江宏和杨欣站在邮局窗口，接过一张5000元的汇款单，和一封信。

江宏展开杨帆的来信。

杨帆（O.S）：“妈，这5000元钱，是我平时攒下来的。上次来信说杨欣考上大学了，真为她高兴。再过两个月就是长野冬奥会了，今年过年我就不回家了。您多保重身体，我一切都好。”

江宏把汇款单和明信片递给杨欣。

江宏：“你姐给你的。”

杨欣接过明信片，上面写着“姐姐祝你前程远大”。

杨欣翻过明信片，看到反面是日本长野即将举办冬奥会速滑比赛的白环体育馆。

46. 日本。长野。冬奥会。白环体育馆。日。外。

字幕：1998年　日本长野冬奥会

白环体育馆，各国国旗迎风飘扬。

47. 日本。长野。冬奥会。休息室。日。内。

休息室里，秦杉给杨帆、吴海霞、罗小燕和王佳佳讲最后决赛的战术。

电视中，播放着1994年挪威利勒哈默尔冬季奥运会女子短道速滑500米决赛的录像画面。

中国短道速滑名将张艳梅，在最后一个弯道，瞬间被凯西·特纳反超。

张艳梅在被超越的瞬间，秦杉按了暂停键。

秦杉：“要想不在最后一圈被对手反超，你们必须在还剩三圈时就开始冲刺，进入最后一圈的时候，必须领先对手一个身位。记住，一个身位，金牌就是你们的。之前那么苦地训练你们，就是为了今天！按照我的战术布置来打，这场仗我们一定能赢！”

杨帆听得非常认真。

长野冬奥会解说员声音（O.S）：“这里是长野冬奥会女子短道速滑 1000 米的决赛现场……”

CHINA

18. 日本。长野。冬奥会。短道速滑赛场。日。内。

长野冬奥会白环体育馆内，人声鼎沸，座无虚席。

解说员："中国队罗小燕和杨帆处于前两位，韩国队全孝利和元惠真处于第三、四位。"

赛场上，罗小燕、杨帆、全孝利和元惠真一字排开，四名运动员谨慎通过弯道。

解说员（O.S）："比赛还剩最后三圈！"

关键时刻，秦杉向杨帆喊道："杨帆，上！"

杨帆听到秦杉的呼喊，提速向前，从外道迅速超越了已经体力下降、之前一直领滑的罗小燕，压进内道入弯。

全孝利此时仍紧紧跟住杨帆，也试图超越罗小燕。

还没等罗小燕做出阻挡全孝利的动作，全孝利就挤进了内道，排在第二名。

罗小燕紧紧把住内道，阻挡住了后面的元惠真。

比赛惊心动魄，瞬间运动员的位置发生了变化。

解说员（O.S）："场上运动员的排位出现了戏剧性变化，中国选手杨帆现在处在第一位，韩国选手全孝利在第二位，罗小燕第三。"

一出弯道，杨帆拼力加速，全孝利也紧追不放，比赛变成了两人之间的对决。

解说员（O.S）："杨帆现在加速，想甩开全孝利，比赛变成了她们两人的角逐。"

场边，秦杉朝着杨帆大喊："加速！加速！"

杨帆猛力加速，稍稍拉开了与全孝利的距离。

计圈屏上出现"1"，最后一圈的铃铛摇响。

解说员（O.S）："最后一圈！杨帆已经拉开全孝利整整一个身

位！我们马上要见证这历史的一刻了！加油，杨帆！为中国实现金牌‘零的突破’！”

现场的中国观众跟着高呼：“中国队，加油！杨帆，加油！”

场外，吴海霞、王佳佳、刘大龙异常激动：“杨帆要得金牌了！”

秦杉此刻紧张万分，身体都趴在了防护垫上，紧紧盯着杨帆。

解说员（O.S）：“最后一个弯道，杨帆依然保持领先，杨帆保持住啊！”

杨帆奋力向前，身体倾斜，进入弯道。

杨帆完美通过弯道，即将进入最后一个直道，终点线就在眼前。

解说员（O.S）：“杨帆完美出弯，中国队要夺冠啦！”

杨帆脸上已经露出即将获得冠军的喜悦和紧张，突然，她感到身旁一道人影闪过，是全孝利？她怎么突然上来了，她不是被自己甩在身后吗？

解说员（O.S）：“全孝利！出弯时全孝利竟然超了上来！”

全孝利瞬间出现在杨帆旁边，和杨帆纠缠在一起。

场边，秦杉、赵海波、刘大龙、吴海霞和王佳佳都十分惊讶。

杨帆用尽全力去阻挡全孝利，结果与斜插过来的全孝利相撞。

两人几乎同时摔倒，同时滑过了终点线。

现场所有人都被比赛的最终一幕惊呆了。

杨帆摔倒在冰场上，现场的一切声音似乎都听不见了。她看到全孝利迅速从冰上爬起来，滑到裁判面前，指着自己，向裁判申诉。

场外，秦杉朝杨帆大喊，但她却听不到秦杉在喊什么。

冲过终点的罗小燕滑到杨帆身边：“杨帆，你怎么样？”

杨帆这才清醒地意识到眼前发生了什么。

罗小燕扶起杨帆指了指头顶上的大屏幕。

杨帆抬头看着大屏幕。

大屏幕上，此刻正反复播放着刚才杨帆和全孝利冲刺的慢动作，慢动作显示，两人同时过线。

众人静静等待着裁判的判罚，突然，大屏幕显示出一行英文。

解说员惊诧了（O.S）：“什么？裁判员认定，全孝利第一，获得金牌，杨帆最后时刻犯规，取消比赛成绩？”

杨帆看着大屏幕，无比震惊地愣在冰场中央。

场边的中国队，有人悲伤失望，有人愤慨不平，有人痛哭难过。大家都难以接受裁判最终的判罚，难以面对这个残酷的结局。

只见全孝利兴高采烈地从金向南手中接过韩国国旗，向观众挥舞起来。

解说员（O.S）：“太遗憾了，中国队又一次在领先的情况下错失了金牌，我们只能把这个遗憾留给下个世纪……”

杨帆转过头，无助地看向秦杉、赵海波，看向自己的队友们。

秦杉看着旁边高兴的金向南，说不出话。

字幕：女子1000米决赛，杨帆最终因犯规被取消比赛成绩。中国冬奥代表团在长野冬奥会上再次与金牌无缘。

49. 北京。国家体育总局冬季运动管理中心。院子。日。内。

字幕：一个月后

初春，国家体育总局冬季运动管理中心大楼。

50. 北京。国家体育总局冬季运动管理中心。会议室。日。内。

长野失利总结大会上，秦杉面对吴平和其他领导，阐述长野冬奥会的失败经验。

秦杉用幻灯片详细给吴平和其他领导讲述着韩国在长野冬奥会的新技术。

秦杉："韩国队在长野冬奥会使用的弯道超越技术原理，和开车不减速转弯是一个意思。他们进入弯道的时候不减速，滑一个大圈。虽然滑行距离比我们远，因为速度快，时间几乎是一样的。但是，在出弯道的时候，由于速度比我们快，所以，最后还是把我们反超了。"

在一张巨大的冲刺冰刀的特写照片前，秦杉："其实没输多少，就一个刀尖，但还是输了。这个责任，不怪运动员，是我的问题。"

吴平："接下来怎么办?"

秦杉："韩国人的弯道超越技术我们学不来，但我们可以继续提高队员的体能。一个刀尖，其实就是0.01秒，这届冬奥会，我让他们最后三圈开始冲刺，下届冬奥会我们就更早开始加速。我不信这个0.01秒跨不过去。"

吴平："好。赶紧制订备战下届冬奥会的训练计划，我再给你一

个四年。”

秦杉：“我想先解散国家队，按实力重新选拔。”

吴平：“有这个必要吗？这一届怎么说也拿了三枚银牌呢，好多人刚滑了四年，都算是新人……”

秦杉：“四年前，就在这个屋里，我向金老师提出解散国家队。现在目标没完成，我没资格例外。”

51. 北京。国家短道速滑队。宿舍。日。内。

杨帆一边翻看着外国滑冰杂志，一边在英汉词典上查找着。

吴海霞推门进来：“别看了，快点收拾东西吧。”

杨帆：“怎么了？”

吴海霞：“国家队解散了，让咱们赶紧回省队。”

杨帆：“那什么时候回来？”

吴海霞：“明年全运会，重新选拔。”

杨帆："那这一年不是白白耽误了吗？"

吴海霞："秦教练说，别的不用管，先把体能练好。"

杨帆皱起了眉头。

52. 北京。国家短道速滑队。秦杉办公室。日。内。

办公室内，秦杉站在凳子上，正从墙上把训练计划往下拿。

杨帆走进来："教练，您有时间吗？我想和您单独谈谈。"

秦杉："你是不是对回省队训练有意见呀？我知道国家队就你一个黑龙江的，你回省队，成绩容易下降。我已经把你的训练计划和安排都写好了，就在桌子上。你回去带给省队教练。"

杨帆看了一眼桌子上的"训练计划"："回省队，我没什么意见，但我不赞成练体能。"

秦杉听了非常吃惊，回头看着杨帆："那练啥？"

杨帆："我们要学会韩国人的弯道超越技术。"

秦杉："让韩国人教吗？"

杨帆："我查到一位叫科尔的加拿大教练，对这项技术也很熟悉，我们可以请他来教我们。"

说完杨帆把杂志递给了秦杉。

秦杉没有接杂志："这个技术我研究过，要想学会，必须改变滑冰动作，不适合我们。"

杨帆："为什么不适合？"

秦杉："每个国家队都有自己的特点，练体能就是我们中国队的特点。"

杨帆："可它是短道速滑的未来呀！现在强队都在练。这届冬奥会我们输一个刀尖，下届我们就输一个身位了。"

秦杉："你什么意思？"

杨帆："我只是在说我的想法。"

秦杉："我是主教练，你只要听我的去练，就没问题。"

杨帆："赛前，您还说按着您的滑法滑，就一定能拿金牌。"

秦杉有点恼怒地看着杨帆。

53. 北京。国家短道速滑队。训练室。日。内。

刘大龙指挥男队员们把器材往器材室搬，突然听到办公室秦杉大声喊道（O.S）："长野失败，你自己难道一点责任都没有吗？"

现场所有人都愣住了，看着秦杉的办公室。

54. 北京。国家短道速滑队。秦杉办公室。日。内。

秦杉："你最后一圈，是不是比平时慢了？"

杨帆："就慢了一点。"

秦杉："慢一点也是慢！韩国队的弯道技术是很快，但是，你要是不慢那么一点，也不至于被他们反超一个刀尖呀！你不想练体能，我看最该练体能的就是你。像你这样，输了比赛，不知道从自身找原因，一辈子拿不着奥运冠军！"

杨帆："既然教练觉得我没希望，那我还练什么呀？"

秦杉冲了出来朝着杨帆的背影大喊："中国冬奥就因为你，白白浪费四年！"

杨帆推门离开。

55. 北京。国家短道速滑队。院子。日。外。

一辆汽车停在滑冰馆门口，刘大龙和运动员们提着行李放到车上。

56. 北京。国家短道速滑队。滑冰馆。日。内。

秦杉把墙上的“在本世纪完成‘零的突破’”横幅撕了下来。

赵海波走进来：“老秦，去吉林队夏训的东西都准备好了。”

秦杉点点头。

赵海波：“杨帆今天早上走了，听说她回省队了，她是不是要退役啊？”

秦杉：“退役？她才不会退役呢。”

赵海波：“她冰刀都没拿！”

秦杉听完大吃一惊，但强压心头的不安，示意赵海波去忙别的。

57. 北京。国家短道速滑队。秦杉办公室。日。内。

秦杉在打电话。

秦杉：“什么？她不愿意随队训练？……那不是那不是，你听我说，她现在这副德行不是冲着你，是在生我的气。你就记住，你们现在死活把人给我拦住，别让她退役！……行行，我知道了……”

秦杉挂了电话，琢磨了一下。

58. 哈尔滨。地下市场。服装店。日。内。

嘈杂的服装店，赵雪低头把几双高跟鞋放进鞋盒。

突然，一张熟悉的脸出现在了她的眼前。

赵雪抬起头，惊诧地看到站在自己眼前的竟是秦杉，手里还拎着礼品。

赵雪："秦教练，您怎么来了？"

秦杉："我没事，就是来看看你。"

秦杉说着，把礼品放在了柜台上。

赵雪把礼品推回秦杉面前："有事您就说，我可担待不起。"

秦杉很不好意思地笑了笑："有件事，想请你帮忙。"

59. 哈尔滨。老火车俄式餐厅。日。内。

老火车车厢改造的俄式餐厅内，一位服务员把两份红菜汤端到了杨帆和赵雪面前。

杨帆："我是真没想到，你会来找我……你那个服装店，生意怎么样？"

赵雪："还凑合吧，每天早上8点开门，晚上8点收摊。一个星期进一次货。"

杨帆：“那一个月能挣多少钱?”

赵雪：“说不好。”

…………

赵雪：“想想那时候在国家队，虽然压力也挺大的，但至少有个目标。要是能滑，我真想一直滑下去。”

杨帆：“赵雪，对不起。”

赵雪：“我不要你跟我说对不起。要是你杨帆成了冬奥冠军，我被你淘汰，我一点都不觉冤。但是如果我被一个主动退役的运动员淘汰了，我会觉得真不值得。”

两人短暂地沉默。杨帆突然想起什么来。

杨帆：“你怎么知道我要退役?”

赵雪愣了一下，意识到自己说漏嘴了。

赵雪：“啊，你不退役吗?”

杨帆：“是不是秦教练找你了?”

赵雪：“没有啊。”

杨帆看了一下周围，起身。她走到邻座的火车座旁，看到一个人就站住了。

邻座的火车座，秦杉坐在那儿。

杨帆在秦杉对面坐下。

秦杉：“怎么啦？是我叫赵雪来劝你的。”

杨帆：“该讨论的咱们在队里已经讨论过了。我真的不能认同您的训练计划。”

秦杉：“那你也不能不滑了啊!”

秦杉把冰刀放在桌上。

杨帆：“我没说我不滑。”

秦杉：“那你什么意思?”

杨帆：“我想出国。”

秦杉：“去哪儿啊？加拿大？找那个啥科尔去？”

杨帆：“对。”

秦杉：“你别扯了！你知道每年批给你们省队的经费才多少吗？”

杨帆：“我已经给他发电子邮件了，经费我自己会想办法。”

秦杉：“你到底想干啥？”

杨帆：“我必须出国尝试新的方法。”

秦杉：“你就是打死也不跟我练了是吗？”

杨帆：“那是。”

秦杉有点急了：“我告诉你，半年以后全运会重新选拔。你要是去了加拿大找那个啥破科尔，你半年练不出来就废了！”

秦杉留下冰刀离开。

杨帆低头看着桌上的冰刀。

60. 长春。南岭体育场。日。外。

字幕：半年后　长春　南岭体育场

烈日炎炎下，吴海霞、罗小燕和王佳佳，以及吉林队的队员们，跑过终点线，累得瘫倒在地。

秦杉："都起来走走，别躺地上。"

罗小燕："教练，我实在是不行了。"

王佳佳："我也是，撑不住了。"

秦杉看了看手里的秒表，非常欣喜："不错啊，比昨天又快了0.1秒！"

这时，赵海波从场边通道里走出来："杨帆来信了。"

秦杉意外地接过信，倒出信封里的几张照片，有杨帆在国外俱乐部冰场上训练的照片，有杨帆在蒙特利尔标志性建筑前拍的照片，还有杨帆和国外教练、国外队友的合影，以及加拿大的城市风光。

赵海波："杨帆说，她在国外已经学会了韩国队的弯道超越技术，在全运会上滑给咱们看。"

秦杉不屑："成呀，正好这段时间，小燕、海霞、佳佳，你们的体能成绩也上来了，我倒要看看谁牛。"

61. 长春。南岭体育场。1000米决赛现场。日。内。

全运会赛场，座无虚席，气氛热烈。

赛场上，杨帆虽排在第四位，但与前面王佳佳、吴海霞和罗小燕三人的差距并不大。

解说员（O.S）："这里是长春第9届全国冬季运动会短道速滑女

子1000米决赛现场，现在比赛已经进入最后一圈，黑龙江队杨帆依然处于最后一位，吉林队有机会同时拿下三枚奖牌！”

现场的观众发出巨大的欢呼声。

秦杉坐在主席台上，目不转睛地盯着场上的比赛。

解说员（O.S）：“听说杨帆夏季专门在加拿大训练了超越技术，而秦教练也对小燕、海霞和佳佳进行了严格的体能训练。”

杨帆一出弯道就加速来到外道，用一个直道加速蓄力。

解说员（O.S）：“杨帆突然滑向外道！她是要用最后一圈完成超越吗？”

进入弯道时，在外道与排在第三位的王佳佳并驾齐驱。

解说员（O.S）：“杨帆竟然选择了外道入弯，这在中国队以前的比赛中几乎没有出现过！”

杨帆紧靠外道入弯，同时加快蹬冰频率，直到弧顶才转弯。

出弯道时，已超越了王佳佳，与第二名的吴海霞并肩滑行。

解说员（O.S）：“太不可思议了，杨帆在外道轻松超越了王佳佳！”

秦杉看着王佳佳就这么被杨帆瞬间超越，顿时惊诧了。

杨帆没有回到内道，继续在外道加速，逐渐领先吴海霞半个身位。

解说员（O.S）：“杨帆速度越来越快，在外道不断加速，海霞现在非常危险！”

进入第二个弯道，杨帆还是选择外道入弯，入弯的那一刻，已经超过了吴海霞，和内道的罗小燕并驾齐驱。

解说员（O.S）：“杨帆竟然不减速进入弯道！又是外道！超越了吴海霞！”

秦杉慌了，站起来，朝着罗小燕大喊：“小燕！加速！加速！”

杨帆用余光看着内道的罗小燕，在外道加速蹬冰。

解说员（O.S）：“杨帆速度非常之快！这种速度下还能稳住，简直是奇迹啊！”

罗小燕紧贴内道，身体弧度压得极低。

解说员（O.S）：“罗小燕也完美扣住了内道！”

出弯道的那一刻，杨帆瞬间超越了罗小燕。

解说员（O.S）：“天哪！杨帆竟然完成了超越！冲刺了！杨帆获得了第一名！最后一圈完美超越！”

主席台上，秦杉将杨帆整场的超越动作尽收眼底，被彻底震撼到了。

现场的观众顿时沸腾了。

解说员（O.S）：“太神奇了，杨帆在最后一圈连续从外道超越三名吉林队运动员，逆转比赛，拿下冠军！”

秦杉看着杨帆向观众挥手致意，久久说不出话。

62. 北京。国家短道速滑队。秦杉房间。夜。内。

电视里静音播放着全运会女子1000米决赛的录像。

秦杉拿着遥控器，俯身在电视机前，反复看着杨帆最后一圈连超三人的每一个动作细节。

秦杉看着电视里，杨帆获胜后欢快的表情，放下遥控器，陷入沉思。

63. 北京。国家短道速滑队。院子。夜。外。

深夜，只有秦杉的房间还亮着灯。

64. 北京。国家体育总局冬季运动管理中心。吴平办公室。日。内。

吴平看完秦杉的辞职信，难以置信地说："老秦，你想清楚了，真的要辞职吗？"

秦杉："吴主任，国外的训练方法确实比我的先进，我不再适合当国家队主教练了。"

吴平："你觉得中心领导，能同意让一个外国人来当中国队的主教练吗？"

秦杉："只要能帮中国队拿下金牌，别说外国人了，外星人也行啊。"

吴平："队员呢？怎么跟她们解释？"

秦杉："不用解释。"

吴平："我跟你交个底吧，中心已经决定了，不管这次盐湖城的成绩如何，所有运动员退役，所有教练员、领队，包括我，都要退居二线。"

秦杉："拿了金牌，也要退吗？"

吴平："这是咱们这个集体，这代人，最后一次冲击冬奥会金牌了。"

秦杉怔怔地看着吴平。

吴平背对着秦杉，看向窗外。

65. 北京。国家短道速滑队。训练室。夜。内。

杨帆推门而进，在训练室走廊上快步走着。

66. 北京。国家短道速滑队。秦杉办公室。夜。内。

杨帆推门而入，发现罗小燕、吴海霞坐在沙发上，默然不语，王佳佳站在一旁抹眼泪。

杨帆："教练呢？我听助教说他向中心提出辞职了？"

三个人都不吭声。

杨帆这时意识到传闻是真的。

罗小燕："你在全运会把我们打得那么惨，教练觉得他干不下去了。"

吴海霞："他说要请科尔来。"

杨帆："他在哪？"

王佳佳："冰场。"

杨帆转身要走。

吴海霞："杨帆，你知道吗？你出国的名额是教练联系的，钱也是教练垫的。”

杨帆回头看了看她，转身离开了。

67. 北京。国家短道速滑队。滑冰馆。夜。内。

滑冰馆的灯没有全亮，秦杉提着水壶在冰场中间浇冰，他想以这种方式向这个自己奋斗了半辈子的冰场告别。

杨帆走过来，喊了一句：“教练！”

秦杉回头，看到杨帆。

杨帆：“学一项新技术，有那么难吗？”

秦杉不说话。

杨帆：“我觉得没那么难。”

秦杉："一项技术，运动员只要掌握动作标准就行，教练要掌握原理和各种变化，哪那么容易。"

杨帆："为什么不试试呢？难道您是真的不想干了吗？在七台河的时候，您让我诚实地面对内心，现在您对自己诚实吗？"

秦杉："我不是不想干。但我没时间了。我不想因为我让你们再失败。在冬奥金牌面前，我不重要。"

秦杉转身朝着冰场中央滑去。

杨帆继续大喊："不，您重要。只有您能让我在这个冰场上一次次地站起来。您让我变得更坚强，更勇敢。没有您，再好的技术也未必能让我们打败对手。只要一起努力，我们会赢的！"

秦杉看看她，继续低头浇冰。

杨帆："进国家队六年了，我们从一开始就是一个整体。今天，

您想当逃兵，我不同意!”

这时，吴海霞、罗小燕和王佳佳从黑暗中走出来，站在杨帆身后。

吴海霞:“我也不同意!”

王佳佳:“教练，您留下吧，我们需要您!”

罗小燕:“我们保证不偷懒!”

秦杉停在冰场中间，含泪看着墙上贴的标语:“团结一心，永不放弃!”

68. 七台河。街道。日。外。

邮递员小张骑着自行车，打铃，驶过路口，向杨帆家拐去。

小张单脚撑地，停在杨帆家门口，从车筐里拿出报纸，几步跨到杨帆家门前。

杨帆家原本挂着的照相馆的招牌，现在已换成了新的“杨家餐馆”。

69. 七台河。杨家餐馆。日。内。

江宏手里正端着两盘菜，从厨房里出来。

正好邮递员小张进门，拿着报纸朝江宏喊:“江大婶，你家杨帆又上报纸了!”

江宏赶紧把端的盘子放到旁边桌上，双手在围裙上擦了擦油渍，才接过报纸。

江宏惊喜地展开报纸，只见体育版标题赫然醒目:“中国短道速滑队再度集结，四朵金花备战盐湖城冬奥会。”

报纸小标题:“中国短道速滑队勇于创新，吸收国外先进技术，

运动成绩显著提高。”

下面刊登了一张秦杉在办公室与两位外国教练交流的照片。

70. 北京。国家短道速滑队。器材室。日。内。【音乐段落】

外国滑冰教练教队员们用先进的弧度尺测量冰刀的弧度。

墙上贴着一张弧度数值表，秦杉抬头计算着冰刀需要磨到什么弧度。

71. 北京。国家短道速滑队。训练室。日。内。【音乐段落】

外国体能教练在白板上边写边讲解，队员们围在周围，赵海波在一旁翻译。

外教辅助队员们训练，秦杉和刘大龙跟在外教身边，秦杉时不时用笔在纸上做着记录。

72. 北京。国家短道速滑队。滑冰馆。日。内。【音乐段落】

弯道处，摆了两行标志块，两行标志块之间相隔半米的距离。

外国教练用标志块，给队员们讲解着弯道技术。

秦杉在一边认真地听着。

73. 北京。国家短道速滑队。理疗室。日。内。【音乐段落】

杨帆躺在床上，身体上贴满了线，进行新式电疗。

秦杉在外国体能教练的教导下，小心翼翼地旋转着按钮。

杨帆突然浑身抽搐，一下子不动了。

秦杉吓得赶紧把按钮反拧到底，摇着杨帆的肩膀，着急地呼喊。

杨帆睁开眼睛，调皮地笑了，秦杉这才知道，刚才是杨帆的恶作剧。

秦杉假装生气，要再拧电钮，被杨帆赶紧拦下。

大家开心地笑着，和谐得像一个大家庭。

74. 黑龙江大学。食堂。夜。内。【音乐段落】

杨欣拿着饭盒经过电视机前，看到很多学生聚在一起看电视。

杨欣凑上前，电视里是杨帆参加保加利亚世锦赛的现场直播。

电视里，四名运动员滑入最后一个弯道，排在第二的杨帆利用外道超越了一名保加利亚运动员，第一个冲过终点，获得冠军。

学生们激动地敲起饭盒，杨欣也被周围的气氛感染，与同学们一起欢呼。

电视里，杨帆激动得握拳怒吼，庆祝胜利。

75. 长春。体育局家属院。金亚林家。客厅。夜。内。【音乐段落】

金亚林坐在客厅，目不转睛地盯着电视中，中国短道速滑队在英国谢菲尔德世锦赛的比赛。

妻子给他端来一杯水和两片药，被他不耐烦地推开。

电视里，四名运动员滑入最后一个弯道，排在第二的杨帆从外道入弯，超越了一名意大利运动员，第一个冲过终点，获得冠军。

金亚林兴奋地从沙发上站起来欢呼，好像自己依然是国家队主教练。

电视里，杨帆滑到场边，和秦杉隔着防护垫拥抱在一起。

金亚林看着秦杉，佩服地点了点头。

76. 哈尔滨。地下市场。服装店。夜。内。【音乐段落】

赵雪坐在自己的服装店里，看着一台小电视，电视正在直播韩国全州世锦赛。

电视里，四名运动员滑入最后一个弯道，排在第三的杨帆外道入弯，一次超越了韩国运动员全孝利和元惠真，第一个冲过终点，获得冠军。

赵雪非常激动。

画面里杨帆站在领奖台最高处，脖子上挂着金牌，手举鲜花，向观众挥手致意，享受着全场观众的欢呼。

赵雪欣慰地笑了。

77. 北京。国家短道速滑队。会议室。夜。内。【音乐段落】

吴平、秦杉、赵海波和所有短道速滑队运动员、工作人员围坐在电视机前，观看北京申办2008年奥运会的现场直播。

当电视里萨马兰奇宣布“北京”的一瞬间，围坐在电视前的众人激动地跳了起来，彼此击掌，热泪盈眶。

78. 北京。国家短道速滑队。雕塑前。日。外。【音乐段落】

摄影师已经架好了照相机。

队员们把几年来获得的奖杯摆好，簇拥着秦杉和赵海波站在中间。

摄影师按动快门，拍下了一张中国短道速滑的“全家福”。

队员们意犹未尽，王佳佳提议，再拍一张喜庆点的。队员们一拥而上，将秦杉抱起，扔向半空中。【定格】

字幕：1999—2001年，中国女子短道速滑获得世界各大赛事冠军，杨帆连续三年成为世界女子短道速滑排名第一的运动员。

79. 北京。中央电视台。CCTV5 演播厅。日。内。

秦杉和杨帆坐在演播厅，接受着主持人的采访。

主持人开场：“观众朋友们大家好，距离2002年美国盐湖城冬奥会开幕还剩下三个月，今天，我们有幸请到了中国短道速滑队主教练秦杉和主力队员杨帆来到我们直播间。”

秦杉和杨帆朝着镜头挥挥手。

主持人：“秦教练，中国冬奥代表团一直没能在冬奥会上获得金牌，请问这届盐湖城冬奥会，咱们有信心完成这个历史性的突破吗？”

秦杉：“信心肯定是有的，毕竟杨帆这几年一直排在世界第一。

不过，短道速滑比赛带有一定的不确定性，我们只能说，对于在这届冬奥会上实现金牌‘零的突破’，把握很大。”

主持人：“杨帆，韩国队一直是我们在冬奥会比赛中最强大的对手，我听说为了对付你，他们已经换了好几批运动员了，请问你怎么看?”

杨帆：“在1500米这个项目上，我这三年从来没输过。我想，无论他们换谁，冠军都是我的。”

80. 北京。车上。夜。外。

赵海波开着车，秦杉坐在副驾驶，杨帆坐在后排。

赵海波：“在观众面前，说话怎么那么狂呢!”

杨帆：“我说的都是事实。”

赵海波：“那你也不能把话说那么满。”

秦杉：“老赵，杨帆拿了那么多世界冠军，有点霸气是好的，要在气势上，首先压倒对手。”

赵海波：“好啊，我看你这倒戈速度，也能拿金牌了。”

杨帆：“领队，教练本来就是我们这边的，是不是，教练?”

秦杉：“保持中立，保持中立。”

三个人笑了。

突然，手机铃声响起。

秦杉接起电话：“喂？啊，什么?”

秦杉脸色一变。

81. 吉林。长春。体育局家属院。金亚林家。客厅。日。内。

门外传来急促的敲门声。

金亚林妻子打开门，秦杉慌慌张张进来：“老师怎么样了？”

金亚林妻子：“小秦？你怎么来了。”

秦杉：“师母，我是刚刚接到信儿。”

金亚林妻子面露尴尬：“老金今天身体不舒服。”

秦杉：“我知道老师不想见我，但我有些话想当面对老师说。”

这时，里屋传来金亚林的声音（O.S）：“是秦杉来了吗？”

秦杉：“老师，是我。”

金亚林（O.S）：“你进来吧。”

82. 吉林。长春。体育局家属院。金亚林家。卧室。日。内。

秦杉走进金亚林卧室，看到金亚林平躺在床上，脸色憔悴，已经完全没有当年国家队主教练的风采了。

金亚林招招手，示意秦杉坐在床边："几年没见了，你的头发怎么也白了？"

秦杉："老师，您的身体怎么样？"

金亚林："人嘛，总要有这一天。"

秦杉："您别这么想，您身体那么好，一定会痊愈的。"

秦杉忍着泪水："老师，我对不起您，当初我……"

金亚林拉住秦杉的手，摇了摇头。

金亚林："秦杉，大家都说，你当着领导的面拆我的台，是背叛我。但如果这次，你能把冬奥金牌给我拿回来，背不背叛我，都不重要。"

秦杉："您放心，我一定给您把金牌拿回来。"

83. 美国。盐湖城。夜。外。【纪录片】【音乐段落】

连绵的山脊上，巨大的奥运五环标志闪耀着五彩灯光，照亮了整座城市。奥林匹克元素无处不在，点缀着盐湖城的街道，市民纷纷走上街头，热情迎接来宾，像是在举行一场世纪盛典。

解说员（O.S）："美国当地时间2002年2月8日晚7时，第19届冬季奥运会在犹他州首府盐湖城拉开帷幕。"

84. 美国。盐湖城。奥运村。日。外。【纪录片】【音乐段落】

一辆辆载着各国运动员和教练员的大巴车停在奥运村广场，运动员和教练员纷纷拖着行李从车上下来，在热闹的氛围中，走向各自驻地。

解说员（O.S）："共有来自77个国家和地区的2399名选手，参加本届冬奥会的78个比赛项目，创历届冬奥会人数和比赛项目数量之最。”

85. 美国。盐湖城。莱斯-埃克塞斯运动场。夜。外。【纪录片】【音乐段落】

精彩的开幕式表演，充满了美国风情。礼花在空中绽放，照亮了犹他州的皑皑雪山。在鲜艳的五星红旗引导下，中国体育代表团出场了。

解说员（O.S）：“中国体育代表团由133人组成，其中运动员77人，是中国历史上参加冬奥会人数最多的一次，共参加7大项38小项的角逐，再一次向中国冬奥会金牌‘零的突破’发起冲击。”

86. 美国。盐湖城。冬奥会。达美航空中心。日。外。【纪录片】【音乐段落】

达美航空中心，是本届冬奥会短道速滑的比赛场馆。从高空看去，建筑宏伟而壮观，奥运元素点缀在场馆周围。

解说员（O.S）："盐湖城冰上运动中心，是达美航空中心篮球馆改造而成的滑冰场，即将举行本届奥运会的第一场比赛——女子短道速滑1500米。"

87. 七台河。杨家餐馆。外屋。傍晚。内。【音乐段落】

江宏招呼街坊邻居们，十几口人挤在电视机前。

厨房的帘子拉开，杨欣端着茶水，笑呵呵地走了出来。

88. 北京。国家体育总局冬季运动管理中心。会议室。夜。内。【音乐段落】

会议室正中摆放着一台电视机。

国家体育总局冬季运动管理中心的领导和老干部坐在会议室的电视机前观看比赛。

吴平站在一旁，热情地迎接每一位老体育人。

89. 吉林。长春。体育局家属院。金亚林家。客厅。夜。内。【音乐段落】

金亚林在妻子的搀扶下，坐在了沙发上。

金亚林颤颤悠悠地拿出秒表，眼睛直直地看着电视。

90. 哈尔滨。地下市场。服装店。傍晚。内。【音乐段落】

赵雪端着一碗泡面，拧着天线，柜台上的小电视闪了又闪。

赵雪生气地一巴掌拍上去。

电视突然恢复正常，场边裁判做着最后的检查工作。

解说员（O.S）："下面马上要进行的是女子短道速滑1500米的决赛。"

91. 美国。盐湖城。冬奥会。达美航空中心。赛场。日。内。

盐湖城冰上运动中心，四面观众席的座位特别高，此时此刻，上万名观众聚集场内，观看本届冬奥会的首场决赛。

解说员（O.S）：“下面将要进行的是，女子短道速滑1500米的决赛。”

冰场上，六名运动员做着准备活动。

杨帆看着不远处的两名韩国队员，确实非常年轻，而且盛气凌人。

发令裁判：“各就各位，预备。”

所有运动员都滑到起跑线后，做好准备出发的姿势。现场顿时安静下来。

“砰”的一声，发令枪响。

高幼贞和崔敏英脚下猛地蹬冰，在冰面上划出一道冰痕。

杨帆和王佳佳看着高幼贞和崔敏英瞬间从身边滑过。

高幼贞和崔敏英速度极快，迅速和其他运动员拉开了距离，抢先进入弯道。

解说员（O.S）：“1500米是长距离项目，大家一开始都不会滑得太猛，但韩国队两名小将却一反常态，起跑就处于全速状态。”

场边，赵海波和队员们看着在冰上飞速滑行的韩国队选手，都有些莫名其妙。

秦杉看向不远处的金向南，金向南镇静地审视着场上的形势，似乎一切都在他掌控之中。

92. 七台河。杨家餐馆。夜。内。

解说员（O.S）：“目前，韩国选手高幼贞和崔敏英分列第一、二位，加拿大运动员泽茜莱特处在第三位。中国队王佳佳在第四位，保加利亚伊万诺娃在第五位，中国队杨帆在第六位。”

街坊邻居都不敢说话，安静地看着比赛。

93. 美国。盐湖城。冬奥会。达美航空中心。赛场。日。内。

六名运动员向前滑着，高幼贞和崔敏英速度依旧很快，保持着领滑位置。

场边，赵海波："韩国人不是喜欢跟在后面吗，今天怎么领滑了？"

秦杉看向不远处的金向南。

金向南似乎并不紧张，沉稳地观察着场上情况。

秦杉："不能让韩国队领滑了。"

赵海波："还没到预定超圈数。"

秦杉朝着场上大喊："佳佳！超上去！"

场上，王佳佳一愣，但马上执行秦杉的指令，迅速滑向外道。

即将入弯，王佳佳从外道朝第三名的泽茜莱特发起超越。

入弯道时，王佳佳还处在泽茜莱特后侧。

但出弯道的一瞬间，王佳佳就超到了泽茜莱特身前。

泽茜莱特看着王佳佳突然出现在自己前面，难以置信。

解说员："漂亮！王佳佳在弯道完成超越，已经上到了第三位，接下来，她会不会超越韩国选手崔敏英呢？"

场边，秦杉挥动胳膊示意王佳佳继续超越。

王佳佳没有回到内道，继续在外道加速，对第二名的韩国选手崔敏英发起攻势。

两人之间的距离不断缩小，几乎快要平行。

即将入弯，崔敏英用余光观察着王佳佳。

王佳佳咬牙加速，想在进入弯道时插进崔敏英身前。

突然，崔敏英向后挥动的手重重打在了王佳佳的脸上。

王佳佳瞬间失去平衡，撞向场边的防护垫。

杨帆看到王佳佳猛然摔出，撞在防护垫上，心里一突。

解说员（O.S）：“王佳佳意外摔倒！退出比赛。现在场上只剩一名中国选手了。”

场边，秦杉面色猛地一变。

赵海波、刘大龙、吴海霞和罗小燕的表情也凝重起来。

这一切发生得太突然了，现场观众见有运动员摔倒，不禁发出一片惊呼。

94. 北京。国家短道速滑队。会议室。夜。内。

众人屏住呼吸，紧张地观看比赛。

95. 美国。盐湖城。冬奥会。达美航空中心。赛场。日。内。

赛场上，杨帆马上调整自己，滑到外道，加速超越。

解说员（O.S）：“中国选手杨帆向保加利亚选手伊万诺娃发起超越！”

杨帆外道入弯，加速蹬冰，在弯道的中点，已经领先了伊万诺娃一个身位，几乎与泽茜莱特并行。

解说员（O.S）：“漂亮！杨帆完成了超越！”

泽茜莱特用余光看到杨帆超了上来，担心自己也被超越，在出弯的一瞬间，突然加速走内道，想从内道滑出一个弧线，在入弯前超越崔敏英。

崔敏英又似脑后长眼一般，突然伸长左腿，挡在泽茜莱特发力的右腿前。

泽茜莱特瞬间失去重心，扑倒在冰面上，摔了出去。

泽茜莱特狠狠地撞在防护垫上，整个身体都陷了进去。

解说员（O.S）：“这场比赛的对抗性太强了，加拿大选手泽茜莱特也摔倒了，现在场上只剩下了四名选手。”

泽茜莱特身后的杨帆，对崔敏英的动作看得一清二楚，她知道，韩国队这是在利用比赛规则范围之内的动作进行恶意阻挡。

场边，秦杉看着泽茜莱特捂着大腿爬起来，不禁为杨帆捏了把汗。

96. 哈尔滨。地下市场。服装店。夜。内。

赵雪筷子夹着泡面举在半空中，一动不动地看着比赛。

97. 美国。盐湖城。冬奥会。达美航空中心。赛场。日。内。

四名运动员排成一列，在场上高速滑行着。

解说员（O.S）：“现在还剩下最后四圈，运动员开始冲刺了，位置依然没有变化，夺冠大热门的中国队选手杨帆仍处在第三位。”

场上，杨帆内心十分矛盾，她深知如果此时超越，很有可能会被崔敏英绊倒，可如果不超过去，就再也没有机会了。

就在杨帆犹豫之际，听到场外秦杉大喊：“杨帆，超上去！”

赵海波、刘大龙、吴海霞、罗小燕一起喊：“杨帆，加油！”

现场所有中国观众齐声呐喊：“杨帆，加油！”

在阵阵加油声中，杨帆紧咬牙关，决心殊死一搏。

杨帆大步加速，不断逼近崔敏英。

秦杉：“快，再快！”

滑出弯道，杨帆马上调整自己，坚定地从外道超越崔敏英。

解说员（O.S）：“比赛进入最后三圈了，留给杨帆的时间不多了！”

98. 吉林。长春。体育局家属院。金亚林家。客厅。夜。内。

金亚林一句话不说，只是迅速用手中的秒表，记录着赛场上运动员的单圈时间，然后把这些数字记在纸上。

99. 美国。盐湖城。冬奥会。达美航空中心。赛场。日。内。

杨帆不断加快蹬冰频率，打算加速从外道入弯，在弯道完成超越。

就在即将进入弯道的时刻，杨帆突然看到场边的金向南高举双手，做出双手交叉的手势。

杨帆恍然大悟。原来金向南在指导韩国队员，在弯道出弯时，趁对手着急完成超越，利用比赛规则的模糊范围恶意阻挡。

为了躲避崔敏英，杨帆迅速向更外道滑去，准备从大外道入弯。

崔敏英用余光看到杨帆即将出弯道，再次伸出腿想要干扰杨帆。

没想到杨帆滑得太靠外，崔敏英伸出去的冰刀，离杨帆的冰刀还差了一个刀尖。

等到崔敏英反应过来，已经被杨帆轻松超越了。

解说员（O.S）:“漂亮！杨帆用标志性的弯道技术，超越了崔敏英!”

场边，中国队指挥席爆发出一阵激烈的欢呼:“杨帆！好样的!”

秦杉:“继续超!”

杨帆没有并入内道，继续滑在外道，为下一个弯道超越高幼贞做准备。

即将进入弯道，杨帆用余光观察金向南。

金向南这次的手势和之前的不一样，连续做了两次手势。

杨帆一愣，不明白金向南手势的意图。

就在杨帆思考的一刹那，高幼贞突然侧倾，手提前扶在冰面上，左脚冰刀用力向右侧方伸去，踩在杨帆刚并入弯道的右脚冰刀刀尖上。

杨帆趔趄一步，但她反应灵敏，多滑了几刀调整步伐，稳住了身形。

杨帆虽没有摔倒，但被紧跟在后的崔敏英和伊万诺娃一举超了过去。

出弯道时，杨帆又退回到了第四位。

杨帆一边调整自己的步伐，一边无法掩饰内心的愤怒，大喊一句："混蛋！"

场边，秦杉看到了这一幕，预感到杨帆的情绪出了问题。

四名运动员滑过标志线，最后一圈的铃声响起。

解说员（O.S）："现在比赛还剩下最后一圈，运动员已经开始做最后的冲刺了，我们希望中国队的杨帆能够创造奇迹！"

现场所有中国观众都在高喊："杨帆，加油！中国队，加油！"

场外，刘大龙、吴海霞、罗小燕也在喊："杨帆，加油！"

秦杉激动地趴在防护垫上："杨帆！上啊！"

场上，杨帆眼看着前面的运动员越滑越远，她已不再加速。

秦杉盯着杨帆，极度失望。

场上的中国观众仍然呼喊着："杨帆，加油！"

杨帆听不见了，她的愤怒、委屈和不甘都写在脸上。

解说员（O.S）："太遗憾了，杨帆明显体力不支，最后一名过线。"

杨帆顺着冰场慢慢滑了一圈，感到天旋地转，最后坐在冰面上，背靠着防护垫。赛场顶部明亮的灯光，刺得她睁不开眼睛。

100. 美国。盐湖城。冬奥会。奥运村。新闻发布会。日。内。

闪光灯不停闪烁，冬奥会第一个项目就爆出大冷门，赛后的媒体见面会座无虚席。

记者甲："四年前的长野冬奥会上，杨帆就在最后时刻输掉了比赛，今天的比赛，杨帆又发挥失常。请问你们中国队，还会信任她吗?"

秦杉："杨帆跟我训练了八年，她是我们中国队最优秀的运动员，无论任何时候，我对她永远百分之百地信任。"

101. 美国。盐湖城。冬奥会。奥运村。中国代表团驻地。杨帆房间。日。内。

杨帆正在看电视里采访秦杉的画面。

记者乙："那您怎么解释，今天的1500米，她的表现呢?"

秦杉犹豫了片刻："那是因为，她坚决地执行了我赛前布置的战术。"

记者乙："那您承认，1500米的失利，完全是因为教练的战术原因?"

秦杉："我作为中国队主教练，愿意承担这场比赛失败的全部责任。"

杨帆目不转睛地看着电视画面，她被秦杉说出的话彻底震惊了。

102. 美国。盐湖城。冬奥会。奥运村。餐厅。夜。内。

各国运动员享受着这四年一度的体育盛会，无论熟悉还是陌生，

彼此打着招呼，气氛友好而融洽。

角落里，秦杉独自坐在桌前，面前的餐食动都没动一下。

这时，杨帆来到秦杉对面。

秦杉看了她一眼。

秦杉开口："下一场500米你怎么滑？"

杨帆："我想领滑。"

秦杉："领滑？韩国人从外道超你。"

杨帆："那我就跟滑！"

秦杉："跟滑？他们从前面绊你，踹你，拍你脸上，你怎么办？"

杨帆："……"

秦杉沉默无言，和杨帆四目相对。

103. 美国。盐湖城。冬奥会。达美航空中心。赛场。日。内。

场上四名选手，杨帆持续滑在第一位，崔敏英紧紧跟在身后。

解说员（O.S）："现在是女子500米半决赛第二组，杨帆改变了战术，从起跑，她就用尽全力滑在最前面。"

最后一圈的铃铛声响起，杨帆仍在最前面领滑，崔敏英紧紧跟在她身后。

解说员："最后一圈了！杨帆依旧占据领先位置！"

出弯道，崔敏英立刻甩到外道，加快蹬冰频率，不断加速。

场边，秦杉朝着杨帆大喊："上来了！上来了！"

杨帆稍微侧过脸，余光看到崔敏英在外道逼近自己。

杨帆回头看着第一块标志块，心中计算着距离。

杨帆突然倾倒，手扶冰面，紧扣内道，完美入弯，没有给崔敏英留一丝空间。

崔敏英直接从外道入弯，试图从外道发力超越杨帆。

杨帆有些体力不支了，大口喘着气。

年轻的崔敏英在外道迅猛发力，出弯道时几乎与杨帆并行。

杨帆情急之下外滑用身体阻挡。

崔敏英内滑想卡在杨帆身前，两人纠缠在一起。

杨帆和崔敏英脚下的冰刀互相碰撞。

两人同时摔倒在冰面上。

崔敏英第一个过线，杨帆随后过线，脚狠狠地戳在了防护垫上。

场外，秦杉和赵海波瞬间脸色一变。

解说员（O.S）："天哪！中国队杨帆和韩国队崔敏英发生肢体碰撞，双双摔倒在冰面上，杨帆还没有站起来，情况似乎不容乐观！"

杨帆躺在冰面上，扶着自己的头盔，似乎撞晕了脑袋。

解说员（O.S）："中国选手杨帆以第二名过线，和韩国选手崔敏英以前两名的成绩进入了决赛。这样，中国队就有杨帆和吴海霞两位选手进入了女子500米比赛的决赛。"

场边，秦杉带着队医绕着防护垫朝杨帆跑去："杨帆！你怎么样？杨帆！"

杨帆晃晃悠悠站了起来，扶正了头盔："教练，我没事。"

突然，杨帆看到秦杉脸色一变。她顺着秦杉的目光看去，发现自己的比赛服，脚踝处已经破了个口子，鲜血渐渐渗了出来。

104. 美国。盐湖城。冬奥会。达美航空中心。中国队休息室。日。内。

队医蹲在杨帆面前，用止血纱布按住了杨帆脚踝上正在冒血的伤口。

杨帆额头冒出冷汗，但忍住疼痛没有出声。

秦杉、赵海波、刘大龙、罗小燕、吴海霞和王佳佳都紧张地围着她。

血渐渐顺着纱布渗了出来。

队医:“伤口太深了，要想止血，必须去医院缝针。”

赵海波:“送医院，不就等于放弃比赛吗?”

秦杉沉默着。

杨帆问队医:“不能把伤口再缠紧点吗?”

队医:“我可以缠紧，但是激烈运动，有可能会留下严重后遗症。”

杨帆:“我没事儿，缠吧。”

队医正要缠绷带，突然被秦杉用手制止了。

秦杉:“马上去医院。”

杨帆不敢相信:“教练，你是让我放弃比赛?”

秦杉:“杨帆，你这样的伤是不可能赢的，带伤上场也拿不了金牌。”

杨帆忍着疼痛:“就算我拿不了金牌，我也可以帮海霞啊，两个人上场总比一个人强吧。”

吴海霞、罗小燕和王佳佳惊讶地看着杨帆，意外她能说出这样的话。

秦杉:“这种剧烈的疼痛下你没法比的。”

杨帆:“疼我忍得住。”

秦杉突然用手按住伤口上的纱布:“你忍不住!”

杨帆痛得嘶吼一声，差点从椅子上摔下去。

赵海波:“老秦，你干什么!”

秦杉:“送医院!”

秦杉和赵海波走向门外。

杨帆:“教练!”

杨帆一瘸一拐拦在秦杉面前。

秦杉看着她。

杨帆:“如果是您，碰到这种情况，您会上吗?”

两人注视，沉默半晌。

秦杉:“我会。”

杨帆:“那我也会。”

两人相互注视，一切尽在不言中。

队医已经将杨帆的脚踝用层层绷带厚厚缠住。

赵海波、刘大龙、罗小燕、吴海霞和王佳佳陪着杨帆。

秦杉蹲下来帮杨帆穿冰鞋，但受伤的脚因为裹上了厚厚的绷带，怎么也塞不进去，杨帆疼得直咧嘴。

杨帆:“我没事，您再用点力。”

秦杉把一条毛巾塞到杨帆手里。一只手拿着冰鞋，一只手握着杨帆的脚踝放在自己膝盖上。

杨帆拿起毛巾，紧咬着。

秦杉亲自帮杨帆把脚硬是一点一点塞进冰鞋里。

杨帆疼得满头大汗，咬着毛巾硬是没有发出一丝声音。

赵海波、罗小燕、吴海霞、王佳佳和刘大龙在旁边都不忍看了，背过身去。

秦杉终于帮助杨帆把脚型鞋穿上了，一下一下系紧鞋带。

中国解说员正对着话筒介绍着比赛情况（O.S）:“接下来将要举行的是女子短道速滑500米决赛，中国队有杨帆、吴海霞两名选手进入决赛，让我们一起期待她们的精彩表现。”

105. 美国。盐湖城。冬奥会。达美航空中心。走廊。日。内。【高速】

走廊里，十分安静。

突然，中国队休息室的门打开。

杨帆和全体队员一起，雄赳赳气昂昂地走出来。

杨帆走在最中间，踩着冰刀。

杨帆戴好手套，调整好头盔，眼神凶狠而坚定。

106. 七台河。杨家餐馆。夜。内。

电视里正在播放冬奥会比赛的直播画面。

解说员（O.S）：“这里是美国盐湖城冬奥会，女子短道速滑500米的决赛现场。”

电视机前的所有街坊邻居都穿着红衣服。

江宏起身穿外套。

邮局小张：“大婶，你干吗去？”

江宏：“年龄大了，心脏不好，不敢看了……”

杨欣：“妈，我陪您吧，我也不敢看。”

杨欣穿上外衣陪着母亲出去了。

107. 美国。盐湖城。冬奥会。达美航空中心。赛场边。日。内。

现场中国代表团的解说员：“现在马上要进行的是女子短道速滑500米的决赛。短道速滑比赛规则，起跑就可以压道，500米距离短，所以运动员的道次非常重要。道次越靠内，起跑越占优势。现在，运动员们已经入场了。”

杨帆、吴海霞和其他三名运动员进入现场，在场外做着准备活动。

场边，秦杉、赵海波、罗小燕、王佳佳和刘大龙都看着大屏幕，

122

期待着。

解说员（O.S）：“现在所有人都等待着大屏幕公布运动员的道次。五名选手中有两名中国运动员，希望她们能有好运。”

这时，大屏幕上出现了运动员的名字和道次。

解说员（O.S）：“杨帆是第一道，韩国运动员崔敏英是第二道，保加利亚伊万诺娃是第三道，加拿大泽西莱特是第四道，吴海霞是第五道。”

解说员（O.S）：“太可惜了，半决赛一直发挥出色的吴海霞抽到最外道，这无疑增加了她夺冠的难度，而杨帆非常幸运地抽到了第一道。”

一瞬间，场边中国队所有人都非常沮丧。

罗小燕：“海霞这下悬了。”

王佳佳：“可惜杨帆有伤，她们俩要是换一下道次就好了！”

场上，杨帆看向场外的教练席，见秦杉正看着自己。

杨帆滑到场边，靠近秦杉。两人都知道机会来了。

秦杉：“说不定就是现在。”

杨帆：“就是现在！”

杨帆朝秦杉一笑，转身滑向起跑线。

秦杉目送杨帆滑向了起跑线。

108. 北京。国家短道速滑队。会议室。夜。内。

电视画面里，裁判举起了发令枪，高喊：“预备——”

五名运动员各就各位，做好了起跑的姿势。

杨帆紧张得浑身都在发抖，她咬了咬牙。

砰！发令枪响。杨帆几乎随枪响同时冲了出去。

突然，哨声响起，裁判示意有人抢跑。

现场一片叹气声。

109. 美国。盐湖城。冬奥会。达美航空中心。赛场。日。内。

杨帆调整着呼吸，和其他运动员绕场滑行。

解说员（O.S）：“杨帆抢跑了，如果两次抢跑，就要被取消比赛资格。”

110. 吉林。长春。体育局家属院。金亚林家。客厅。夜。内。

金亚林和妻子紧张地看着比赛。

111. 美国。盐湖城。冬奥会。达美航空中心。赛场。日。内。

杨帆和其他运动员们再一次站在了起跑线前，俯身摆好了准备姿势。

杨帆脚踝处，已经能通过厚厚的绷带，看到血渗出来了。

112. 哈尔滨。地下市场。服装店。夜。内。

赵雪在电视机前紧张地看着。

113. 美国。盐湖城。冬奥会。达美航空中心。赛场。日。内。

发令员再次举起枪。

场边，秦杉、赵海波、罗小燕、王佳佳都紧张注视着。

秦杉太过紧张，闭上眼睛，倾听着赛场上的声音。

现场一片安静。

杨帆高度集中注意力，似乎什么声音都听不见了。

这一刻显得无比漫长……

“砰”一声枪响。

几乎是枪响的同时，杨帆脚下猛一发力。

冰刀在冰上，溅起一片冰花。

杨帆紧咬牙关，瞬间冲了出去，第一个冲出了起跑线。

解说员（O.S）：“比赛开始了，杨帆起跑不错，现在她处于领先位置。”

赵海波喊道：“杨帆起跑第一！第一！”

秦杉非常意外，紧张得说不出话来。

场上，全景，杨帆处在第一位，崔敏英紧随其后。吴海霞在第四位，死死挡住身后的加拿大选手泽茜莱特。

场外，中国队激动地高声呼喊：“杨帆，加油！”

场上，杨帆此时仿佛已经忘掉伤痛，反而越滑越快。

金向南突然朝场内的崔敏英大喊：“超！超过她！”

场内，崔敏英听到金向南的喊声后，一个加速来到外道，疯狂地逼近杨帆。

杨帆集中注意力，仔细听着身后崔敏英急促的呼吸声。

一下，两下，三下……

崔敏英的呼吸声出现不稳。

杨帆咬紧牙，狠狠地蹬了一脚冰。

崔敏英一慌，步伐一下子被打乱了，与杨帆的距离再一次被拉开。

秦杉和场边所有人都不住地为杨帆喝彩：“好样的！”

解说员（O.S）：“现在比赛争夺得异常激烈，杨帆仍处在第一位。”

杨帆一马当先，坚持领滑，速度并没有因为伤痛而减慢。

秦杉十分担忧地注视着杨帆受伤的脚踝，绷带已经被鲜血染红了一大片。

解说员（O.S）：“500米比赛只有五圈，现在就剩下最后一圈了。运动员们发起了最后的冲刺。”

场外，中国代表团齐声高喊：“杨帆！加油！”

杨帆在前，崔敏英在后，两人紧贴内道入弯。

突然，杨帆感到四周一暗。她迷茫四顾，发现内道有另一个自己，滑在自己身前。

杨帆深呼一口气，一出弯道，瞬间让开内道，滑向弯道距离更长的外道。

现场鸦雀无声。

杨帆在外道不断加速，看着内道的“杨帆”，两人速度都越来越快。

杨帆紧咬牙关坚持着，和内道的自己保持并行状态。

杨帆使出了自己标志性的“外道入外道出”弯道技术。

中国代表团都焦急地等待着那最后一刻，秦杉眯着眼，不敢再直视杨帆。

杨帆飞速蹬冰，对抗着强大的离心力，孤注一掷不断加速。

内道的“杨帆”的速度极快，蹬冰极用力，身体极倾斜……

因为内道距离短，内道的“杨帆”在弯道终点，已经领先杨帆一个刀尖。

现场所有人都屏住了呼吸。

秦杉微微闭上双眼。

整个冰场似乎一点声音都没有，只能听到冰刀触碰冰面的声音。

那双绣着五星红旗的冰鞋，蹬住弯道内的最后一刀，溅起了一层冰花。

杨帆完成了她职业生涯最完美的一个弯道，在出弯道的一瞬间，超越了内道的自己。

此刻，杨帆突然清醒过来，看向内道，另一个“杨帆”已经消失不见。杨帆瞬间感受到了现场的欢呼。

杨帆丝毫没有受伤痛影响，以绝对领先的优势，开始最后一刻的冲刺，创造历史的时刻就要到来。

杨帆伤脚穿着的冰鞋穿过飞溅的冰花，越过终点。

时间似乎在那一刻静止，彷佛一切在冰场上凝固。

裁判举起双手，示意比赛结束。

沸腾了，沸腾了，全场沸腾了！

解说员用最高亢的声音，呐喊着：“冠军！杨帆获得了女子短道速滑500米的冠军！”

场边，中国队所有人都兴奋地欢呼。

另一面，韩国队金向南愤怒地指着自己的队员在说什么。

解说员（O.S）：“从1980年到2002年，历时七届奥运会、二十二年时间，中国队终于拿下了冬奥会第一枚金牌！让我们祝贺杨帆！祝贺中国短道速滑队！让我们记住这历史的时刻，杨帆获得了中国历史上，第一枚冬奥会金牌！”

秦杉眼含热泪，伸开双臂，抱住刚滑过来的杨帆和吴海霞。

杨帆和吴海霞也哭泣不止。

114. 七台河。杨家餐馆。夜。内。

乡亲们欢呼雀跃。

115. 七台河。街道。夜。外。

杨欣听到家的方向，爆发出呼喊声。

一扭头，看到乡亲们把鞭炮举在了自己家门口，瞬间点燃，直冲上天。

杨欣："我姐夺冠了，我姐是奥运冠军了！"

江宏激动得说不出话来。

116. 哈尔滨。地下市场。服装店。夜。内。

解说员（O.S）："杨帆以绝对领先优势获胜，赢得毫无争议！"

赵雪又哭又笑，流着泪水。

117. 吉林。长春。体育局家属院。金亚林家。客厅。夜。内。

金亚林妻子扭过头："老金！秦杉把金牌给你拿下来了！"

病重的金亚林握住了妻子的手，擦眼泪。

118. 北京。国家短道速滑队。会议室。夜。内。

所有人热泪盈眶，老领导们拄着拐杖站起来鼓掌，掌声经久不息。

吴平痛哭流涕："为什么要让我们等这么多年！"

119. 美国。盐湖城。冬奥会。达美航空中心。赛场。日。内。【升格】

秦杉从赵海波手中，双手接过国旗，正式交给杨帆。

杨帆伸手把国旗的一角递给身边的吴海霞，吴海霞没接，退了两步，朝杨帆笑着。

杨帆没有理解，转头看教练，发现所有人都微笑着看着自己。

杨帆知道了，大家是在告诉她，这是属于她自己的高光时刻。

杨帆转身滑向赛场，双手高举着五星红旗，在冰场上向所有观众挥手致意，向远在故乡的亲人致意，向世界上一切关爱她的人致意。她享受着作为一名运动员，短暂并永存的人生最美好的时刻。

五星红旗迎风飘扬在冬奥会赛场上空。【主题歌】

120.【纪录片】

盐湖城冬奥会杨扬获得500米冠军的真实纪录片。

盐湖城冬奥会杨扬获得1000米冠军的真实纪录片。

盐湖城冬奥会杨扬登上奥运会冠军领奖台，获得中国第一枚冬奥会金牌的真实纪录片。

盐湖城冬奥会杨扬戴着第一枚奥运金牌，看着五星红旗在赛场上冉冉升起的真实纪录片。

CHINA

XIX OLYMPIC WINTER GAMES
CHINA
CHINA

字幕：2002年盐湖城冬奥会上，中国短道速滑队共获得了2金2银4铜的好成绩，打破了中国冬奥会历史上漫长的沉寂。从此，五星红旗无数次在冬奥会上空升起。二十年后的今天，北京将举办第24届冬奥会，将向全世界证明，中国在奥林匹克的历史上，迈出了前所未有的崭新步伐。

谨以此片，献给北京2022冬季奥林匹克运动会，献给为中国冰雪运动做出贡献的人们。

（全剧终）

只要梦想还在

《我心飞扬》总制片人、编剧　王浙滨

决心开笔写这篇文章之前，内心是充满矛盾的。就好像跑一场马拉松，此时此刻，还没有跑到终点，到了最艰难、最吃力、最接近目标的时候，行百里半九十，众多意外频发，诸多不确定因素……无奈，承诺编辑交稿的时间近在眼前。好在一路走来，看过了沿路的所有风景。

与其说我选择了奥运题材，不如说奥运题材选择了我

还记得四年前那个初夏，那个阳光明媚的下午，我在北京奥运城市发展促进会拜访了蒋效愚先生。蒋效愚先生自2000年起就担任北京奥申委副主席，从2000年至2008年北京奥运会成功举办，历时九个年头，他参与了北京奥运会各项组织、筹备、领导工作，亲眼见证了这一伟大的奥林匹克体育盛会。

自国际奥委会在莫斯科宣布“2008年第29届夏季奥林匹克运动会主办城市为北京”，北京就开始吸引了全世界的目光。我先后参与创作、拍摄了以中国第一位参加奥林匹克运动会刘长春为原型的电影《一个人的奥林匹克》、以中国第一枚奥运金牌获得者许海峰为原

王浙滨请罗格主席为电影《一个人的奥林匹克》题写英文片名

型的电影《许海峰的枪》。我没有想到，北京再一次获得了2022冬奥会的举办权，再一次吸引了全球的目光，成为全世界第一个既举办夏季奥运会又举办冬季奥运会的“双奥之城”。

我和蒋效愚主席会面的前一天，作为北京市政协委员考察了刚刚迁入首钢的北京冬奥组委，于是和蒋效愚主席的谈话开门见山：四年半之后，北京举办冬奥会之际，我们电影人应该拍摄一部怎样的电影？蒋效愚主席对奥林匹克有关的体育人物如数家珍，记得他一口气兴奋地讲了好几个人物的传奇故事，有成功者，也有失败者。在追寻奥林匹克精神的道路上，成功者是英雄，失败者也是英雄。当我们聚焦电影，只能集中写一个人物，而这个人物必须是冬季奥林匹克运动会最不可或缺的人物，那就非“中国第一枚冬奥金牌获得者杨扬”莫属了。她不仅为中国冬奥实现了金牌“零的突破”，还作为国际奥委会委员为中国成功申办冬奥会做出了卓越贡献。蒋效愚主席越分析越坚定：“你已经拍摄完成了中国奥林匹克历史上最具代表性的两个人物：刘长春、许海峰，如果组成奥林匹克体育电影三部曲，那第三部毫无疑问就是‘冬奥代表人物杨扬’了。”

当我离开北京奥促会那幢白色的小楼，之前的疑虑一扫而光。走进奥林匹克公园郁郁葱葱的树林中，我深深地呼吸着来自大自然取之不尽的养分。改革开放的大时代，让中国在国际奥林匹克道路上越走越强，是我们这一代电影人的幸运。有时不是我们选择了题材，而是大时代中的题材、身边火热的生活、创造时代的人物，走近了我们，选择了我们。

王浙滨在洛杉矶采访中国第一枚奥运金牌获得者许海峰

体育运动充满未知，一切奇迹皆有可能

在2008年北京奥运会召开之前，我们到海外宣传电影《一个人的奥林匹克》时，有幸与许海峰老师在洛杉矶同行。那时我就开始观察许海峰老师，他有什么超凡之处，能够从一个供销社的供销员仅用两年半时间，就站在了国际奥林匹克领奖台上。总结有三点：体育人与电影人不同，要拿实实在在的成绩说话，在比赛过程中要接受所有人的检阅；运动员要时时刻刻保持最佳的竞技状态，否则就会被残酷淘汰；体育运动充满未知，要始终保持冷静、从容、坚定、拼搏的良好心态，这是能否战胜对手的关键。据说，从事体育运动的人，不容易出现心理问题。

我的故乡吉林长春，在漫长的冬季，很多人都喜欢冰雪运动。我少年时就在长春少年体校学过速度滑冰，我喜爱在雪花飞舞的冬季，在冰场上飞速滑行，任寒风吹在脸上，任雪花飘进唇里，因碰撞被摔倒在冰上，再拍拍身上的冰屑爬起来，在冰场上激情澎湃，会让世间一切变得模糊起来……我少年时曾经那么迷恋滑冰，立志当个滑冰运动员。当中国获得世界冠军最多、摘得59枚世界级比赛金牌（暂且按国内说法，按国际说法是107枚）、至今无人超越的冰雪女王杨扬坐在我们面前接受采访的时候，我清醒地判断，速度滑冰于我只能算是业余爱好，如果当初真在这条路上走下去，何其艰难。

杨扬和许海峰老师一样，都来自边远小城，来自底层，来自贫困，没有特别优渥的先天条件。由此我更相信，劣势限制的只是过往，但无法禁锢一个人的未来。杨扬学习滑冰是在那个偏远的北方小城，起点很低，却选择了高速率成长，她是一步一步坚实地向世界冠军迈进的。对杨扬的深度采访，让我更加坚信，没有什么目标是实现不了的，只要梦想还在，一切皆有可能。

王浙滨在北京第一次与杨扬会面

杨扬和我们的每一次交谈都是真实而充满信任的，她完全褪去世界冠军的包装，娓娓讲述着她的成长，她的每一步选择，她对短道速滑这项运动的深刻理解，她在逆境中的自我剖析，她从没有表现出对竞争对手的蔑视，她老老实实承认我们与世界先进水平的差距，她从没有夸大自己的境界。最让我感动的是她讲述在盐湖城冬奥会1500米失利后的绝地重生，斩断自己内心深处的侥幸心理，一切从零开始挑战自我。原来在杨扬获得冬奥金牌的高光时刻之前，经历了那般内心挣扎的低谷时刻。作为中国短道速滑队的领军人物，杨扬的目标是夺冠，但又不止于夺冠，她用成长书写着自己的历史，她用拼搏书写着自己的传奇。

正因为这一个真实的人和真实的事件，让我们在剧本创作中，既有扑面而来的真实感，也增加了来自真实的禁锢。我们开始创作的剧本初稿中，征得大杨扬本人的同意，始终都用原型人物的真实姓名，创作中仿佛多了一双无形的眼睛，始终在审视着我们的剧本。我们生怕我们的创作会伤害到在剧本中出现的每一个人物。我们还采访了大杨扬的母亲、妹妹及队友，采访了大杨扬的教练辛庆山和领队杨占武。我们占有的素材越多，越不知如何下手。创作过程是艰难的，但今天回忆起来每一步探索都是值得的。人生道路上的风景绝不仅仅是开阔地，一览无余，一定是弯弯曲曲，峰回路转，柳暗花明，无限风光。

人生最痛之时，书写便是承诺

我犹豫了很久，在这篇文章里是否要写下面这段文字。如果写，我会再次陷入人生最痛时。如果不写，我们这部剧本的创作起点究竟是从何处开始的呢?

正当我和放放完成了对大杨扬、小杨阳、教练辛庆山的全部采访准备开始剧本创作的时候，长春来电话，我的母亲突然住院了。88岁的母亲一生很少住院，几乎每次住院都是陪着父亲。接到电话我没有丝毫犹豫，立刻放下手中的一切工作，飞回长春，从机场赶到医院。因为第二天母亲就要上手术台。在生死面前，一部剧本的创作在我面前已经没那么重要了。母亲一生始终不愿意给我增加任何负担，她最关心的就是我的事业。为了让我全身心地投入剧本创作和电影拍摄，她承担了抚养放放的全部任务，且心甘情愿，乐在其中。

我每次回家，母亲从来都不说，让我多住些天陪陪她。这次在手术台前为母亲签字的那一刻，母亲拉着我的手不放，问我还走不走。我使劲摇头，答应母亲只要她不出院，我每天都会陪着她。在医院陪伴母亲的100多天里，我和母亲都曾充满希望，她会健康地走出医院，作为大学教授的母亲会像以往一样，一字一句读我们新写出来的剧本，并毫无保留地提出意见，然后到电影院里与我们一起分享创作成果……当我知道这一切已经成为不可能的时候，我唯一的选择就是陪伴母亲直到她生命的最后一刻。

在医院陪伴母亲的日子里，让我深刻感受到放放的理智与坚强。放放从幼儿园、小学、中学直至考入北京大学，都是我母亲和父亲抚养的，他对姥姥和姥爷的深厚感情是难以用语言来形容的。

至今难忘,《我心飞扬》剧本是怎样在医院陪伴母亲的日子里开始创作的。那天放放在医院病房里护理姥姥至深夜，面对病床上经历痛苦挣扎后昏睡的姥姥，他突然打开电脑开始构思剧本写作提纲，他认为这种形式的写作让他有仪式感，似乎要以这种书写，完成向世界上最爱他的人的最后一次诉说。我们的剧本提纲就是在医院ICU病房里完成的，放放会把他晚上写出来的文字发给我，我们在此基础上讨论、挖掘、构思……一个好的故事就是生命的馈赠，即便母亲已无法与我们交流，我们却在完成一个对母亲的承诺。面对死亡，生命好像有了更深层的意义。没有一条路没有尽头，母亲在人间的路走到了终点，而我们的生命还将继续。生和死只不过是渡向彼岸的江河。我送母亲走完了她人生的最后一程，就像她带着我走向我人生的起点。我余生的目标就是不辜负她的期望和爱。我们是在母亲去世后的日子里，用生命去慢慢度过没有母亲陪伴的日子，用创作去慢慢治疗那心底里难忍的痛……

创作《我心飞扬》剧本是一个厚重的纪念，它纪念着一个生命的开始和离去，纪念着一段历程的起点和终点。无论时间怎样流逝，故事走向发生着怎样的变化，那一份初心是永恒不变的。

《我心飞扬》剧本修改了无数遍，但痛彻心扉的剧本开端情节始终没有变：父亲为了到亚冬会比赛现场观看女儿的比赛，从家乡小城来到省城，不幸遭遇车祸。女儿为了完成比赛，没有及时赶到医院见父亲最后一面。即使女儿得了金牌还有什么意义？后来剧本改成女儿因此而失去金牌，虽然人物后面发展的脉络清晰了，但我始终认为，杨帆将那枚亚冬会金牌狠狠扔在教练身上，才是人物性格最真实、最有力、最准确的一笔。

记得日本剧作家、导演新藤兼人曾经说过：没有痛彻心扉的主题，我的电影不会开始拍摄。在人生最痛时的写作，那痛彻心扉的主题就会融入笔下。

讲故事万变不离其宗，要回归人性，从人性最核心之处，探寻软弱、挣扎、坚强、无畏……我们的主人公起点不高，她甚至想留在小城，在父亲的照相馆里忏悔着了此一生。但不是父亲胜似父亲的教练不远千里亲自来到那个北方小城，理由竟然是拍一张证件照，实际是留下一张改变她命运的火车票。正是这样特别的呼唤，让她猛然惊醒，心头燃起对滑冰的那一份挚爱，对命运的挣扎与不甘。翌日清晨，她与父亲的遗像告别，含泪咽下母亲送行的饺子，迎着朝阳跑出家门，决然离开了家乡，做出了她人生中最不悔的一次选择。

多年和儿子王放放一起创作剧本，他永远是冲锋在前。我们有时也会产生争执，但更多的是在争执中让主题、人物、情节走向更明晰。为创作这部剧本，他几乎研究了世界上所有类型相同的电影，寻找规律，探索新路。放放从小酷爱理科，并考进北京大学化学系，后辅修艺术专业，他写剧本如同解数学题一样严谨。而我进电影厂之前从事文学创作，常常喜欢跟着自己的艺术感觉走。创作中我们应该属于互补型，我常常忘记我们是两代人，可见我们彼此多么具有包容性。

2018年夏天，当我和放放完成剧本初稿，心底里的舒畅和欣慰是他人难以理解的。我知道剧本今后还会有漫长的修改和打磨，但我们已经搭建起一个构架，我觉得它是坚实的，充满真情实感。

王浙滨与导演王放放采访杨扬

久违了，这种围读方式

2020年，疫情让我们剧组筹备工作按下了暂停键，也让我们再一次有时间修改、打磨剧本。赴国外拍摄不得不断然取消，那些好不容易构思出来的海外华彩章节，尤其是想拍摄的那座北美最大的盐湖城所特有的奇妙无比的大自然风光，还有美国那个不知名的小镇，中国队备战盐湖城冬奥会的情节以及杨帆独自出国在海外与残疾孩子们比赛，让她真正领悟体育给人带来的美好。这些在文学剧本中最为有特色的中西方多元文化的碰撞，全部都要忍痛割舍。不得不承认，这让影片最终完成时，丧失了一定的文学性。

更让我猝不及防的事情接二连三发生。原来已经谈好的投资方突然打电话告诉我撤出了，我明白，在疫情期间，这是不需要说出理由的。我挂了电话独自坐在海南家里宽大的阳台上，呆呆地看着天上的繁星，整整一个夜晚无法入眠。如何面对刚刚过去的项目启动新闻发布会及电影频道、衡源路德出品方的信任？如何面对北京市委宣传部已经列为重点影片并给予的支持？如何面对心底里那一份对母亲的生死承诺？我和剧本中的女主人公一样，那一晚内心充满了挣扎与不甘。

感谢徐峥老师看过剧本之后，在疫情还没有结束的2020年五一节前，就在上海家里约见了导演王放放、摄影刘懿增。他在与导演深入交谈几个小时后，断然同意为电影《我心飞扬》担任监制。何可可老师代表徐峥老师与我们深入交流剧本，写出了千字的剧本意见，令我感动。我是编剧兼电影制片人，深知一个千锤百炼的好剧本在影片中的重要性。放放更是一个永不满足而多变的创作者，他最擅长做的事就是推翻自己。今天的自己推翻昨天的自己，明天的自己又推翻今天的自己，我们已经崩溃，他却为寻找完美的结果乐此不疲。

我不记得在真乐道会议室开了几次剧本围读会，何可可朗读剧情，节奏把握得极好。徐峥老师朗读教练的台词，还有其他人参与朗读各种角色。当你埋头写出来的台词，让人大声朗读出来的时候，你立刻会强化判断：是生活提炼还是概念生硬，是人物要说的话还是作者生写出来的话，是交代性台词还是性格化台词……总之，在朗读过程中，我常常感到汗颜。无论是多么有经验的编剧，好多不该发生的错误都会重复发生。在所有综艺节目中，我最喜欢的一档节目是《朗读者》。董卿亲切地带着一个个让人泪目、让人欢笑的人物走出来，他们又变成一个个朗读者与观众分享着让他们动容的故事及篇章。

徐峥老师会反复读那些让人不舒服的段落，会认真倾听编剧、导演的创作初衷，也会把一些疑问留到会下让大家思考。剧本围读让我们主创一步一步沿着接近观众感受的方向行进，一步一步去掉

王浙滨与导演王放放在国家短道速滑队采访教练辛庆山

多余的枝蔓让主线更集中。后来，导演也学这招，每次新版剧本修改出来后，剧组主创内部先来一轮围读，提出修改意见完善后，再请徐峥老师围读。

剧本是写出来的，也是读出来的，更是改出来的。

剧本的前几稿，至少六稿之内，都是用的真实事件、真实人物的姓名。我们始终没有给自己找到一个理由，选择真实的事件作为故事主线如何不用人物原型的姓名？创作中的先例比比皆是，而对于我们应如何处理才是最正确的选择，我征询了国家电影局、北京冬奥组委、黑龙江省委宣传部的意见，反复思量生活真实与艺术虚构的关系利害，必须下决心了，无论是剧本还是影片开头都增加了这一句内容：“本片故事取材于真实事件，并非真实记录”。徐峥老师及何可可老师也非常支持，对于酝酿两年一直在真实人物、真实事件中徘徊的编剧，突然将套在剧本创作上的“历史真实”的手铐脚镣解开，是那种完全不适应的“自由”。创作者有时需要在创作中“画地为牢”，但戴着手铐脚镣跳舞注定难以跳出舒展优美的舞蹈。

有一万个理由叫“停”，只有一个理由说“不”

疫情刚刚好转，剧组就开始筹备了。原来计划2020年冬天拍摄，现在只剩2021年最后一个冬天了，我内心已充满了危机感。

美术雒海良老师是穿着夏装进组的，他没有想到进组就去东北选景，从筹备到拍摄，他一去就是夏、秋、冬、春四季。

至今想起来，筹备期间最让我们纠结的还是演员。是选滑冰运动员学习表演，还是选演员学习滑冰？

短道速滑这个体育项目难度太大了，不像之前拍摄的《一个人的奥林匹克》里的跑步运动员、《许海峰的枪》里的射击运动员，他们对演员没有那么高的专业技术要求。除非我们幸运，找到一个又会滑冰又懂表演的演员。当我们把所有会滑冰的演员排查了一遍，当我们把全国短道速滑包括大道速滑的运动员寻觅了一遍，我们发现没有那么幸运，没有一个合适的、现成的、综合滑冰和表演素质且符合我们人物要求的演员作为我们备选的女主角。导演办公室里贴了满墙的照片，放放愁得头发又白了许多。

关于如何面试了那么多演员最终选定主要演员，特别是女主角杨帆的选定，有很多故事留给导演去阐述。

当孟美岐坐在我面前的时候，说句实话，之前我对她一无所知。也许我们当时在场的每一个人谁也没有认定，孟美岐就是杨帆了。

演员们轮番试戏，测体能、上冰……孟美岐也一样。

直至孟美岐试戏，那天准备的影棚、设备如同正式拍摄一样，剧组前期筹备的主创和工作人员都来了。导演第一次给孟美岐讲戏，我们等了很久，美岐才从化妆室走出来。现场音乐响了，记得是电影《一代宗师》的配乐。我坐在监视器前，盯着她的表演，泪水忍不住流下来。孟美岐的表演让我们全组感到惊喜，我敢判断，她能感动对剧情再熟悉不过的我，就能感动所有观众。

在冰场上，我看到所有备选的演员，第一次上冰学习的过程。我是从小学过滑冰的，但三十多年没滑，这次和演员们一起重新站在冰上，还是心惊肉跳。感谢剧组两位滑冰指导：冯指导和吴指导。我目睹他们从穿冰鞋开始，教演员们如何在冰上站立起来，再到如何大胆地迈出第一步，夏雨老师、孟美岐和其他演员，都是在他们数十日的教练与严格要求下，才以虽非专业滑冰，但确实出色的运动员表演展现在银幕上。

2021年元旦一过，导演就率领主创及部分演员来到哈尔滨开始筹备，计划春节后立即开机。而就在这时，黑龙江省内暴发了范围不小的疫情。正在置景的美术组及工人们被迫从取景地撤出，正在勘景的导演、摄影及主创被迫停止工作，正在冰上训练的演员们也被迫下冰，几乎所有向我们敞开的大门一时都关闭了。更令人焦虑的是，随着疫情发展，剧组的宾馆驻地也被封了，所有人不得进出，另外还有八个核心主创人员——被称为“八君子”，深夜被带走隔离。整个剧组一时间被“白色恐怖”的疫情包围了。那是我的又一个不眠之夜啊……

制片主任提出是否要延期拍摄，如果春节之前还不能确定，全组的工作人员、设备器材、主要演员就不能贸然向哈尔滨出发。否则全剧组滞留在哈尔滨又不能开机将会造成重大经济损失。

真诚感谢黑龙江省委宣传部在影片筹备的关键时刻给予的全力

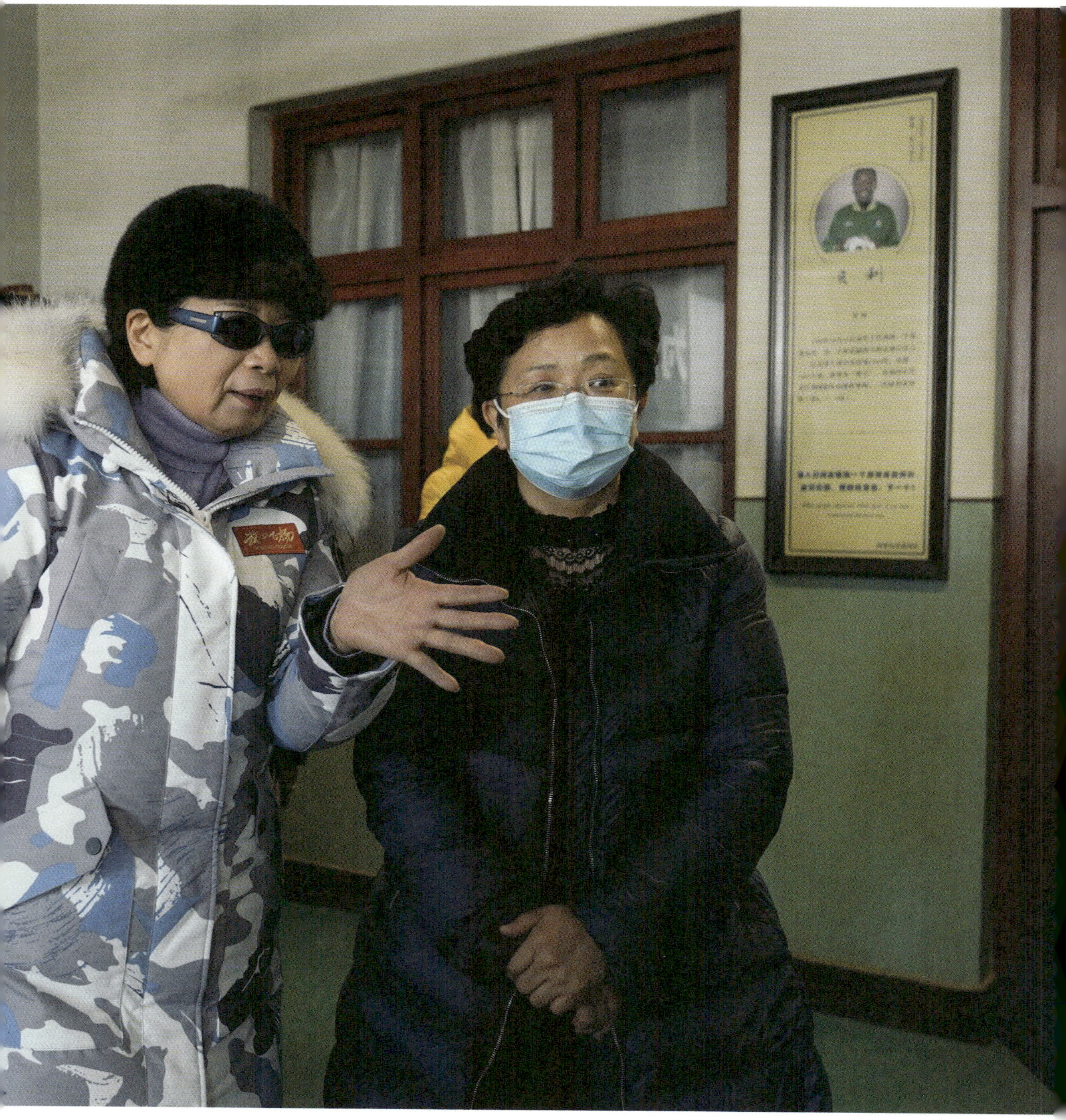

黑龙江省委宣传部贾玉梅部长亲临剧组拍摄现场探班

支持。就在2021年春节的前几天——2月9日下午，由黑龙江省长挂帅的“黑龙江省应对疫情领导小组指挥部”，给省委宣传部发了红头文件《关于电影〈我心飞扬〉在省内置景拍摄的复函》。我正开车，看到国璇处长第一时间发来的这个复函，激动得急忙将车停在路边，第一时间发到了全组大工作群。当我看到小伙伴们一串串胜利的手势、一张张笑脸的表情符号，竟再也忍不住满脸泪水。这个复函对我们剧组是何等重要，就像一声号角吹响了，拍摄一切按照计划进行，我们大部队可以集结出发了。

还是在剧组刚刚成立的时候，黑龙江省委宣传部贾玉梅部长、刘维宽副部长就亲自到剧组调研，在剧组到达哈尔滨集结的第二天，贾部长亲自召开与影片拍摄有关的各部门的协调会，她务实果断的风格、雷厉风行的作风，让一切工作落到实处，确保影片在哈尔滨顺利拍摄。开拍后，她又第一时间低调到剧组探班。我拍了这么多年电影，遇到贾部长、维宽部长，还有亲力亲为的国璇处长，这样亲自为影片拍摄保驾护航，是我的幸运，也是《我心飞扬》的幸运。

直到“关机宴”的那天晚上，才有人告诉我，在春节前那个至暗时刻，很多人都觉得坚持不下去了，就怕我真说出那个“停”字。我怎么会轻易说出这个字呢，尽管有一万个理由叫“停”，只要北京2022冬奥会如期召开，《我心飞扬》就会克服重重困难，一往无前地飞起来。

终于如期开机，小镇阳光明媚

2021年3月2日清晨，《我心飞扬》历尽艰辛终于在黑龙江省牡丹江市横道河子小镇开机了！

我想把我在开机仪式上百感交集而浓缩的几句话记录在此。

贾玉梅部长、刘维宽一行到拍摄现场探班

“今天是电影《我心飞扬》的好日子，昨天冰雪封路，今天阳光灿烂，我们还是好运气，很早就选定了这个好日子。我想说几句话：我要感谢剧组的每一位工作人员，我们经历了172天的筹备，主创人员甚至更早。你们付出了很多艰辛，在疫情的日子里，甚至被隔离。但你们从来没有一天停止、放弃，始终在线上工作。大年三十的那天晚上，你们没办法回家，我看到你们都在群里发红包，但是我没有发。我想留给今天，我们开机的日子里，我来发红包，我要亲手发给每一个人。我还要感谢剧组的演员们，今天到场的有四位演员，夏雨老师和美岐，萨日娜老师和文慧，你们代表了剧组没有到场的全体演员。因为拍摄《我心飞扬》，让你们又多了一份任务，就是练习滑冰。我从小练过滑冰，深知艰辛。但滑冰也会让你们体会到速度与激情，快乐与享受，希望未来都体现在银幕上。最后我代表剧组全体创作人员诚挚感谢徐峥老师，自从徐峥老师担任了我们影片监制，从讨论剧本到扶持青年导演，到确定每一位演员，从海南三亚到上海，再赶到我们剧组，飞行七八个小时，他这样对艺术认真的精神，感动了我们剧组每一个人。我们前面的路还很漫长，我们还要共同努力，从拍摄开机到关机，从影片首映到票房大卖，我们要团结一心，共同努力，加油！”

我也想把徐峥老师在开机仪式上的讲话记录在此。

“首先非常感谢大家。每当我们有一部影片开机的时候，我们大家都会很开心，剧组里的摄影团队也是我们曾经的合作团队，有一种再度集结的感觉。特别是今年过春节，很多人都没有回家，非常辛苦。特别是在疫情的日子里，做电影越来越难了，对结果越来越难以预料。但我相信我们这部体育电影，会传达一种真正的中国精神。我们要有自信，要在影片中体现出一种真正的自信，体现出一种向上的能量，这种能量要给剧组每一个人以力量。大家团结在一起，把这部影片完成，这是最重要的。体育运动员身上，包括中国人身上有一种力量，如果没有我们电影工作者传达出这种力量，其实很可惜，这种精神值得赞美，值得歌颂。我们怀着这样一颗敬畏之心，一定会拍出一部好影片。有人觉得这部影片的片名要改，我觉得没必要改。果不其然，后来得知我们冬奥火炬命名‘飞扬’火炬，这是一个了不起的好兆头。说明我们一定要踩在正确的点上。我们大家付出了很多辛苦，一定要取得好成果。我们每一个部门都要在自己的岗位上发光，让自己的这一份光体现在影片里。大家只要都有这样一个目标，我们集结在一起，相信一定会把这部影片做好。王老师把我说得很了不起，其实我做的都是份内之事。我们影片完成更依靠的是年轻人，今天我是来沾光的，听说今天还要发红包，我来得很值得，是给大家来加油的。一个剧组的氛围很重要，让自己快乐很重要。希望大家相互友爱，相互照顾，我百分之百地相信大家。”

今天再来看我和徐峥老师开机仪式上的讲话，仍然让我感怀站在冰天雪地里的那个时刻，我们给剧组每一位工作人员带来了一份温暖。温暖是会感染的，也是会延续的。我们剧组几乎每个人都保留了那个设计精致的红包信封，还有那张崭新的百元钞，我相信这不是一个简单的红包，是《我心飞扬》剧组把这份温暖留在了每个

人的心里。我们的开机仪式还是给这个寂静的小镇带来喧哗，其实在开机当天清晨，我们已经开拍了第一个镜头，那是杨帆决心离开家乡，清晨从家里跑出来，迎着朝阳，擦干泪水，在雪地里奔跑，向着阳光奔跑，向着希望奔跑，向着未来奔跑……每当影片中这个镜头出现的时候，我的头脑里都会立即闪回开机的那一天，那个大吉大利的日子。

故乡拍戏全是情，乡情、亲情、友情

我刚刚回到长春拍摄，就接受了《长春晚报》记者的采访。以“流金岁月，光影芳华”为题专访《我心飞扬》编剧、总制片人，在4月26日的《长春晚报》上刊出。

在此摘录一段，也是我对故乡真挚感情的表达。

> “回忆长春：一景一物皆是故乡。可以说，我从小就是在长春长大的，童年、少年到后来的知青，甚至从农村回到长春的时候，我都在想，我这一生应该就在长春这座城市度过了。”王浙滨回忆，1968年，王浙滨于长春市第二中学毕业后去农村插队，并于1970年回到长春，在长春拖拉机厂当了五年工人，“其实我自己都难以想象，如果没有这七年的生活经历，我自己会成为一个什么样的人。”
>
> 不论是在农村生活的艰难岁月，还是东北老工业基地的浓厚底色，都成为了她文学创作的源泉。“1972年5月21日，我在《长春日报》上发表了我的第一部短篇小说《女锻工》，我记得很清楚，因为对我来说，那一天是我人生的转折点。”王浙滨说，长春是她走上文艺创作道路的一个起点，1975年，王浙滨考进了长影，当时的长影就是她心中的艺术圣殿，也就是在长影的那段时间，她吸取了许多电影前辈给予的营养，也

为她后来的电影事业打下了坚实的基础。

“我这四十年的电影生涯，有一半在长春。我有许多的创作火花是在那二十年产生的，有许多电影题材也是以长春为背景的。”王浙滨说，二十年的生活点滴，是她这一生电影事业最重要的构成，“长春是我的故乡，无论走到哪里，只要回到这片土地，就会油然而生一种回家的亲切之感”。

毫不夸张地说，拍戏期间几乎每天都有朋友来探班。其中从北京来的政协亲友团，让我最为感动。他们都是各路精英，曾在北京重要岗位上任领导职务，前来探班的同时还有个重要任务，出演冬季运动中心的退休老干部。他们从上火车就开始入戏了，下了火车行李没放就到剧组，穿上服装再到化妆间试妆，他们都一直兴奋不已。等第二天走进美术老师、置景师傅精心打造的国家短道速滑队拍摄现场，导演部门都惊呼，不知我从哪里请来的这一伙群众演员。我说这哪是群众演员，就是真实生活中的老干部，不用演，自有戏。那天拍摄的是影片高潮戏，观看盐湖城冬奥会比赛，无论是根据剧情导演让他们站起来纵情欢呼，还是表现看到中国队失败遗憾落泪，他们都是本色表演，用发自内心的真情实感，与饰演国家体育总局冬季运动管理中心副主任的演员焦刚老师，配合得极为默契完美。

在家乡拍摄期间，我的同学们和亲友们组成了一个志愿者团队，担任群众演员。哪里缺人，就从哪里调遣。绵薄的报酬，让这些本应该在家猫冬的我的同学们，每天清晨就要挤地铁赶往长春奥林匹克公园拍摄现场，在冰场上一坐就是十个小时，还要因拍摄内容做出不同的情绪状态。看着他们和我一起受冷受冻却乐此不疲，我内心多是不忍。但又因这一份亲情，坚定不移支撑着我伴随着我，让我在家乡拍戏始终被温暖包围着，熬过了一个个寒冷而辛劳的日子。好在这一切都记录在影片里，成为友谊地久天长的纪念。

每一部电影的拍摄都会有难以克服的困难，对于我们这部电影，除了怎样拍好文戏，更重要的是如何拍好武戏。文戏部分还是留给导演王放放阐述。冰场上武戏的难度超乎了我的想象，真像是一个科研项目，对于所有的参与者，都是一个新课题。演员、运动员、替身三班倒，拍摄中碰撞时有发生，不记得有几次我坐在监视器前目睹险情发生，惊呼着跑向摄影机。我如履薄冰，几乎一天也没有离开过拍摄现场。写这篇文章之际，我仍然有些后怕。冰刀本身就是一把利器，再加上速度很快，就更难以控制。幸好所有的险情都是虚惊一场，我们全组没有一个人受重伤。

有两种导演，一种导演到了现场置身在场景中，与演员碰撞，才会产生灵感与拍摄火花。另一种导演是在拍摄之前就已经完成了

王浙滨与片中的演员们在一起

影片的所有设计，甚至每一个镜头的设计，包括演员表演的设计。到了现场就是完成，按照设计好的图纸完成，甚至是按照设计好的拍摄顺序完成。我们这个主创团队就属后者，导演王放放与摄影指导刘懿增创作风格和工作方法堪称绝配。拍摄现场从来都是井然有序，各部门在现场拍摄都是一路小跑。而我，只管稳稳地坐在监视器前。

我享受着每一天的拍摄过程。从文字剧本到演员诠释，让我再重新梳理剧本，每天清晨起来还要修订当天拍摄的演员台词。这个创作过程，只有放放和我既当编剧又当导演或既当编剧又当制片人，才能体会到在创作过程中的艰辛与欣慰。关机后回京，我们把曾经的十五稿剧本按顺序摆在一起，如果加上创作过程中没有打印出来的剧本，应该有近百万字的剧本文稿，加上放放在每一稿剧本修改前都要写总结和修改方案，那就无法计算有多少文字了。我相信任何一部好作品都是这样打磨出来的，没有天才，只有勤奋。

我们的影片从筹备到拍摄经历了元旦、春节、清明、五一劳动节等，唯有清明节的到来，让埋在我心中的痛再一次涌起。

早就确定，2021年清明节，要为父亲和母亲合葬。不敢想，想就痛。那天的拍摄计划是“长野冬奥会赛场”。一走进拍摄现场，我猛然看到赛场四周摆满了黄色的菊花，谁也无法体会我当时的心情，满目菊花竟让我几天来心底的悲伤与压抑的泪水夺眶而出……我急忙掩饰着找美术雒海良老师，长野冬奥会赛场为什么要摆放菊花？雒老师立即从电脑里调出1998年长野冬奥会的真实照片资料，与我们拍摄现场置景几乎完全一样。原来，菊花是日本皇室的家族象征。1998年日本长野冬奥会开幕式上，有天皇致辞，摆放菊花更显庄严隆重。

长野冬奥会上，中国队冬奥代表团获得6枚银牌，仍没有实现在世纪末完成中国冬奥金牌“零的突破”，没有让准备已久的五星红旗在奥运赛场上飘扬。这是影片中戏剧的转折，也是人物命运的转折。面对挫折，教练和杨帆表现如何，我们剧本曾反复修改多次，最后把这场戏放在了冰场上。我认为夏雨老师和美岐在这个段落的情感最为复杂而饱满。美岐告别教练走出国门再度回到赛场出现转折，教练承认自己落后更不想因为自己无能而影响整个团队。教练一个人默默向这块朝夕相处了20年的冰场告别，他蹲在冰场上，用手轻轻抚摸着冰面，从运动员到教练员，这种告别方式让人物太悲壮。那场戏呈现出现来的效果是我最为满意的。

那天长野冬奥会拍摄结束，我来不及去买鲜花，让道具师傅帮我准备了一捧最美丽的菊花，从拍摄现场赶到了父亲和母亲的墓地前。放放在拍摄无法陪我一起来，我独自在父母亲的墓碑前，呆呆地望着他们的遗照，很久很久，直到天黑。

真的叫“停”，却满是不舍

计划70天拍摄周期，68天就拍摄完成了。当出品方代表及所有来宾在拍摄现场，目睹最后一个镜头拍摄完成，全场突然响起了掌声。随后大家齐喊“我心飞扬，关机大吉”！

我们在冰场上，举行了一个别开生面的关机仪式。

徐峥老师正在拍摄新片没有来到现场，他发来了祝贺视频，接着就播放了那个4分钟的片花，看哭了剧组全体工作人员。我也无法抑制住涌出的泪水……

我在关机仪式上的致辞如下：

> “冰场很冷，我的心很暖。拍了几十年电影，第一次举行这样别开生面的关机仪式。让我们全体来宾真正见证了我们影片最后一个镜头的拍摄完成。从我们3月2日在牡丹江

横道河子开机至今68天，从筹备开始，我们剧组在一起度过了元旦、春节、清明、五一劳动节、五四青年节。我看到了我们剧组的每一位工作人员，都怀着对自己职业的那一份热爱，精益求精；怀着对同行的尊重，团结合作；怀着对奥运冠军以及在这条道路上奋斗的英雄们那一份敬畏。我相信这一切都将体现在我们的影片中。首先我要感谢我们剧组的每一位创作人员，每一位工作人员，谢谢你们的辛勤付出！我还要感谢支持我们影片拍摄的黑龙江省委宣传部、北京市委宣传部、吉林省委宣传部以及在长春支持我们拍摄的各个单位。我更要感谢在家乡支持拍摄的同学们、朋友们，你们中的很多人都作为群众演员参加了影片拍摄，昨天，我看了影片初剪，热泪盈眶。我相信,《我心飞扬》将不会让你们失望！今天的关机仪式结束之后，我们日夜奋战的这块冰场将会渐渐融化，我们团队很多同人将在此分手，导演及部分主创团队还要在后期继续加油！我相信我们再相聚的时候，一定是我们影片首映的日子，我们一个都不能少，我们要共同见证、分享我们在一起度过的这美好的人生最难忘的68天。谢谢大家！”

轮到导演王放放讲话时，他竟然哽咽得一句也说不出来了。在全场呼喊的“导演，加油”声中，他说了简短的话。

我想在这里把导演王放放在摄制组工作群告别时的三句话记录下来。

“第一句，感谢大家对我工作的支持，尤其感谢我的母亲，不是我离不开母亲，而是她是最好的制片人。第二句，这部戏我最对不起的是懿增，我不该把所有的压力都给你，我不该摧残你，我答应你的，我没有做到。我对不起你，你是鞭策整部电影的人。第三句，我的电影都是演员获奖，我祝愿夏雨和美岐也能获奖。美岐，我六年没有拍电影，我把我的一切都压在你身上，你没有让我失望。我赌赢了，谢谢你！谢谢大家！”

我写道：“我为放放骄傲！我为团队每一个人骄傲！我真的舍不得你们！”

我们剧组每天收工之后主创都会开会，落实讨论第二天拍摄的每一个镜头，常常开至深夜。我没有想到，在剧组关机即将分别的那天晚上，很多人在剧组工作群用这种方式表达不舍：“明天还开会吗？我好想开会。”

有魅力的人格，是正直向上，充满力量又充满温柔。有魅力的团队，是大家同时形成万丈光芒，照耀别人，自己也成为那一束光。我们拍摄着一代人的传奇，同时也成就了我们每一个人自己的传奇。

春节档，冬奥档，何时尘埃落定

时间顺流而下，影片前期拍摄完成已经五个月了，剪辑、特效、音乐、补拍、声音，各方面后期制作还在同步进行。

我没有一丝放松，感觉还在逆水行舟。影片只要一天没有完成，一天没有与观众见面，我们这个团队就会全身心地投入其中，追求影片最精确的表达。

2020年最后一天12月31日，我们影片还没有开机，就官宣了首款海报，徐峥监制，王放放导演，孟美岐主演，官宣了2022年大年初一上映。因为这一天距北京冬奥会开幕式只有三天。

还在影片开机之前，我想无论如何也要拜访2022冬奥组委驻会副主席兼秘书长韩子荣。记得是2021年春节的前一天——2月11日，

电影主创、出品方代表和演员们在关机仪式上的合影

전주 쇼트트랙 세계선수권대회
WORLD CUP SHORT TRACK CHONJU

我和北京市政协的几位老朋友一起来到首钢北京冬奥组委。

我向韩主席全面汇报了电影《我心飞扬》的创作缘起、创作团队、出品单位、影片定档、冬奥宣传、商务合作等进展，希望得到冬奥组委的支持。

韩主席的话令我至今记忆犹新：

“感动你们为冬奥做了这么多工作，实际冬奥会影响最大的是电影，能留下一部优秀的体育电影，那是冬奥会最重要的文化遗产。我们的开幕式，让来宾高兴一下，振奋一下。但一部电影会留给人们永远的记忆及传颂，它是永久的，永恒的，留给一代一代人的回忆。以中国冬奥会为题材创作一部电影，是冬奥组委梦寐以求的。我们苦于中国的体育电影太少，冬季运动的体育电影就更少。而且你们能够把资金吸引过来，能够把电影人凝聚过来，是一件特别好的事。冬奥组委会千方百计能用什么招就用什么招，支持你们。如果能在激动人心的冬奥会开幕前的关键节点推出去，影片在全国上映更是非常好的事。我们还希望能共同推出一首符合奥林匹克精神的优秀歌曲，传播力会更大。当年，2008年北京奥组委支持您拍摄电影《一个人的奥林匹克》，这次我们冬奥组委也能做到支持《我心飞扬》。我们会用我们的渠道去宣传，实际上也是为整个冬奥会营造氛围。”

我是带着韩主席这一席温暖的话，在电影开拍之前赶赴剧组的。

影片拍摄完成后刚刚初剪出来，我便请韩主席和蒋主席审看。那天心情还是很忐忑，我极其期待这两位有着深厚奥林匹克情怀的人，能肯定影片。韩主席看完落泪了，我不是满足于泪水，但一部影片能让人真情落泪是不易的，因为每一滴泪水都是一片瀑布。

在北京冬奥会开幕式倒计时100天之前的日子里，市场开发部召开了“北京2022冬奥会合作伙伴俱乐部轮值主席单位换届大会”，这是会议前半程的议题。会议后半程还有一个重要议题，那就是给58家冬奥会合作赞助伙伴放《我心飞扬》电影未完成片。放映之前，我还有10分钟的推介。

冬奥组委市场开发部朴学东部长、文化活动部陈宁部长，是韩子荣主席委托代表冬奥组委与我们电影项目的对接人。我真的很庆幸，从我们第一次见面，无论是他们的做事风格、沟通方式还是工作效率，都让我极为佩服。

那天的会议前半段议程让我深深感受到奥林匹克大家庭的友爱，奥林匹克精神的鼓舞。朴部长亲自担任大会主持人，主持风格亲和而潇洒。电影放映之前，我做了《我心飞扬》首场推介。我从2008北京奥运会前夕拍摄电影《一个人的奥林匹克》讲起，从中国奥运第一人刘长春的故事讲到罗格主席亲自为影片题写英文片名。从拍摄中国奥运首金《许海峰的枪》，讲到在美国盐湖城冬奥会中国实现金牌“零的突破”，五星红旗第一次在冬奥会上空升起。由此三部电影组成中国奥林匹克体育电影三部曲，仿佛成了我及我的团队必须担当的历史重任。从疫情中的艰难拍摄，讲到167天的筹备，68天的拍摄，我们这个年轻团队如何在重重困难压力之下拍摄这样一部体育励志电影，让我们因此变得更拼搏，更顽强，更团结。

从电影是遗憾的艺术讲到我们无法到国外拍摄，成为影片无法弥补的最大的遗憾。还讲到拍摄时，我们只想到艺术性地还原历史真实，没有充分准备作为一部北京冬奥组委“特许授权”影片，必须尊重冬奥知识产权，不能允许在影片中出现冬奥合作伙伴、赞助商的竞品广告。这是市场开发部看过影片后给我们补上的一堂课。

最后我真诚表达合作才能共赢的愿望，希望《我心飞扬》能得

王浙滨在会上推介电影《我心飞扬》

到在座的58家赞助企业的认可。相信经历了疫情，各位企业精英们走到今天也一定和我们一样，是奥林匹克情怀让我们大家走在一起。我们的银幕足够大，我希望一个都不能少，在座的58家赞助企业的标识都刻在我们的银幕上，永远留存在中国电影史上。我们不设门槛，只有敞开的平台。打一个不恰当的比喻，我们算最后加盟的第59家冬奥合作伙伴，我们是一家人。

春节档是一年中竞争力最强的档，何况2022年春节档还有一个别样的记忆：冬奥档。我们要用电影这个最具广泛群众影响力的艺术形式，从2022大年初一全国上映，直到北京冬奥会、北京冬残奥会闭幕，发挥持续的影响。希望在未来100多天的日子里，齐心协力，互利共赢。为北京冬奥会的成功举办，制造出浓厚的文化氛围，创造出深刻的冬奥记忆，在中国奥林匹克历史上，留下浓墨重彩的历史篇章。

距离北京冬奥会开幕倒计时100天的那个下午，我再次来到北京奥促会，邀请蒋效愚主席为本书写序，四年前那次历史性会面恍惚如同昨日。走出那幢白色小楼，我信步走向秋色浓郁的奥林匹克广场，欣赏北京最迷人的季节。金黄色的银杏树在湛蓝色的天空下矗立，向大自然炫耀着它一年中最美丽的瞬间。我左顾右盼、目不暇接，满目皆是大自然涂上的五彩缤纷的色彩，仿佛一幅幅绚丽斑斓的油画列在马路两侧。

那天秋高气爽，我则旁若无人径直地走在广场正中的马路上，从鸟巢开始一直向北走，走到了广场的尽头……秋天的暖阳始终照在我思绪万千的脸上，我似乎用这种独特的充满仪式感的灿烂穿行，从北京2008穿越到北京2022……

披荆斩棘　奔向远方

《我心飞扬》导演、编剧　王放放

感谢北京十月文艺出版社的厚爱，给予电影《我心飞扬》出书的机会。写这篇文章时，正值影片后期紧张制作阶段。我还不知道，观众在观看这部电影之后，会是什么样的反应。因此，我不想在这里解读电影，这个权利还是交给银幕前的观众吧。

我只想用文字记录下在制作过程中，让我至今难忘的瞬间。希望读者能够通过这些瞬间了解我们这支优秀的团队。

他们是最棒的，能够与他们一起合作完成这部电影，是我的荣幸。

一、上海超级杯短道速滑大奖赛

2019年10月3日　上海　东方体育中心

那是我人生中第一次亲临现场观看短道速滑比赛，也是杨扬老师为了让我了解短道速滑这项运动，特意安排我去现场的。

上海东方体育中心是一座非常漂亮的体育场，可容纳上万人。那天中国滑冰界的名宿都来了，在得知杨扬来到现场后，纷纷打电话过来，让杨扬老师去主席台就座。而杨扬老师则谦虚地表示，要

王放放与杨扬在上海东方体育中心观看滑冰比赛

在观众席陪家人还有导演一起看完前几场比赛。

从2017年夏天，因为电影《我心飞扬》与杨扬老师相识，到那时已经两年过去了。其间我们多次采访她，每次采访，杨扬老师都极认真且耐心。由于她退役后积极投入了新生活，去清华上学，在美国留学，在国际奥林匹克委员会担任要职，还在上海办滑冰俱乐部普及冰上运动。整日被各式各样的事情充实着，以至于她对过去运动员时期的辉煌，记得不太清楚。

我也始终无法从杨扬老师身上捕捉到她作为运动员的性格，因为，她谈话时，总是那么温和、平静，面带微笑。让我难以想象，她曾经是驰骋世界冰坛，连续五年排名世界第一，让同场竞技对手闻风丧胆的短道速滑女王。

随着比赛枪声响起，运动员滑出了起跑线，杨扬老师开始变了，她先是不再在意与我说话，用一种短促而低沉的声音，回答我提出的问题。

接着，随着比赛越来越紧张，她不再回答我的问题了，一边看着场上中国运动员的表现，一边自语："稳住，稳住，守住内道！"

杨扬老师浑身都在使劲，像是一颗即将爆炸的炸弹，让坐在旁边的我大气都不敢出。她身上这股力量，终于在比赛还剩最后三圈时，爆发了。

当时场上中国运动员还处在落后位置，出弯道后有一个好机会可以超上去，但运动员有些犹豫。

杨扬老师突然站了起来，朝着场内的中国运动员大喊："上呀，上呀！干什么呢！"

观众席在二楼，杨扬老师的喊声显然场上运动员是听不到的，但是，她却让周围的观众吓了一大跳。

大家纷纷看向她，有的人好像认出了她，相互交头接耳。后面一排观众提示杨扬老师，请她坐下来。

杨扬这才意识到自己看比赛有些失控，坐了下来。

我说："比赛不是还有三圈吗？"

杨扬："这时不超，接下来冲刺，人家肯定把路线都给你锁死了。滑冰要用脑子啊。"

我至今无法忘记杨扬说那句话的眼神，那是我第一次见到属于一位奥运会冠军的眼神，犀利而又充满光芒。

果然不出杨扬所料，在接下来的三圈内，无论场上中国运动员怎么赶超都无济于事，最后被小组赛淘汰。杨扬非常失望，一边摇头一边叹气，好像她是那位运动员的教练。

我曾看到杨扬老师为一些事情烦心、焦虑，但从没见过，她如此沮丧。其实，就是一场小组赛，场上的中国运动员也不是主力，但对她的影响却这么大。

那一刻，我终于明白了，短道速滑这项运动其实从未从她内心中离去，国家的荣誉感和使命感，更是永远刻在她心中。

每当胸前绣着国旗的短道速滑队队员踏上冰场的时候，她就仿佛穿越到了她曾经的岁月，变成那个在场边为队友加油的杨扬。

那些曾经无数次跌倒而又爬起来的画面，那些刻苦训练在赛场上勇往直前的画面，开始自然地浮现在我脑海里。

一年后，我组建剧组，特意选了两位曾经的短道速滑运动员担任滑冰指导，他们虽然没有像杨扬在这个项目上取得过辉煌的成就，但是，与杨扬相同的是，每每看到中国短道速滑队比赛，他们都会热血澎湃。

对于那些把童年、少年、青年时光都奉献给短道速滑的运动员来说，这项运动就像是他们的信仰，他们从这项运动中，获得了拼搏的力量。而这种力量，会伴随他们一生。

二、在徐峥老师家聊剧本

2020年4月30日　上海

我和摄影师刘懿增带着所有的防护设备从上海机场出来，直奔徐峥老师家。我们此行目的是请徐峥老师担任《我心飞扬》的监制。

《我心飞扬》是一部需要展现两届冬奥会盛况、投资规模不小的电影，必须有一位在商业上和艺术上都具有高超把控能力的监制。而我心中的第一人选就是徐峥老师。

摄影指导刘懿增曾经与我合作过《黄克功案件》，之后又担任徐峥老师的《囧妈》和《我和我的祖国》的摄影指导。

春节期间，我就托刘懿增把剧本发给了徐峥老师，并转达了我想请他做监制的愿望。徐峥老师看完剧本后，想见面谈一次。

当时疫情刚刚阶段性结束，但徐老师能否担任监制，关系到整个电影未来的命运与格局，我毫不犹豫拉上刘懿增来到上海。

徐老师在家中热情接待了我们。之前有几次电影界活动，我见过徐老师。与徐老师近距离交谈艺术，还是第一次。徐老师给我的第一印象，就是非常讲效率，开门见山讲了他对剧本的看法，无论是优点还是不足，都说得很清晰。

他脑子里永远有观众，他总是说，这个情节这样写，观众可能不会喜欢，并会详细述说观众不会喜欢的原因。我写剧本也会注重观众，但是绝对没有徐老师对观众理解得那么深刻。后来徐老师告诉我，这些经验都源于他曾经做话剧演员的经历，在舞台上面对台下的观众，他可以第一时间看到观众对一些情节以及一些台词的反应。正是舞台表演的经历，让他养成了要从观众角度审视作品的习惯。

几个小时的交谈，我发现我和徐老师还是比较投缘的，很多美学认知基本上一致。徐老师对剧本的人物塑造和叙事节奏要求非常高，我表示愿意在徐老师的指导下，继续提高剧本。

最后徐老师问我，关于主演人选的想法。我说，体育电影是一种英雄文本，主演必须要有魅力，必须要用职业演员，不能用运动员。女一号要学习滑冰，所以要先定，然后再定男一号。

徐老师又问我，有没有具体人选。我说暂时没有，但我有三条标准。第一，演员需要有同情度，只有观众同情才能理解，才能为之感动；第二，对演员的体能有高要求，练滑冰不能怕摔，要年轻，最好是“90后”；第三，演员演戏功底要好，因为剧本中情感戏份多，6年跨度要演出年龄变化。

徐老师听完面带微笑说，其实最重要的一条你没说，演员首先要有非常高的配合度，不热爱这个角色的演员，不能考虑。我立刻明白了徐老师的意图，并牢牢记住了这一条。

那天我们谈话效率很高，徐老师当场表示同意做监制，并让我们回去一边修改剧本，一边考虑演员，让刘懿增开始着手研究滑冰的拍摄方法。

王放放与摄影刘懿增在疫情中的上海虹桥机场

我和刘懿增离开徐老师家，兴冲冲地直奔上海虹桥机场。到了机场我们突然发现，疫情中的候机厅里旅客寥寥无几，有时只有我们两个人。

刘懿增提议让我赶紧编一个在机场的故事，正好没人，用手机就拍了。我说算了吧，也没演员，还是咱俩来个自拍吧，记录下这个难忘的瞬间。

那天晚上，我们在机场候机大厅，聊了很多关于如何拍摄滑冰的难题，望着空荡荡的机场，突然间，我有一种作为电影人的自豪感，还是电影人勇敢执着，为了电影不惧疫情。

从那一刻起，我就希望《我心飞扬》这个故事，不仅是讲述体育人的励志精神，应该是热爱奋斗、勇于拼搏的每个人的心声。

徐老师正式成为监制后，我们开始了漫长的修改剧本工作。在真乐道公司会议室里，多次围读剧本。徐峥老师会高声朗读剧本，一边朗读，一边体会，一边修改，然后他会尝试扮演各种角色，揣摩每个演员在说这句台词时的心理。

艺术有一些是可以教的，但有一些则是天生的。

徐峥老师有一颗孩童般天真的心，是我一辈子都无法学会的。他可以让一场枯燥的剧本会，变得欢声笑语，让大家在愉快中，完成对艺术高峰的攀登。

我有幸能与徐峥老师合作这部电影，他身上有一种对电影简单而淳朴的热爱，真的在将他的导演经验传授给我，并尊重我与他之间的分歧。

我深知，对于一位已经成功的优秀艺术家来说，这非常难能可贵。

三、面试孟美岐

2020年9月9日　北京　真乐道公司

第一次见孟美岐是在真乐道公司，徐峥老师、总制片人我母亲和真乐道刘总都在。孟美岐在我们的要求下，没有化妆素颜而来。

将孟美岐作为女主演的备选，其实，我们是做了很多工作的。演员备选方案，大都是我先提方案，详细阐述理由，最后由徐老师和我商议决定。

体育电影从商业类型上，属于英雄励志故事，主演对于电影的重要性超过其他类型影片。可以说，选对了主演，电影就成功一半。

剧组演员组团队将1990年以后出生的较为优秀的女演员，全部打印出来按年龄排列，贴满了整个工作室。导演助理团队，将形象大致符合角色的女演员挑选出来，制作视频专辑，包括3分钟演戏片段，2分钟综艺片段，形成不超过5分钟的短视频，然后集中讨论。

我平时不看综艺，说实话，只听说过孟美岐，没看过她演的电影，也没看过她上的综艺。当我看到导演助理们制作出来的短视频时，确实眼前一亮。

孟美岐的脸非常具有识别度，可青春，可成熟，比较中性。眼神中透露出一种力量，既不是甜美的少女脸，也不是高冷的模特脸，笑起来非常具有亲和力，容易让观众接受。神奇的是，孟美岐鼻尖上有一颗痣，而杨扬老师鼻尖上也有一颗痣。每当选演员时遇到这样的巧合，你总会相信，这是冥冥中的安排。

当我仔细把孟美岐之前演过的三部电影看完之后，心中有些打鼓。应该说，对于影视表演而言，孟美岐还没有开窍。不过，她的舞蹈跳得还不错，很自如很洒脱。我设想，她如果能够像享受跳舞一样享受电影表演，那么她绝对是最佳人选。我向徐老师详细阐述了孟美岐可以见面的理由，才有了她来真乐道的一幕。

我们坐在会议室里，徐老师坐在孟美岐正对面，先问了她三个问题：第一，平时看的电影多不多？第二，最喜欢的女演员是谁？第三，对自己未来的规划是什么？

徐老师的问题看似简单，但实际上是在测试孟美岐对自己的影视表演之路，是否有一个清晰的规划。

孟美岐的回答是这样的：关于看电影，虽然喜欢看，但因出道后太忙，没有时间看；关于喜欢的中国女演员，孟美岐说了一个名字，但无论从外形还是气质，与她完全不是一个类型；第三，未来自己的规划还是希望向唱歌跳舞方面发展。

孟美岐的回答，让现场所有人大跌眼镜。确实是我们剧组主动联系的，但你都来了，怎么也应该说，自己想朝着影视表演方向努力呀！

徐老师听完美岐的回答，也很失望。他索性直截了当地问，那你对演中国冬奥第一枚金牌获得者大杨扬的故事，有没有兴趣？

孟美岐说，她看过杨扬的生平，如果自己能够饰演这位中国体育界的传奇人物，非常荣幸。但没有太大自信，害怕演不好辜负了我们的期望。

我从事影视工作十多年了，还第一次见到，一位年轻演员因为自己在表演上不自信几乎是拒绝了一个如此重要的角色。这次面试很快就结束了，徐老师那天很不高兴。他觉得我们之前的摸底工作没有做好，人家都不想演，我们为什么还要见她呢?

会后，我和两位总制片人进行了深入讨论，大家一致觉得，孟美岐对项目的态度虽然和我们想象的不一样，但这个女孩很独特。

第一，她这人比较有主意，说话做事有性格，有股子狠劲，气质与众不同。

第二，还挺为别人考虑，怕辜负我们的信任，不像其他演员会不顾一切地表现自己。

第三，人还挺实在，对自己表演没有信心，不藏着掖着。

第四，也是最重要的一点，对影视工作不太了解，以为表演这项工作完全是她自己的事，不知道导演在指导表演中的重要性。

我们决定，再试一次她的文戏，我来调整，看看能不能让她有信心。那次试戏，我准备得很认真，也想在剧组里展露一下自己指导演员的能力。

试戏当天安排在一个摄影棚里，我顺便试了摄影机的效果，以及化妆组、滑冰组的配合，剧组工作人员一下来了四十多人。孟美岐后来和我讲，那次试戏确实让她改变了对我们团队的看法，从没见过试戏要那么大阵仗。

我先安排我和孟美岐两个人谈话，这是我的工作特点，对于主演，我要先了解她是一个怎样的人。我希望对角色的创造来自演员自身，让年轻演员建立自己的风格，让老演员突破自己创新风格。在我的导演美学中，改造演员是第一位的。

首先，我讲了很多关于我对她之前影视表演的分析，很多时候，我故意讲得晦涩，看她的反应。孟美岐听得很认真，懂就说懂，不懂就问，交流起来非常直接。我又故意装作不懂问了一些关于音乐、舞蹈的基础问题，孟美岐讲起自己熟悉的领域，果然非常自信。她很喜欢用“你知道吗”作为开头，带有攻击性。我欣赏她讲话时自信的眼神，很像一位竞技运动员。

孟美岐这个人看似冰冷，实际上是一个热心肠，一旦和你聊熟了，话就多了，性格也活泼开朗起来。我觉得时机可以了，就给她讲今天要试的情感戏独白。为了更好理解，我决定放一段音乐。我打开手机，放了《一代宗师》的配乐。音乐响起，我拿起旁边的一页纸剧本给她，还没等我讲话，孟美岐已经泪流满面了。

我惊讶：“你这是怎么了？”

孟美岐：“导演，不好意思，我一听这种音乐，就能流泪。”

我疑惑：“我这才放了几秒呀？”

孟美岐：“我对音乐比较敏感。”

我一边把纸巾递给她，一边看着她止不住的眼泪，心想，她平时得多压抑自己，才能一听音乐，就泪流满面呀！其实本来那场戏，不需要那么大情绪，但既然她能哭，我就看看她到底能哭成啥样。

我们把两台摄影机都架上了，一边放音乐，一边让她对着摄影机表演。

我平时其实很理性，一般演员的哭戏都不怎么感动我。那天不知道怎么回事，可能是录音的耳机效果太好了，孟美岐的哭声极具穿透力，台词真诚而有感染力，在场几乎所有人都被她的表演打动，止不住流泪。

我也控制不住自己的情绪，眼泪一个劲儿往外流。突然，我意识到她经纪人就在我身后。心想，要是让她经纪人看到，导演这么就被感动了，以后万一合作，价格都不好谈。我赶紧站起来，喊停，让孟美岐看看自己的表演，然后找个理由，离开摄影棚擦眼泪。

我独自在摄影棚外想，演员有四种天赋导演教不了——形象、情感、表现欲和想象力，除了第四项，美岐的前三项还不错。（后来我知

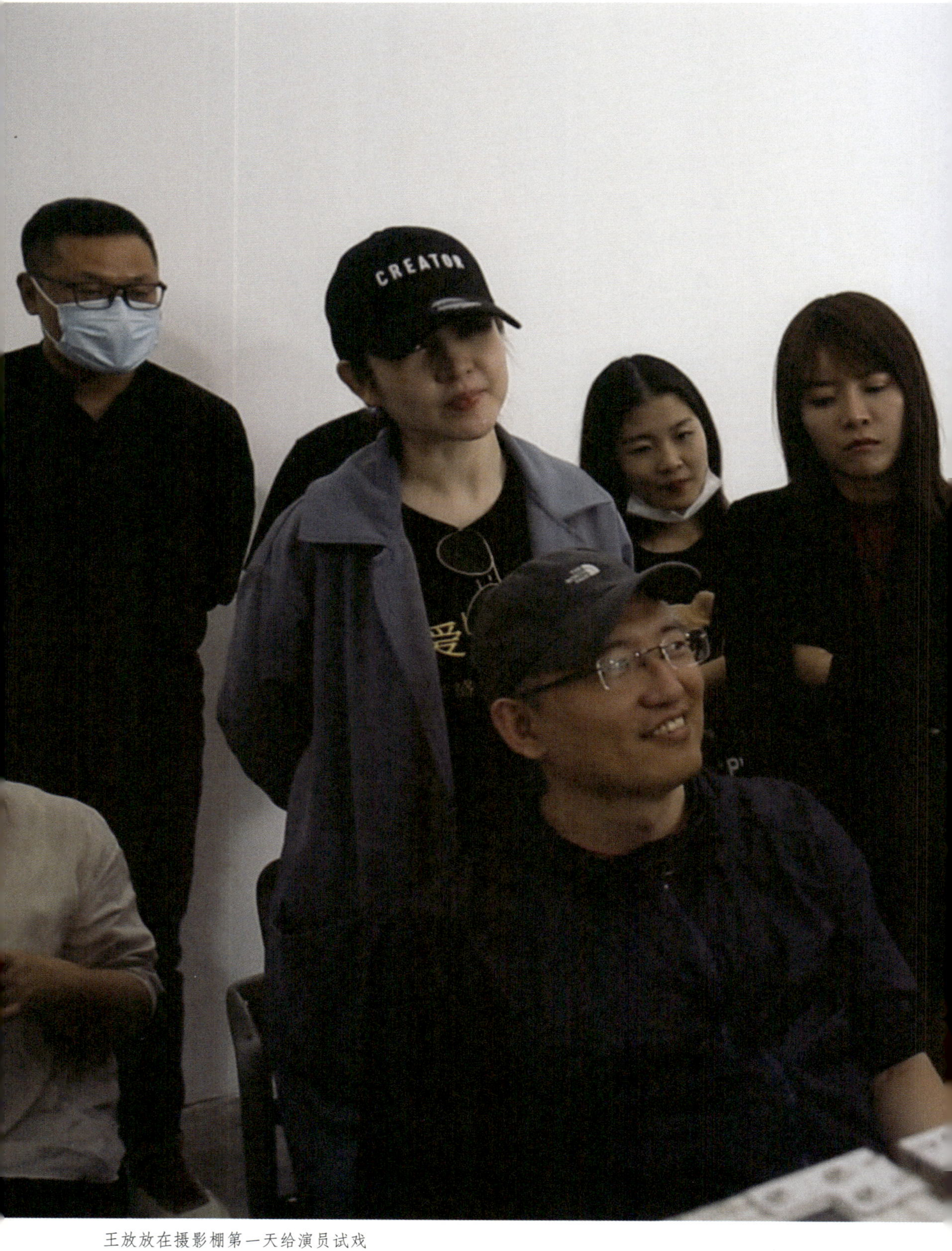

王放放在摄影棚第一天给演员试戏

道，孟美岐的想象力也很丰富，而想象力是决定演员上限的关键。）

成功的体育电影，往往会推出新人，从这个角度讲，她非常合适。但是，我们电影是一个大女主的戏，她的表演决定成败，而她表演经验太差了，我有点为难。犹豫着回到摄影棚，看到她坐在我的位置上，聚精会神地盯着监视器看回放，那种专注的神情，恨不得整个人都要进到监视器里面。后来拍戏，我经常让她坐在我的位置上看回放，分析自己表演的问题。

正如我们之前判断的那样，孟美岐一旦决定要做一件事，就会发疯地、不顾一切地去完成。

那次试戏后，孟美岐对我们电影的态度来了一百八十度大转弯。记得我最后一次到她公司，要求她必须增重15斤，她二话没说，让人拿过来体重秤，当场记录下来，还说可以把“增重15斤”写到合同里。

当然，我除了面试孟美岐，也面试了很多其他演员，我想最终决定用她是因为她所具有的全面素质。她才22岁，如果能够成功完成这样一部主演的电影，中国电影界未来一定多了一位有着无限潜力的新星。

从事电影工作多年的我深知，电影最大的魅力之一就是造星，而能否打造明星，也是衡量一位导演是否具有才华的重要标准。

四、“金谷八君子”

2021年1月23日　哈尔滨　金谷酒店

“导演，我们走了，这下可以给剧组省下14天的房费和餐费了。”这是制片副主任李亮在被黑龙江省防疫部门从剧组所驻酒店带走时，微信留给我的最后一段语音。很多时候，拍摄电影时发生的故事，远比电影故事本身更精彩，更富有戏剧性，更让你无法猜到结局。

由于要训练演员滑冰，《我心飞扬》剧组是在2020年12月到哈尔滨开始前期筹备的。除了两位滑冰指导，我们还招募了职业短道速滑女运动员进组，作为演员的替身，或饰演国外运动员。她们白天和剧组女演员们一起训练，晚上还要上表演课。剧组还聘请了几位身强力壮的短道速滑男运动员，将他们培训成能够提着带有特殊装置的电影摄影机在冰场上自由滑行的特殊摄影师。

本来一切按部就班，但突如其来的疫情彻底打乱了剧组的筹备工作。不仅有八名剧组人员被带走隔离，而且整个剧组所在的酒店都被封起来，整体隔离14天。14天停滞工作，对于一部即将要开机的电影来说，简直无法想象。我母亲总制片人和执行制片人、制片主任都忙着在北京签合约，哈尔滨只有我一个人坐镇。

我和另一位没有被带走的制片副主任通过微信评估14天的隔离所带来的损失，然后紧急布置各项工作，争取把疫情给剧组的损失降到最低。

第一，虽然人被带走，在宾馆的人只能留在房间里，但大家都可以使用网络工作，可以多建几个微信群，多开网络会议，将电影筹备工作文案化。

第二，演员和运动员冰上训练虽然停了，但陆地训练不能停，请两位滑冰指导定时让所有演员和运动员在宾馆房间里进行视频训练。

第三，美术组和置景组因为没有和我们住一个酒店，出入不受影响。但由于黑龙江疫情严重，美术师雒海良进入吉林省就要被隔离。吉林省负责搭景的执行美术和置景师，很多设计问题还需要和雒老师面对面沟通。于是大家想出了一个好办法，让他们在黑龙江省和吉林省交界的高速公路上会面，一个在分界线那边的黑龙江省，一个在分界线这边的吉林省，进行一次面对面跨省沟通。

第四，孟美岐的表演课不能停。还好她没有和剧组住在一个酒店，她所在的地区没有疫情，但不能来我们酒店。美岐进组后，我们给她配备了专门的表演老师，孟美岐对于表演学习认真，提高快，如果这时停了，前功尽弃。我决定亲自与她交流，找了一本适合她的表演书，要她白天仔细研读，晚饭后，我们两人通电话，她向我汇报读书心得。我的助理再向她提供一部经典电影，当晚看完写观后感。

孟美岐这个人平时爱钻牛角尖，喜欢刨根问底。我正好把一些基础概念，给她讲清楚。14天下来，效果明显，也为她日后表演增添了自信。

第五，当时黑龙江省哈尔滨、牡丹江以及吉林省长春市的所有剧组人员，已经有80余人，每天光吃喝就要一大笔费用。14天的隔离，肯定会造成一大笔浪费。再怎么补救，场景都不让进去施工，电影开机时间必然推后，我和总制片人、执行制片人、制片主任反复开会，最终决定，删掉所有杨帆出国学习滑冰的内容，缩短拍摄时间，将原定的75天改为70天。

第六，就在我以为所有问题都能解决的时候，摄影指导刘懿增提醒我，原打算他带着摄影组来黑龙江实验团队研发的各种拍摄滑冰装置，因疫情不仅时间要推后，哈尔滨的冰场也暂时不对外开放。离开机还有一个多月，如果开拍前没有时间让摄影组和机械组以及滑冰运动员一起测试的话，拍滑冰比赛的戏，现场一定会手忙脚乱，周期若再缩短，拍摄滑冰戏将变成不可能完成的任务。

我为这件事睡不好觉，直到有一天，我突发灵感，既然开拍前没有时间磨合滑冰戏的拍摄，为什么不在开拍后，增加一场国家队滑冰的戏，让各个部门通过这场戏好好磨合一下。

我仔细研读了剧本的结构，并与徐老师沟通后，创造了一个新人物，杨帆的队友赵雪。并在开篇增加了一场杨帆与赵雪在国家队比赛的淘汰赛。赵雪这个人物增加后，相当于给杨帆增加了一条线索，让杨帆这个人物多了一个立面，形象更立体，更丰富，更饱满了。

事后总结，剧本的这次修改，救了我们整部电影。正是这次在开机后不久在哈尔滨拍摄的国家队淘汰赛，让摄影组、器材组、动作组、特效组和滑冰组以及演员们，都对如何拍摄滑冰有了充分的

王放放在拍摄现场与滑冰指导冯瀛东研究滑冰拍摄方案

认识和准备，把所有我们提前没有想到的问题全部暴露了出来。

一个月后，当我们来到长春奥林匹克公园那座能够容纳上万人的滑冰场准备拍摄时，剧组的每个部门都已心中有数了。

关机宴上，被隔离的八个人，我称他们“金谷八君子”，向大家披露，他们被带走隔离时，多数人都以为，我们的电影可能会无法拍摄完成，现在能拍摄下来简直就是一个奇迹。

说实话，我当时倒没有一点慌张，而且还有些许兴奋。毕竟拍了那么多年电影，哪次拍摄不经历点事呢？也许正是各式各样的危机带给我们的刺激，才让电影人迷恋每一次电影的拍摄过程，才让每个摄制组都难忘那终生永存的合作情谊。

五、横道河子开机

2021年3月2日　牡丹江　横道河子

为了给全剧组一个振奋的开始，徐峥老师在开机当天，专程抵达拍摄现场牡丹江的横道河子。

开机当天计划，趁着阳光好，清晨拍摄杨帆离家独自一人奔跑的戏，然后再举行开机仪式。

第一场戏从拍摄上、表演上都有一定难度。我希望孟美岐从家中走出来，先是含着眼泪沉重地走，然后再慢慢跑，最后忍住离家的悲伤竭尽全力地跑。

镜头设计是一个长镜头在孟美岐前面跟拍，将她复杂的心理活动，用一个长镜头全部记录下来，直到她跑出画面。

虽然是第一天拍戏，但是我和孟美岐对每一场戏准备得都非常充分，前几条孟美岐的表演已令徐老师称赞，可我知道，美岐的潜力还远远不止于此。我来到现场，美岐知道我对刚才的表演还不太满意，赶紧解释地面上的雪太晃眼睛。

她这个人最大的特点，就是要面子。我说，别管那些，你说说，你现在走的是一条什么路？

孟美岐说，杨帆离开家乡，走向自己未来的路。

我说，好，你就给我想成，你在洛阳机场通往候机大厅的那条通道。

孟美岐不解地看着我。

我说，你不是讲过，你14岁离家出国，提着行李走向候机大厅，你妈在后面哭，你满脸泪水不敢回头，一直往前走吗？现在这个情景就和你当年的情景一模一样。明白吗？

我的话一下子把孟美岐带入当年的情景中。

我对执行导演说，演员好了，就开机，摄影部门不能出错，争取一条过。开机仪式的时间都是找人算过的，不能晚了。

自发现孟美岐的哭真诚感人，我修改了剧本，整部电影给杨帆设计了五场哭戏且完全不同。开机第一天的哭戏，是这五场哭戏中最简单的。

杨帆背着书包提着行李，从门里走出来下意识地擦干眼泪，迈着沉重的步伐向前走着，眼睛始终是湿润的，通过她脸上的表情看到内心在挣扎着，最后，她决定了，咬着牙，抬起头，挺着胸，大步向前跑去……

孟美岐的表演，真实而有张力，徐老师及在现场的人都对她刮目相看。

我深知，这部电影对于孟美岐本人还有另外一层含义，她是在通过饰演杨帆这个角色，找回自己的过去。当初她离家的那一刻，和剧中杨帆一样，不知道等待自己的命运将是什么。小小年纪，就敢把自己的一生都赌上。这种勇气并不是谁都有的，这样的人生体验也不是每个人都有机会拥有的。

开机仪式非常朴素，徐老师振臂一挥，鼓励大家相信努力不会白费，一定会有好结果。这种场合，我的发言从来都是低调的，因为我脑子里全部都是接下来需要解决的一个又一个问题。

我从小在电影厂长大，生活在电影家庭，多年受电影文化熏陶，让我清楚要想拍摄一部好电影，首先要营造一个好的摄制组文化，而这一切，必须要从导演自身做起。导演不仅仅是这支团队的业务指挥，更是这支团队的精神领袖。

我见过太多导演，以为自己是导演，就与众不同，高高在上。我身上继承的是老电影厂朴素的电影文化，吃、住、行全部都要和摄制组的兄弟姐妹们在一起。

《我心飞扬》这部电影最难拍摄的就是冰场比赛，它由几个难度组成。

五场大型滑冰比赛：亚冬会、长野冬奥会、全运会、盐湖城冬奥会和世锦赛。为了节约预算，我们只能在一座冰场内完成。如何在一座冰场完成五场比赛，给美术和置景带来一个巨大的挑战。每一次翻景都需要大量的时间，为了节省时间，我们要在这段时间里拍摄其他文戏，等体育场景翻好了，再拍摄滑冰比赛。然后再离开，再回来，这样一共要五次重返冰场。

滑冰比赛都是大场面，需要大量群众演员，很多时候还要外籍群众演员。我先不说，外籍群众演员在疫情期间不好找，价格高，仅从成本考虑也不能让群众演员全天都在现场。有很多特写或局部镜头，带不到群演，这要求导演的拍摄方案必须是精确的，现场不能大调整，执行部门要精准执行。

第三，冰面如果连续拍摄半个小时，很容易花，须重新浇冰，等冰晾干，又过去半个小时。也就是说，实际拍摄时间只有常规拍摄时间的一半。滑冰组的运动员如果全力滑冰，拍摄四五条就要换人。虽然我们准备了三组运动员，但是运动员换鞋又需要时间。

第四，摄影器材到冰上容易给冰面带来破坏，运动员必须穿自己的冰鞋，服装组天天给他们改鞋，特效部门还要根据镜头改后面的绿布，这些问题其实在我眼中都不是最重要的。

让我最关注的是孟美岐不能够太跳跃去演戏，最好是顺着演，就是按照剧本顺序演，这样有利于她清晰了解人物的发展脉络。这给统筹带来极大的麻烦。安排拍戏的计划，是电影制片最核心的技巧之一，这种要求让统筹近乎崩溃。

为了解决这么多具体的问题，我们剧组每天吃完晚饭，都要开长时间的会。关机后，很多剧组主创回忆，在我们剧组晚上从来没有自由活动时间，除了开会就是开会。

所有部门都把问题摆在明处，没有任何斤斤计较，只有探讨如何解决问题，会场上大家各不相让，争得面红耳赤是常见的事。会上那些为人低调不愿表达自己观点的人，会后单独找到我，我的决定朝令夕改也是常有的事。

这一切工作之所以可以顺利高效地进行，和我母亲在剧组中的

王放放与监制徐峥、主演夏雨在拍摄现场

存在有很大关系。

我母亲是《我心飞扬》的编剧、总制片人，要知道，母亲是总制片人、儿子是导演的合作方式，并不多见。

剧组主创都和我年龄相仿，在母亲面前，所有人都像是她的孩子。母亲在剧组对所有人都时时刻刻关心着、照顾着、呵护着，甚至很多时刻并不站在我的立场上，这让整个剧组充满了家庭文化。主创说服不了我，就私下找我母亲汇报，我母亲也会成为最后一个决策者，平衡着剧组拍摄等各方面因素。

我母亲当过编剧也当过导演，后来作为制片人，与国内很多优秀导演合作拍摄了十几部电影。她对如何将钱花在刀刃上，非常具有判断力。在解决疑难问题上，她的经验就更不用说了。虽然她的很多想法与当下年轻人并不完全一样，但她喜欢与年轻人交流。更为重要的是，她像很多老一代电影人一样深爱着电影。

她不太喜欢总坐在监视器前，她喜欢站在现场看着摄制组所有人热火朝天地工作，感受着一部电影如何在她眼前孕育而生。剧组里没有人比她做事更认真，所有人都害怕被她挑出错来，她是整个剧组的定海神针。

如此一部庞大的电影，能够在68天拍摄下来，没出任何事，不是随便哪个摄制组都可以做到的。很多人离开剧组后都向我表达，先不去评判电影最终好与坏，这种高效的工作方式，让他们十分留恋……

六、回老家拍戏

2021年4月9日　长春　富力万达酒店

我从未想过，有一天，能够回故乡拍摄电影，更没想到，拍戏的地点就在我家曾经住过的楼对面。

那是拍摄盐湖城奥运村餐厅一场戏，景不好找，美术师最后选择在一家五星级酒店的餐厅里拍摄。

当我到达这家五星级酒店才发现，它就坐落在长春电影制片厂对面，我父母的家就在长影厂大门旁边的六层小楼里。

我站在酒店大厅的窗前，看着对面熟悉的小楼，熟悉的街道，熟悉的有轨电车，还有长影厂大门院内招手的毛主席雕像。

我仿佛看到了自己的童年，我曾在长影幼儿园生活，阿姨每天下午都会带领我们列队到厂区散步，每天散步的固定环节就是绕着广场上毛主席像转三圈。我们小朋友一个个手拉着手，开心地绕着毛主席像转圈，一边转圈一边记步数，记得绕一圈大概要一百多步……

那天晚上拍的戏是教练秦杉这个人物的重场戏，盐湖城冬奥会杨帆在自己最优势的项目中折戟，让教练秦杉备受打击。他独自在盐湖城奥运村咖啡厅反思。就在这时，杨帆来找他，告诉教练她没有放弃，她要从失败的阴影中走出来……

夏雨老师对那场戏里教练的台词不太满意，他觉得教练太像失败者，他希望这个人物更坚强。我们两个人经过认真分析，最终修改了部分台词，让人物变得更复杂。

应该说，是《阳光灿烂的日子》这部电影让我真正爱上电影。我第一次感受到自己离一个电影中的角色如此之近。人物的所思所想，我都能感受到，甚至有一段时间，我觉得自己和夏雨老师饰演的马小军是一样的人。

我不知道看过多少遍《阳光灿烂的日子》，不知道面对镜子背诵过多少次夏雨老师那段经典台词。如今，我们竟然在共同完成一部电影，我始终对夏雨老师有一种过于尊敬而带来的畏惧感。

夏雨老师为人低调，喜欢大自然，一有空就搬把椅子晒太阳。夏雨老师虽然在现场话不多，但是，他的敬业精神以及极高的配合度，为现场高强度拍摄提供了一个重要的保障。他认真并执着，给孟美岐和年轻演员们树立了一个鲜明的榜样。

我和夏雨老师的分歧，就在这天拍摄盐湖城奥运村餐厅的戏时，彻底说开了。

夏雨老师不解地说，导演，我总觉得，你把这个人物塑造成一位失败者了，他虽然特别渴望杨帆获得奥运冠军，但他不应该是一个把自己一切希望都寄托在杨帆身上的失败者呀！

面对夏雨老师的提问，我无言以对，因为“失败者”这个词似乎说中了我内心深处一直无法回避的一个现实。我就是一个失败者，我下意识地在把我自己的故事投射在秦杉这个人物身上。

我虽出生在电影家庭，从小却对文科没有太大兴趣，和我们那个年代的优秀学生一样，立志当一名科学家。

经过努力，我如愿考入北京大学化学系，来到了中国大学的最高学府。我本以为从此可以实现自己的梦想。但现实却是，相对周围同学们非凡的才华，我在屡次考试中，成绩都在百名之外。

王放放在拍摄现场给主演夏雨讲戏

成绩不好并不是最打击我的，真正让我承认失败的是我突然发现，面对自然科学我并不虔诚。之前理科成绩好，是因为我是一个应试教育的高手。只会答题并不热爱题目背后的科学。探索自然科学不仅需要聪明才智，更需要一颗无比崇敬的纯洁心灵，它不是荣耀，不是光环，是一种使命。只有这样你才可以忍受无数次的实验失败，可以忍受实验室里枯燥乏味的生活。

我尽管从小学、中学到大学，付出了无数个日日夜夜，但我还是失败了。我大学期间学化学的同时辅修了艺术专业，记得大四毕业，同学们一个个要么出国深造，要么保研，我却决定改行继承父母的电影事业，那天我把头发剃光了，我想告诉自己，一切要从零开始。

理科求学的失败告诉我一个教训，无论你从事什么事业，一定要从内心深处热爱它、欣赏它，否则不可能在这条路上一直走下去。

七、冰场“毁容”

2021年4月28日　长春　奥林匹克公园

“导演，美岐摔了！”我放下手中的事，匆匆来到现场，脑子里一片空白。

那天拍摄盐湖城1500米决赛，我想尝试让孟美岐自己来完成这个段落。这对于她来说是一个巨大挑战。虽然，演员们接受短道速滑训练已经有半年时间，但起跑对于她们来说，还是太难了。

美岐和许沁的滑冰动作没问题，反倒是外籍演员滑冰水平不行，毕竟训练时间短。

一位外国运动员由于动作过大拉倒了孟美岐，导致许沁的冰刀从美岐脸前划过，刀尖距离孟美岐的脸也就几个厘米。

现场非常热闹，大家都在拿手机争相观看之前那惊险一幕。

孟美岐看到我来了，拿着手机朝我滑来，笑呵呵地说，导演，你看，许沁的刀尖儿，离我脸就这么近。

我看完视频，后背都发凉，就差那么一点点。

孟美岐还傻乎乎绘声绘色向我描述，导演，你知道吗？我看到冰花了，冲着我的眼睛喷过来。

我没理她，赶紧把两位滑冰指导叫过来准备替身，一会儿实拍不能用外籍演员。

旁边特效老A突然插话，导演，你是要后期换脸吗？

我说，是的，不能让这一幕再发生。

老A说，起跑那么近，又是静止的，没法换脸呀，换了肯定假。

执行导演壮壮说，导演，我们还是别换了，让外国运动员下次滑时离咱们演员远点。

我拿起对讲，告诉刘懿增，一会儿实拍起跑，运动员滑行的方向要改变一下，你调整一下摄影机的角度。

孟美岐虽然会跳舞，但运动天赋并不高，有很严重的恐高症，很怕双脚离开地面，是一个连自行车都不会骑的人。饰演滑冰运动员对于她已经是个挑战。但她特别要强，总是掩饰自己内心的压力与恐惧。

别看她笑呵呵拿着出事的视频到处与人分享，但实际上这个事故已经在她内心埋下了阴影。果然，实拍的时候还是出事了。

随着执行导演一声开始，场外饰演裁判的外籍演员高高举起发令枪，啪的一声响，演员们争相模仿运动员的样子，滑出起跑线。

也许是被这一声吓到了，在听到枪声的一瞬间，孟美岐脚下一软，扑通一下摔在了冰面上。她突然摔倒让周围的演员们一片惊慌，害怕抬刀会割伤她，只能一个个从她脸前滑过。

坐在监视器前看到这一幕，我连停都没有喊，便朝现场跑去。等我跑到冰场时，我看到孟美岐已由助理搀扶坐在冰场中间的椅子上。

我赶紧跑到冯指导和吴指导两位滑冰指导的跟前：“怎么回事？”

冯指导："她腿软了，没站住。"

我："腿软了？"

吴指导："可能是刚才摔倒，给她带来了阴影。导演，我看还是让她下冰休息一会儿吧。"

让她下冰休息，就等于甩掉这场戏，摄影机好不容易都摆在冰面上了，群演也都坐好了，等她休息好了，我们还要再摆一次，没有这个时间。

刘懿增看出我的犹豫："放放，要不咱们换个方案，别用一个镜头拍，起跑就美岐她们摆姿势，滑出去再用替身。"

壮壮："导演，要不我们先把A机放在这里，用B机拍夏雨老师的反应？"

老A也过来凑热闹："导演，我们刚才可是说好了，这个镜头太近，不能换脸。"

我说："我说换脸了吗？"

老A："我先提醒你。"

我站在冰场上，一言不发。

演员副导演天鸣在围栏外喊我，"导演，晚上群演盒饭订吗？"

我说："问这干吗？"

天鸣："如果今天超时，要早给群众演员准备晚饭。"

解铃还需系铃人，我走上冰场，来到了孟美岐旁边，她正拿着保温杯喝热水。

我："刚才怎么了？"

孟美岐："我感觉好像冰刀下面有粒沙子，一下子没站住。"

我："还能拍吗？"

孟美岐："没问题。"

我："好。"

我转身对着拍摄现场大喊："给我检查一下，冰面是不是干净。

等美岐好了，就实拍。”

我刚要离开，听到孟美岐在喊：“导演！”

我转身看着她。

孟美岐：“你能在现场吗？”

我：“没问题。”

事后，母亲告诉我，监视器前的主创们都觉得我这么做有点冒险，万一孟美岐再摔了，出了事，结果不可想象。

最终这一镜顺利拍摄完成，虽然孟美岐起跑动作有些奇怪，但我已经无法再要求她什么了，我知道那已经是她的极限了。

我大学毕业那年暑假，父母正与谢晋导演准备合作一部电影，让我有机会近距离接触了这位中国电影史上最具影响力的导演。

王放放在视效棚现场给主演孟美岐讲戏

谢晋导演是出了名的会调整演员表演的导演，也许因为他是演员出身，他曾对我说，一定要鼓励演员参与创作，成为电影核心的创作者，导演千万不要把演员看成工具，要尊重你合作的每一位演员。

为了让孟美岐融入剧组，让她感受到演戏是一种自我表达，而不仅仅是一项工作。我鼓励她，用自己的话去说台词，看自己与角色之间的距离有多远。有好几场戏，我还真用了她改的台词。她后来说，她的台词背得熟，是因为她记住的不仅是台词，更是台词后面的情感与心灵的表达。

我要求她平时不能总待在休息室，你是女主演，大家忙忙碌碌最后还不是为了突出主演，你要经常和大家在一起拉近距离。孟美岐很聪明，很快就和剧组工作人员打成一片。她特别喜欢吊威亚，弄得动作组都特别愿意和她配合。滑冰她滑不过专业运动员，但到了特效棚模拟滑冰动作，她可比专业运动员专业多了。因为她想象力丰富，可以把周围的绿布想象成冰场，做出复杂的滑冰动作。专业运动员反而因为各种不适应，动作不协调。

拍摄特效内容是最枯燥的，但因为孟美岐愉快地配合，大家都拍得很轻松。执行导演称孟美岐是“绿棚女王”，动作组都叫她“岐姐”。

八、当演员还是当偶像

看过电影完成片的人，对孟美岐的表演充分肯定，认可她的哭戏十分感人。体育励志电影，从文本上来说，属于苦情戏，往往通过角色艰苦的努力和曲折的命运，赢得观众的同情与共鸣。我给杨帆设计了几场各不相同的哭戏。美岐开始完成度很高，拍到后边又有些抵触。

我清晰记得，有一天演哭戏，她哭得真切动人获得大家的称赞。但她看完监视器画面时，却冷冷地说：“我这也太脆弱了。”

我说："演员就应该这样，毫无保留地把内心情感展现给观众。"

孟美岐冷冷地说："我不想这样。"说完转身走了。

现场所有人都不知道她葫芦里卖的什么药，她总说不希望角色太脆弱，而我觉得是她的心理有问题，与她进行一次长谈。

最终我明白了，孟美岐是通过综艺选秀崭露头角的，这种形式虽然让她拥有很多粉丝，但也有很多粉丝指责她。即便她是做慈善，都不敢公开说。长期以来，她尽可能封闭自己，不让任何外界因素干扰。只有这样，她才可以做到内心强大勇敢面对一切。

我们拍电影是要求她彻底敞开心扉，尤其是哭戏，让她彻底暴露自己最脆弱的一面。的确，演电影让她变得敏感了，也变得脆弱

王放放与孟美岐在冰场上探讨"标志性"动作

了。但演完戏，她还要做偶像，还要天天面对无端的诋毁和质疑。

我的看法，偶像和演员是两种完全不同的职业，前者让观众喜欢自己，后者让观众喜欢自己的作品或饰演的角色。无论你以后的选择是什么，在这部电影中，你必须要演一个有血有肉、有感情的人，对教练，对队友，对国旗，你的眼神中必须充满爱。

我知道，我的要求会让她挣扎，她最后还是坚持完成了这个角色。对于孟美岐的表演，我还有很多不满意的地方，但她已经突破了自己的极限，赋予了这个角色独一无二的精神气质。

时代发展会产生很多新事物，如流量明星，但我们不应该照单全收。一切必将经过时间的过滤和岁月的沉淀。

九、别致的关机仪式

2021年5月8日　长春　奥林匹克公园

在家乡拍电影，再加上冬奥题材，《我心飞扬》的关机仪式请来了省委宣传部领导、出品方代表，还有家乡的同学、朋友。

关机前最后一个镜头，拍摄2002年盐湖城冬奥会杨帆获得金牌站在领奖台上，看国旗升起。我本来要求孟美岐看着国旗流下激动的泪水。

由于是关机仪式，全组人都在现场，就等着孟美岐演完最后一个镜头，一起欢呼关机大吉。

孟美岐怎么也哭不出来，我只好去现场指挥。领奖台在冰场中间的一个毯子上，反正是最后一镜了，不用考虑再浇冰。我也没穿鞋套，直接跳进冰场，来到领奖台前。

孟美岐："导演，我觉得这场戏不需要那么大情绪吧。"

我："其实你怎么演都行。"

孟美岐："什么意思？"

我："因为这场戏不可能出现在正片中。"

孟美岐在关机前拍摄的最后一个镜头

孟美岐："为什么？"

我："我们电影中只能有一次升国旗，那一定是片尾纪录片，杨扬2002年盐湖城冬奥会真实的升国旗片段。"

孟美岐："那我们还拍什么？"

我："美岐，其实整个一部戏，我一直想告诉你一件事，演员这个职业最大的魅力就是可以体验不同的人生。《我心飞扬》让你体验了一次奥运冠军的人生，我想，既然体验就完整一些。也许你人生不会有第二次机会站在领奖台上听国歌，看着五星红旗从你眼前升起。"

孟美岐一句话也说不出来了。

我："好好体验吧，等国歌结束的时候，一切都结束了。明天剧组就解散了，很多人，你也许一生都不会再见到。"

孟美岐突然激动起来，眼圈湿润着转身登上了领奖台。

说完那句话，我内心也很激动，我不想让现场人看到，低头走向角落，一边对执行导演壮壮："一会儿国歌一停，就喊关机大吉。"

影片关机后到长白山与导演助理们放松心情

壮壮拿着喇叭对现场全体人说："一会儿国歌响起，国旗升起，大家可以跟着一起唱。"

孟美岐站在领奖台上仰头看着国旗升起，泪流满面。而我站在角落里，环顾着我们奋斗了两个多月的冰场，擦着泪水。

那一天，我流了很多泪，不仅是因为我为这部电影付出太多努力，我们团队的所有人都为这部电影付出太多太多。一群素未谋面的人，在短时间内聚在一起，彼此相互信任，拧成了一股绳，对抗一个又一个困难，这背后究竟是什么力量——是我们对电影艺术的追求，对所从事的这份职业的热爱。

的确，很多人一辈子都没有可能再见面了，但是，电影还在，《我心飞扬》这部电影记录了我们所有人的名字，记录了我们所有人的努力与汗水。不论过去多少年，也许有一天我们都已经老去，这部电影依然还在。演员们的青春靓丽，主创们的才华智慧，都会被永远记录在电影之中。

十、关机之后

2021年5月10日　长春　清明上河园墓地

关机后，我在妻子的陪同下来到墓地，看望姥爷和姥姥。清明节那天，母亲独自来祭拜，墓碑前摆放的黄色菊花还没有完全枯萎。

我站在墓碑前，沉默许久。

由于父母工作繁忙，18岁前我是在姥爷和姥姥家度过的，与两位老人的情感很深。两位老人是在我创作《我心飞扬》剧本的过程中，先后离世的。

在这里我不想提及太多伤感的事情，在姥姥去世前，我一个人在ICU病房里陪她度过了一个个夜晚。正是那段经历，让我萌生了《我心飞扬》开头杨帆在亚冬会的情节，杨帆要在父亲和比赛两者之间做出选择。

姥姥是在大学教哲学的，在她最后清醒的时间里，小声告诉我：“一段事物的结束意味着一个新的开始。”

姥姥离开的时候，全家人都在现场，母亲非常难过，不能接受这个现实。我在她耳边反复重复着，姥姥告诉我的这句话：“一段事物的结束意味着一个新的开始。”

看过很多人写自传，都在讲述最亲的人离世会改变自己的人生。姥爷和姥姥的离世，让我仿佛感受到，自己的半只脚已经迈进坟墓里了。虽然，我年龄还不大，但突然间，想要仔细规划自己的余生，人生的未来似乎一下子变得更清晰了。

我没有在墓碑前，向姥爷和姥姥许愿。在我内心深处，眼前的一切并不是现实。他们依然还活着，我每周依然可以给他们打一个电话，汇报我这一周的工作，祝福他们身体健康。

告别墓地，我没有直接回北京，而是和公司的小伙伴一起去了长白山。长达一年多的高强度工作后，我们想一起放松一下。

到长白山的第二天，天池就对外开放了。听说，我们来之前已经有两三周，天池没有对外开放，我们的运气很好。

当我们真正站在山顶，俯视被积雪覆盖的白茫茫一片的天池，我还是被大自然的壮丽所震撼。

我的助理说，导演，你写一个关于天池的科幻故事吧……

王放放，青年电影编剧、导演，毕业于北京大学艺术系、化学系。北京市青联委员、北京电影家协会理事。曾任电影《一个人的奥林匹克》文学统筹、电影《辛亥革命》执行制片人。独立执导电影《许海峰的枪》，获第30届米兰国际体育电影节评委会特别大奖；执导电影《黄克功案件》，获得第四届深圳青年影像节“最佳导演”。

《我心飞扬》摄影拍摄总结

刘懿增

最初读完《我心飞扬》的剧本，内心很感动。脑海中也有了大概的影像感受。在和导演交流的过程中，也逐步对影像表达及其所带来的技术性挑战建立了共识。在疫情最严峻的时期，和剧组同人用时68个拍摄日一并完成这部作品，其中有很多感动、尝试，当然也会留下一些遗憾。感谢放放导演创作了这样一个励志的故事。

剧本与影像的连接

整个故事背靠着一段真实的历史时期，这份体育人精神的厚重感是扑面而来的。一开始我和导演就希望能在影像上营造一种厚重的年代感，并且希望镜头能够贴近人物，朴实地展现演员。而在展现运动场面的时候，又能够突出短道速滑这项运动的临场感和速度感。

A：我们制作了几款具有复古年代感的LUT，在拍摄现场可以看到接近于后期预期效果的色彩感受，这种感受可以在一定程度上帮助我找到一些灵感和真实感。

B：打灯上，尽量突出自然光质感，尽量“朴素”。它可以是银幕里发出的微光，可以是桌面反射的晨光，简而言之，尽量让人物融在氛围中。

C：演员表演是电影或故事最核心最直接的输出，我选择了很多广角和近焦距镜头，更近距离地去展现演员的表演。同时使用了比较大的光比反差来烘托故事本身的厚重感。

故事中有很多感情戏，演员每做完一次表演都会透支感情和拍摄状态，为了与演员建立默契，在开始的时候我会选择中长焦来拍摄演员的特写（手持），让对方有一个距离上的安全感，等热身以后，演员适应了摄影机，再慢慢换成中广角，慢慢贴近演员去拍摄特写。有时在拍摄间隙，也会就拍摄方案与演员多进行一些沟通。大多数感情戏我们基本就是一两条过。

在拍摄竞技场面时，希望能够更多地建立一种临场感，让观众感受到短道速滑的速度与激情。

拍摄运动场面技术流程

故事中有多场大大小小的赛事，我们想让每一场比赛都能在拍摄方案及视觉效果上做出区分。

首先短道速滑这项运动并不像足球篮球那样大众化，所以在一开始展现训练和比赛的环节中，我们有很多客观视角，或者说类似转播视角，让观众先熟悉比赛的氛围和游戏规则。随后的比赛内容我们选择了大量的跟拍视角这种临场感更强的方式来拍摄。过渡阶段有一些比赛我们设计了长镜头和很多主观视角。到后面几场比赛高速摄影机以及各种特殊拍摄方案才被呈现出来。

流程1：赛场场馆灯光设计

真实竞技冰场是无影灯照明系统。我们在不同的冰场场景中需要使用不同方式来还原这种效果：

在棚顶较矮的实景训练场景中，我们对其原有照明系统做了改造，选用了几百枚高功率LED灯具，搭配合适的灯罩量体裁衣，制作了柔光罩来覆盖灯具。这样整体的真实感得到提升，其便捷调节性也更易于拍摄操作。

而在大的赛场环境中，棚高更高，且有千格高速拍摄的需求。所以我们使用了近千枚LED四头灯及ARRI SkyPanel来搭建整个照明系统，每一组灯具都配置了柔光罩，去除杂影。

初期，我们会先在三维环境里收集一些数据。

而在摄影棚内，我们尽量用白反射环境来模拟实际冰场氛围。

流程2：设计装备与装置

从某种角度看，《我心飞扬》类似研发型的项目。因为没有现成可用的拍摄装备，所有需求要自行设计、制作和测试。这个过程充满挑战又新鲜有趣。有惊喜也有遗憾。

其主要包括运动员摄影师拍摄系统和摄影棚模拟拍摄系统。

一、运动员摄影师拍摄系统

实拍镜头具有更强的临场感，最初想要研发一套可穿戴的模块设备，能够由专业运动员穿戴，拍摄前后左右不同高度的画面。

装置和装备设计核心团队里，邢亮和马光军老师提出很多很棒的概念，我们先在玛雅里搭建，然后进行讨论沟通。结合预算与周期，然后再逐步落实到测试和制作阶段。

搭载了全局快门轻型摄影机（为了应对高速下的果冻效应），经过几轮改版后成为可穿戴装备。

黑龙江

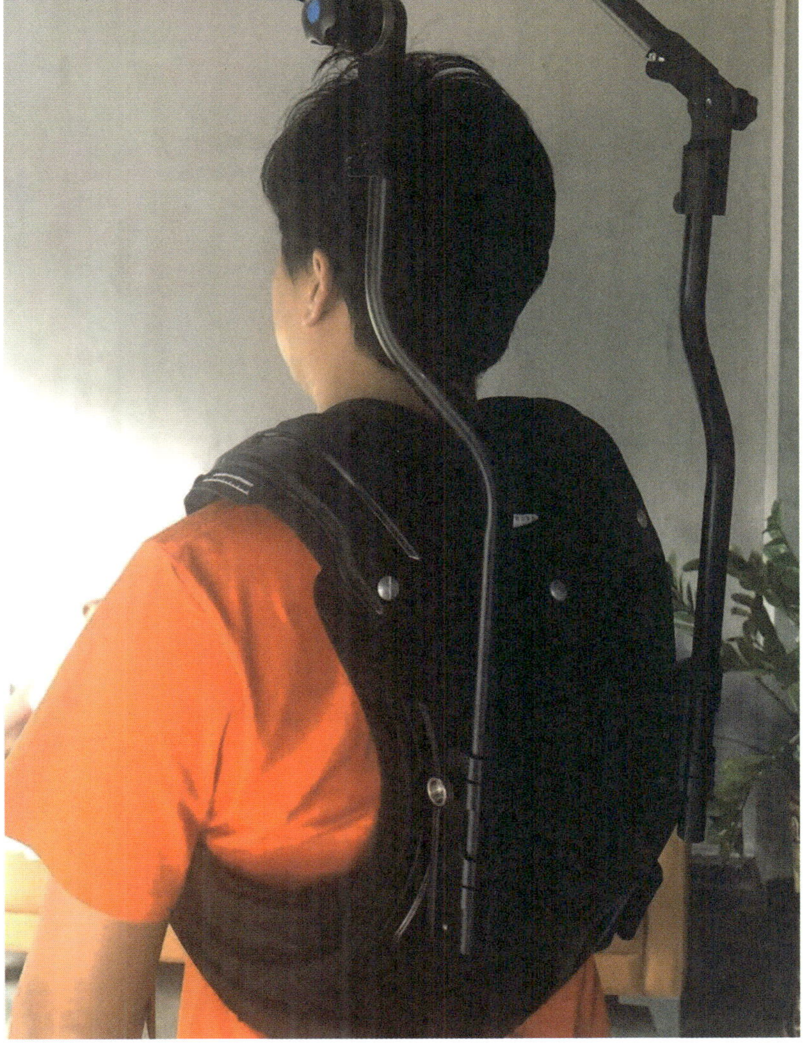

从高速移动中信号源的改装，到软硬连接耐受性材质选择，弹力系数、承重等安全考量。为了确保安全性和可操作性，我们经历过几个版本的测试和修改。

在此期间，我们也得到了范宇老师和MOVCAM的外援帮助，设计和制作了一款可穿戴设备。希望能够拍摄很多联动性镜头。但是由于疫情阻断了工厂的供应环节，拿到第一批次成品时，我们已经开机了一段时间。在经过测试后，想在拍摄期内修改、制作出第二批次成品，时间上已难实现，所以最终很遗憾在这一次拍摄中没有使用到这套装备。但还是特别感谢MOVCAM的支持与帮助。也许可以在以后的拍摄中完善和使用。

二、摄影棚模拟拍摄系统

因为很多镜头无法实拍，所以在摄影棚拍摄环节中，我们想尽量在演员不动或少动的前提下，反求出冰面的运动方式。

开机之前的设计初稿

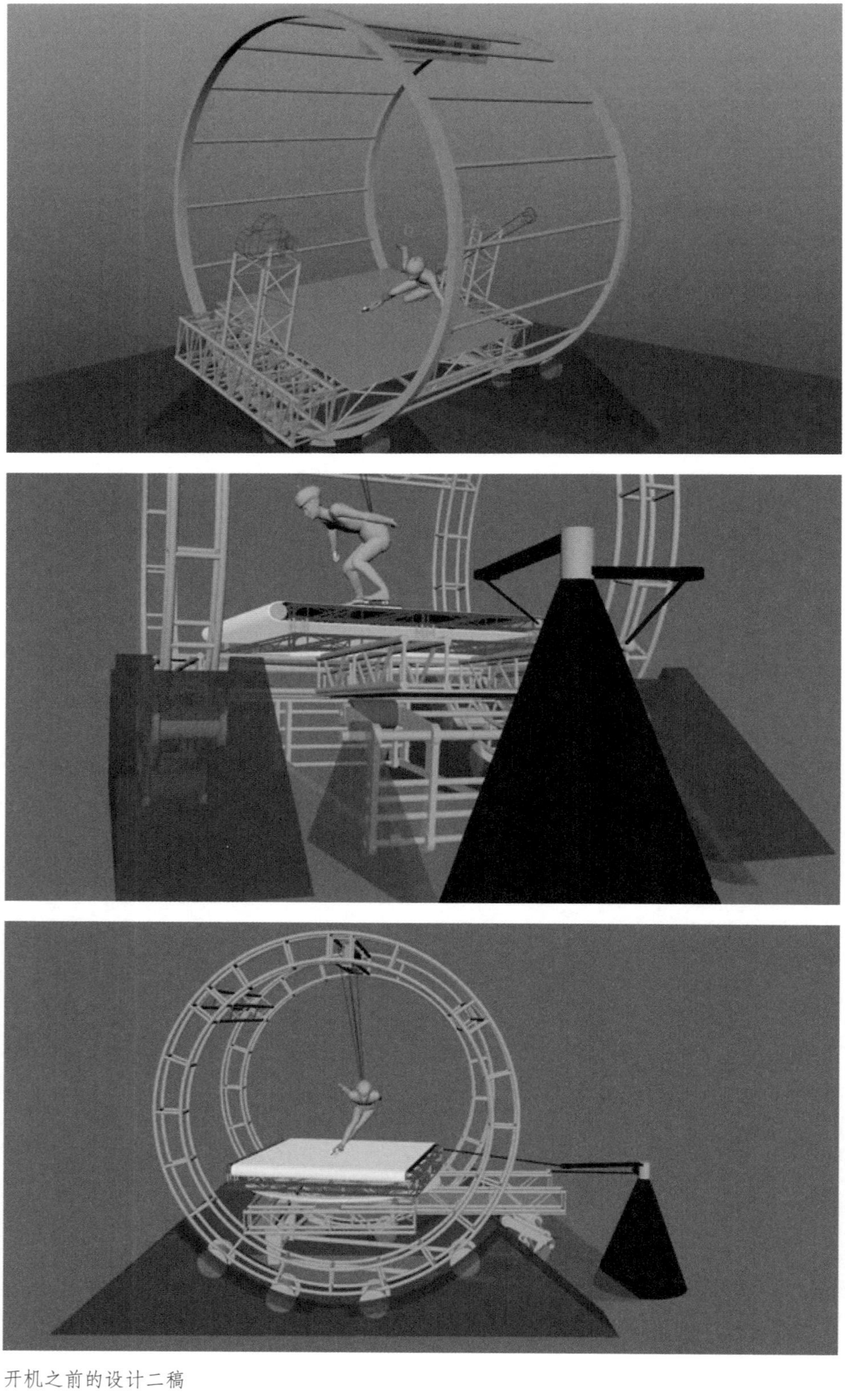

开机之前的设计二稿

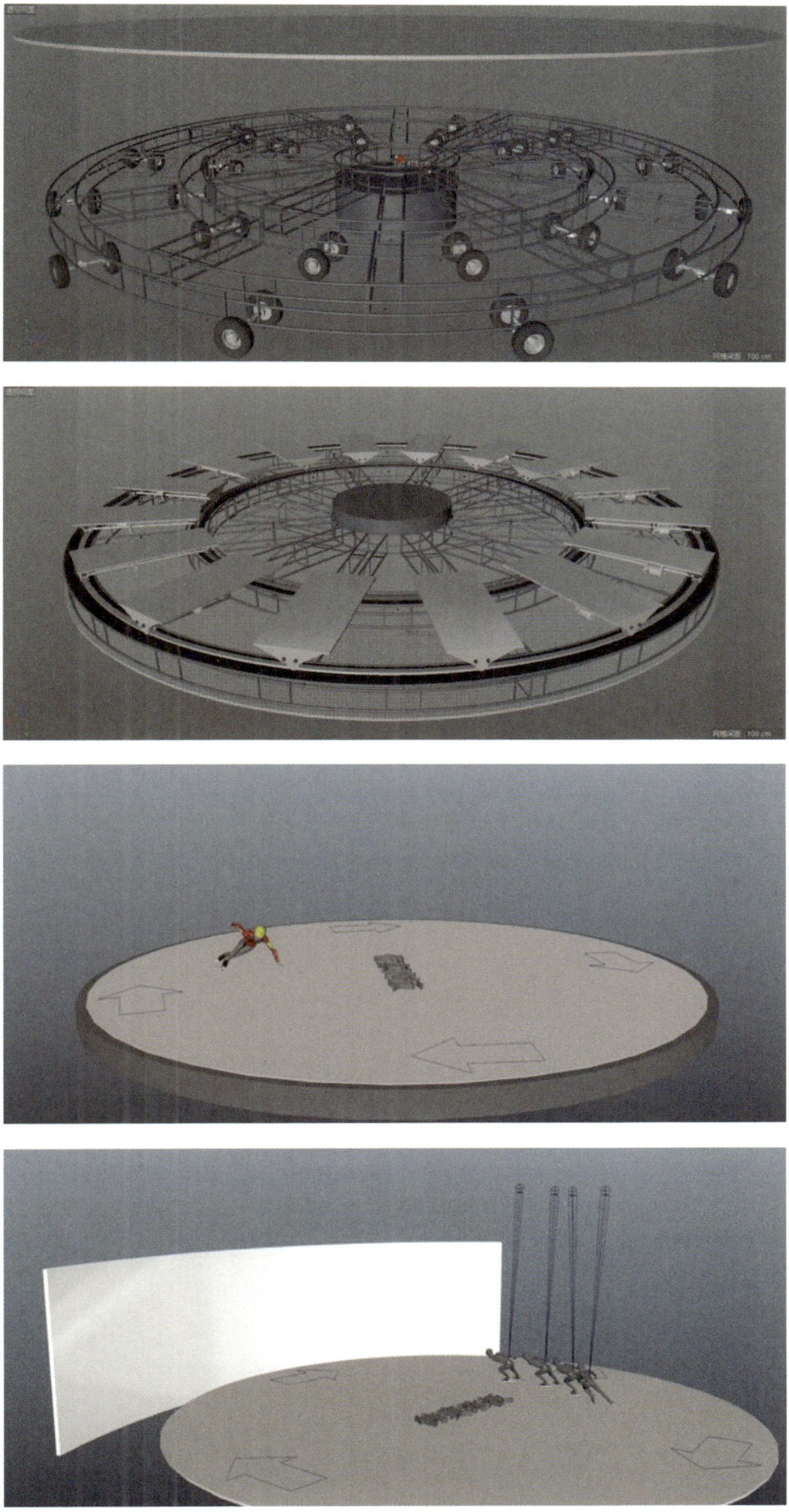

开机之前的设计三稿

理想的设计中，我想我们可以在平台前方设置一块LED屏幕，里面有演员的主观画面（由运动员摄影师事先录制完成）来对她进行视觉引导。脚下是一个可以多维度运动的平台：可以升高降低（对腿部高低位移变化的反求），水平轴倾斜（对身体倾斜时的位移反求），可以旋转（对过弯道时冰面位移的反求）。平台也可以搭载灯光和摄影机，用于联动拍摄。且其中的联动性可由电脑来完成编程和操控。

不过要实现这些诉求，需要预算和时间周期的支持，需要不断的测试和推倒重来。虽然最终有很多遗憾未能实现。但在这个过程中我们总结出很多方法，一些未能实现的想法也成为了经验总结和积累的一部分。

24FPS
N/A
N/A
90°
ISO400
4900K
SALT LAKE 2002
0_C009
CF 0:09
T/E
TC
GEN
SYNC
DC-IN N/A
BAT-1 N/A
BAT-2 N/A
6K 17:9
R3D HQ
20:11

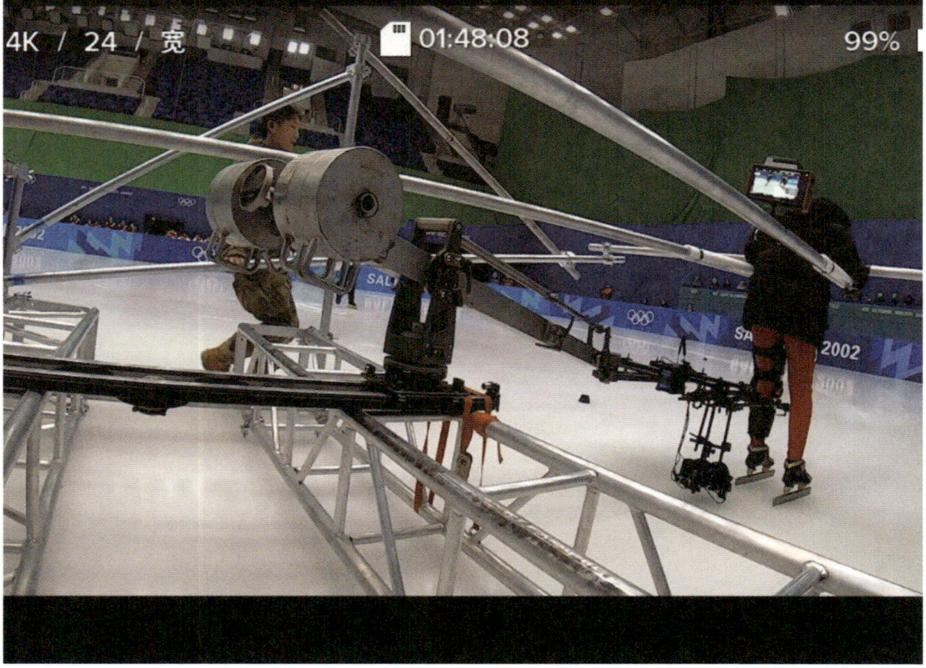
4K / 24 / 宽
01:48:08
99%
2002

10.23kfr 12s
1
123/15:10:14.530
Mag Ready 2T 150/2525
011
00f/s
270°
DC:27.6
4096x216
FPS 24.000
SHUTTER 45.0
IRIS T 4.0
5/10
EI 400
ND -
WB 4900 K
+1.0

OCUS 6.03m
25.0mm
BAT 14.2V
D048
C000
STBY
MEDIA 0:32 h
TC 12:56:06:23

SALT LAKE 2002
FOCUS 14' 6"
40.0mm
BAT 14.2V
A089 C014
REC
MEDIA 0:08 h
TC 18:13:51:16

XIX OLYMPIC WINTER GAMES
XIXe JEUX OLYMPIQUES D'HIVER

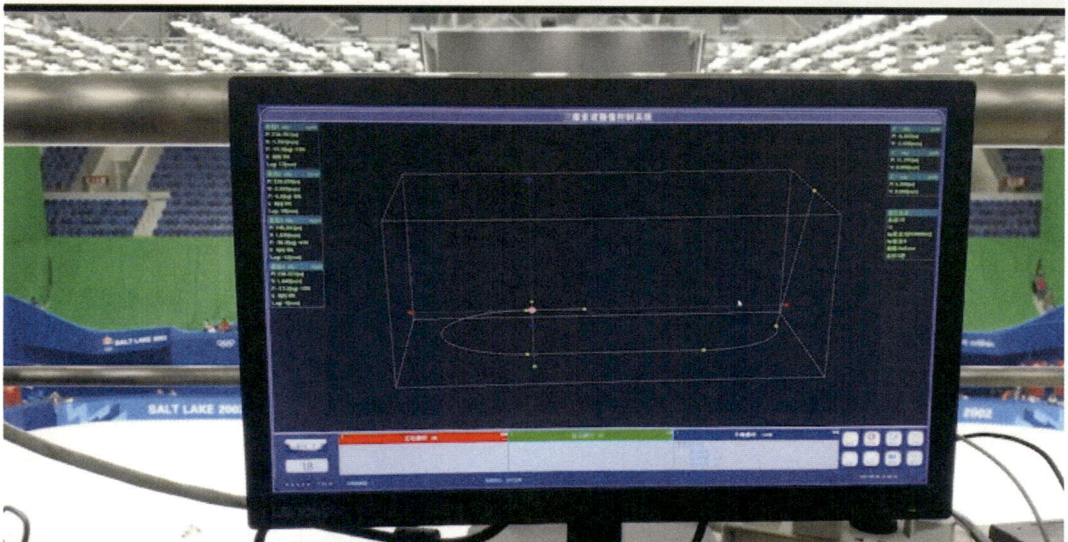

其他辅助拍摄方式

有一个长镜头，我们希望演员亲自来完成，根据调度需求，我们选择了“蜘蛛”拍摄系统。

一开始，演员由全景滑向镜头成为半身到特写，摄影机在特写时加速到和演员同速等高并后退，随后在过弯道时，摄影机从演员正面特写环绕到演员背后，过程中能看到国旗完全遮挡住演员的特写和剪影，然后摄影机减速，背跟国旗，我们看到的是具有国家符号象征的五星红旗作为视觉中心，在赛场上迎接排山倒海的欢呼，最后镜头升高，扫向高层的观众。

整个过程，摄影机和演员会绕场一周，在不间断的滑行中，距离演员最近时只有20公分。因为实际操作中，所有关键点是根据演员的身高、速度及变速点来编程设定好的，所以需要摄影部门和演员的通力配合。

SALT LAKE 2002
SALT LAKE 20

122

SALT LAKE 2002

XIX" JEUX OLYMPIQUES D'HIVER
light the

《我心飞扬》的拍摄过程是一个充满现实敲打却又抓着你渐渐入戏的旅程。可以感受到从个人到集体再到国家，一步步走向强大的感动与自信。感恩能有幸参与这次拍摄。

摄影照明团队在关机仪式的合影

刘懿增，青年摄影师，毕业于北京电影学院摄影系。代表作：《囧妈》《幕后玩家》《破梦游戏》《黄克功案件》《意外的恋爱时光》《南方大冰雪》《夏都故事》《孤独宝贝》等。多次获得国内外奖项，并凭借《路口》获得2010年度美国柯达奖（亚洲区）一等奖。

献给所有人，我最真诚的表演

孟美岐

一、没想到会成为这部电影的大女主

作为歌手出道的我，影视表演一直是我不太擅长的领域。我毕竟不是影视表演科班出身，没有系统学过表演。因此在表演方面，一直都没有自信，也确实让一些观众对我的表演存在质疑。舞台和唱歌跳舞是我擅长的领域，怎样给观众呈现出最好的效果是我一直在努力的。但对于影视表演，深知很多不足，也不知道如何提高。面对这些质疑声，我也曾怀疑过自己。

有一天，我的经纪人突然给我发来了《我心飞扬》项目书，说剧组有意请我出演。我的第一反应是，这部电影让我去演哪一个女配角。当经纪人说，剧组实际上是想让我演女一号的时候，我几乎不太相信自己的耳朵。我再三确认，有没有传错消息，经纪人再三向我肯定，并说约好了，徐峥老师和导演要见我。

电话挂断了，我还不相信，这么大制作的电影找我当女一号？怎么会真的来找我？我仔细研究了这个项目，这是根据中国第一位冬奥冠军杨扬的故事改编创作的，是为北京冬奥会献礼的大制作电影，徐峥老师担任监制。

一个好的项目，剧组肯定要同时面试很多女学员，我只是其中一个，不一定会被选中。

见面当天，剧组人很多，徐峥老师、王放放导演，还有两位总制片人，整个会议室坐满了人。他们现场给我放了杨扬在盐湖城夺冠的视频后，徐峥老师问我，是否愿意演这部电影。

说实话，我当时真的对演一部电影的大女主没有概念，影视表演不是我擅长的领域。另外，我从来没有滑过冰，从小就有恐高症，害怕脚下离地的感觉。听到接这个戏要训练几个月滑冰，我就开始犹豫了，最后我竟然表示，对演好这个角色，没有太多信心，不想因为我一个人让大家的心血都白费了。

那次见面回来后，我也一度纠结过，反思自己当时是不是应该积极一些，毕竟这是一个难得的好机会，能够和徐峥老师还有放放导演一起合作，也许会对我提高影视表演帮助很大。但反过来又想，如果真的因为自己表演不行，牵连剧组所有人，就算在徐峥老师和导演面前掩盖这一点也没有意义。

没想到几天后，剧组又打电话来，让我去试戏，并发来一场戏的剧本。我很是意外，心想也曾去过很多剧组试戏，可能就是走一个过场而已。

那天，试戏的方式更让我意外。我原以为，就是大家集中来到一个场地，坐下来，聊一聊，简单拍一拍。没想到一进摄影棚，看到各种专业的摄影机、照明灯光，王放放导演还过来专门给我讲戏。我很怕与导演没有任何沟通，就把剧本给我，让我一上来就开始演。但王放放导演不是这样，他仔细告诉我这段戏的背景，应该用怎样的情绪表演，这让我瞬间整个思路变得很清晰。现场又马上播放起刺激情感的音乐，王放放导演不断用各种方法帮助我，最终完成了全部试戏工作。

我对于自己表演的看法，就是从那天试戏转变的。可能是因为那段台词和我亲身经历有关，每一句，我都能理解背后的意思，所以当现场音乐响起时，我很快就进入了一种状态，眼泪止不住地流出来，于是我就一边哭，一边念着台词。顿时，我领悟到，原来表演和导演调教演员的方式有很大关系。

当我哭着说完了那段台词后，我看到总制片人王浙滨老师和王放放导演都落泪了，现场很多人也都落泪了。

我没想到，我的表演可以出来这样一个效果，似乎比想象中的要好，应该说好太多。大家的反馈让我在表演方面有了自信。也让我对影视表演有了一个全新的认识。剧组告诉我，接下来还要试冰。我知道，滑冰对于我来说，比表演更具挑战性。

几天后，我去了冰场，穿上了红色的国家队滑冰服，戴上头盔，穿上冰鞋。我以为我会在冰上不停地摔跤，结果没有想象中那么难。我在滑冰冯指导的指点下，居然能一步步滑起来，过程意想不到地顺利。现场剧组工作人员都露出欣慰的笑容，为我鼓起掌。

一瞬间我觉得我也许真的适合这个角色。照理说，我应该为角色去争取。但我不属于特别会为自己争取机会的那种人。简单说，我不知道该怎么争取，能力范围内我会尽力做好，剩下的就只能看命运安排了。

结果，命运的安排就是如此戏剧化。

两周后，放放导演亲自来到我公司，告诉我剧组决定邀请我饰演女一号杨帆，但要提前三个月进组学习滑冰和表演。最后导演提出一个条件，必须要增重15斤。导演当时说得很随意，我以为是开玩笑，想都没想就答应了。没有想到，进组增重这件事后来竟然是真的。

二、我的生活从没有如此规律

接下电影《我心飞扬》后的那段时间，正是我工作最累的时候。每天都要跑向各种舞台进行各种演出，滑冰训练前期，都是抽空参与。因体力透支，训练时身体经常会出现呕吐状态。于是，我与经纪人商量：

第一，接电影《我心飞扬》的前提是要推掉所有其他工作，专心去学表演，深入杨帆这个人物。

第二，这个春节我希望能回家和父母一起过。我已经有好多年，春节没有和家人在一起过了。

第三，影片杀青后，我需要假期。我清楚，自己将在杨帆这个角色中付出多少，需要时间从角色中跳出来。

剧组很快就决定，让我一起去哈尔滨进行封闭式训练。到哈尔滨之后，我便开始了普通人一样的生活，我知道一日三餐怎么吃，每天过得非常有规律。我与其他演员和运动员在一起训练、一起聊天，完全忘掉了自己的偶像身份，这种生活是我以前从没有过的。以前我永远在忙，永远在跑，永远在飞，我的生活被所有的工作填满，睡觉没有定点时间，吃饭没有稳定饭点……

因为工作繁忙，我很久没有系统地训练和运动。为拍摄《我心飞扬》，我开始适应每天大量运动和训练，适应剧中这个人物的一切生活。过程对于我来说是艰难的，从练体能到练滑冰，对我来说都是挑战。但因为我热爱这个角色，所以会享受每天为这个角色真情投入。

导演很在意我增重，每天晚上吃完饭，都要测量体重。他经常晚上找我一起吃饭，谈表演。后来我知道，那是因为他听说，我晚上一般不太爱吃饭，他是想借机监督我吃饭。那段时间，我的体重确实增加很快。

看电影是放放导演让我每天都要完成的任务。现在回想起来，印象最深的电影还是《爆裂鼓手》。弗莱切教练让我想到了做练习生的时候，我也有像弗莱切教练这样的老师，我们也是没日没夜地练，跟安德鲁一样。

电影其实讲的是生活，而我缺乏的恰恰是生活，电影给我最大的帮助就是填补了我生活中缺失的感受。记得看电影《乌云背后的幸福线》，看到一半心都要炸了，甚至有想砸电脑的冲动。导演说，我是躁动型人格。整个片子的台词都在施压，看完电影的我陷入一个躁动、愤怒、烦躁的状态。但平时的我，其实是平静、温和的状态。

“你一直在通过各种事情压抑自己，这部片子一下子把你的本能召唤出来了，于是开始不安，无理由地不安，它会迅速带动你去展现自己暴躁的人格。”导演是这样给我分析的。他的话点醒了我，让我开始相信自己有隐藏型人格的一面，或许温和只是一个外在的壳，罩住了原本躁动的我。

除了外形上导演让我接近短道速滑运动员，还希望我能够从内在气质上接近运动员，他给了我一大堆杨扬老师的照片，让我贴在宾馆的墙上，让我一起床就可以看到这些照片。让我仔细观察和我一起训练的运动员们，与她们亲切交谈，了解她们的生活。

其实，从某种层面来说，运动员跟我是相近的，她们也没有自己的生活。每天安排集中训练，饮食统一控制管理，作息时间管控规律。这种三点一线的生活，跟我做练习生包括后来出道做艺人很像。我们做练习生时，每天跳舞跳到镜子起雾，什么都看不见，练到受伤，身上青一块紫一块。

运动员和艺人都会面临同样一个问题，失去光环能做什么？比方说练习生从小训练，却无法出道，之后能做什么？出路在哪里？运动员也是一样，从小在国家队也好省队也好，刻苦训练之后，如果没有出成绩，到一定年龄就会被要求退役，退役了之后干什么？

所以我感觉到，我们跟运动员有相似的人生。有时候看着冰场上的他们，我甚至会产生一种错觉，冰场是舞台，主角是他们，而我是观众。

电影筹备三个月，对于我个人改变非常大，不仅每天生活规律，还觉得非常充实。白天在运动场训练，晚上看电影写影评，我似乎从来都没有这样用平和的眼光去观察这个世界。

后来因疫情，冰上训练停止了。导演给我找了一本影视表演书，每天沟通读书情况。那本表演书让我更深入地了解了影视表演，但马上电影就要开拍了，我还是没有十足的把握，不知道我的表演，能否胜任杨帆这个角色。

三、真诚的，就是最好的

电影《我心飞扬》的演出经历，让我学到了很多表演知识。如果让我讲最深刻的影响是什么，那就是造型对于表演的重要性。

杨帆这个角色在戏中经历18岁到26岁的年龄差，剧组给我设计了完全不同的四个造型：“娃娃头”“叛逆期”“淑女头”“冠军装”。

每个造型，代表了杨帆在不同时期的性格。导演说，其实你要扮演四个不同的角色。

看着自己四个不同的定妆照，我就想：第一个造型，是短发，显得年龄特别小，人应该更天真一些；第二个造型，是分头，人应该更理性、有追求一些，性格比较倔；第三个造型，刚从国外回来，动作举止应该优雅一些；第四个造型，要得奥运冠军了，人应该更强硬，更坚定一些。

《我心飞扬》的拍摄安排，很照顾我的表演，很多时候，都是按照剧本的时间顺序来拍摄的，这样我一个角色演完了，再演下一个角色。一个造型一种性格，还真挺有意思的。

刚开拍的时候，我其实挺紧张的。导演说，拍电影是记录演员在角色中的生活状态，要享受进入这个角色的生活，应该完全放开了演。

我每次跳完舞或唱完歌，会反复回看视频，看哪里有问题。但

这次电影表演，我经常不敢看。导演总会让我到监视器前回看视频，他可能是想通过这种方式，让我增加自信。看多了，确实胆子就大了，能放开演了。

在《我心飞扬》剧组里，不管是工作人员、运动员，还是演员，相处下来会发现，大家都很纯粹，不带有任何功利性。对我而言，那是一段非常宝贵的生活经历，戏外的真诚交流，有助于我在演戏时的交流。

在我表演过程中，夏雨老师给了我很大帮助。记得拍摄冰场上的哭戏，那天不知怎么了，就是哭不出来，或许是因为那一场戏的情感是含泪的、压抑的、深情的，对我来说是挑战，但夏雨老师非常耐心，一遍又一遍帮我酝酿情绪。在这部电影中，我和夏雨老师对手戏很多。每拍一场新戏，我总会想，这场戏夏雨老师会怎么演？最终他的演法总会和我想的不一样。从夏雨老师那里，我学会了表演一定要有设计，要有创意。

演我母亲的萨日娜老师，演领队的裴魁山老师，还有演助教的米特哥，还有我的姐妹们许沁、李沐子、李宁悦、李嘉鑫、文慧妹妹，他们都对我的表演有很大帮助。让我明白，表演不是一个人的事，而是集体创作。大家相互帮助，才能有更好的表演效果。

徐峥老师在开拍第一天来到剧组，不仅给我现场指导，还告诉我，一个好演员一定要学会处理好各种技术问题，不能让技术问题干扰到自己。

开机那天，我走到雪地上，拎着行李包，一边走一边想着导演给我讲的戏和自己的经历，不知道为什么，眼泪就止不住了。

我觉得那段表演是真诚的，我没用技巧，唯有真诚。我最好的展现，也就是真诚。我借用了自己经历过的感情去表现杨帆。小时候出国去做练习生，妈妈去机场送我，我就狠下心，头也不回，这跟杨帆离家的感觉是相似的。正因为有这种相似的经历，才能将情

感转移到这场戏中来。说白了，这段戏的情感，就是我真实的生活经历。

徐峥老师在现场看完我的表演也给予称赞，告诉我真诚的就是最好的。他给了我很大信心，为我完成以后的表演打下一个坚实的基础。

拍戏期间，我有一段受伤的经历。跑步中受伤，是我没有想到的，可能是当时跑得太急太快。受伤之后，我失落而急躁，我不喜欢那种受伤之后的无助感。我曾经因为演唱会前，脚突然受伤，导致最后只能光着脚，在舞台上跳了两个半小时。我当时的感受是，明明可以表现得很完美，因为受伤做不到了，这让我很无助。随后导演告诉我，要记住这种感受，因为剧本中正好也有一场杨帆受伤的戏，可以把这种感受运用到表演中。

122

拍摄《我心飞扬》这部电影，让我感觉到我在塑造这个人物的同时，这个人物也在塑造我。

我觉得，我变得更加自然了，更容易敞开内心世界。记得有一场医院告别父亲的哭戏，我痛哭不止，一直到拍摄结束，我感到的不是伤心，而是心灵的释放。

这之前，我是没有时间哭的，工作中我会压抑自己的情绪，会把理性放到第一位。像这样的痛哭，我有生二十多年，只有过两次。我是想用理性让自己变得更强大，也造就了今天麻木、钝感的我。我不是一开始就这样的，我也会脆弱难过，郁闷悲伤，就因为有过这些经历，才让我慢慢变得强大起来。

王放放导演曾经对我说过，我是在麻木内心，也就是自我麻木。我是认同的，因为只有麻木，我才能够变得强大。可能不只是我，或许很多艺人都是这样，因为我们常年都在一个高警惕性的行业，如果不麻木，每天看着网络上的攻击性评论，心态会瞬时崩溃的。所以我必须强迫自己不那么敏感，否则没有办法在这个行业里面生存下去。

但作为一名演员，内心是不能麻木的，演员要让观众通过你的表演进入到你的内心世界。突然，我跟所有人的距离不那么遥远了，我在慢慢地把自己身上的壳卸掉，我似乎变成一个有血有肉的人了。

经过68天的努力，我们终于要拍完了。

杀青那天最后一个镜头，是杨帆站在领奖台看着国旗冉冉升起。我唱着国歌，心想，导演喊停的那一刻，我不再是运动员杨帆了，我就要离开这个集体了，如果说电影是一场梦，我终于要从梦里醒过来了。想着想着，我百感交集，泪流满面。

杀青那一天，我哭了很多次，我不知道，为什么会变得那么脆弱。

四、电影为我打开一扇表演的大门

电影《我心飞扬》让我作为一名演员学到了很多东西，获得了很多帮助。但我并不知道，自己到底演得怎么样。直到有一天经纪人告诉我，导演希望我能去他工作室看一下初剪的版本。

看完导演的初剪版，我完全震惊了。真没想到，自己会演出这样的效果，我开始的所有顾虑一下子消除了。电影艺术远比我想象得更不可思议，曾经对表演那么不自信的我，经历了68天之后，有了不一样的蜕变。

虽然我还不知道，观众对我们这部电影最终会怎样评价。我个人非常感谢导演及所有主创、演员、工作人员，在他们的努力和帮助下，让我呈现了一个我自己都无法想象的杨帆。

《我心飞扬》这部电影让我彻底爱上了表演，爱上了电影，我喜欢和很多人一起拍摄电影的这种工作方式。它让我深刻感受到成长进步，感受到团队的温暖。但至今，我也不认为，我已经是一位职业影视演员。我有太多的东西需要学习，王放放导演还告诉我，我最需要的是学会相信别人。通过这部电影的拍摄，我开始意识到，我其实并不强大，更没有强大到一个人可以担负所有重压，我要学会相信别人，心中有别人，首先要努力成为团队中的一员。

参与这部电影拍摄，还让我明白要把更多的时间留给自己。我一直在输出自己的能量，如果不充电，早晚有一天能量会耗尽。我要争取更多自己可以支配的时间，充电或体验生活。这会让我的工作和生活，变得更美好。

拍摄《我心飞扬》对于我的演艺事业及人生的影响都是巨大的。我真诚感谢徐峥老师、王浙滨老师、刘瑞芳老师、王放放导演能给我这样一个机会，完成杨帆这个角色的创作。我还要感谢剧组所有人给予我的帮助、温暖和信任。我深知没有你们的帮助和努力，我是不可能完成这个角色的。

我还要感谢这部作品，感谢杨帆这个角色，扮演她给了我很多力量。很多时候，当我遇到困难，我都会想到剧中杨帆的台词，我希望自己能够像杨帆一样，在困难面前，毫不退缩，勇往直前。因为杨帆，让我有了新的人生体验。

电影《我心飞扬》为我打开一扇表演的大门，希望自己能够在这条表演的大路上，塑造不同类型的角色，走得更远更坚定。

孟美岐，2016年作为“宇宙少女”成员出道。2018年在综艺节目《创造101》中荣获C位。2019年获微博电影之夜“人气之星”、2019年TMEA腾讯音乐娱乐盛典最受欢迎内地女歌手。2020年推出个人专辑《爱·不爱》，获第十四届音乐盛典咪咕汇“年度最佳人气女歌手奖”、BME音乐盛典年度优秀先锋歌手、第27届东方风云榜“年度人气艺人”“最佳唱跳歌手”。

走近秦杉

夏　雨

我本身是很喜爱运动的，16岁开始到现在，一直在滑滑板。从2003年第一次接触单板滑雪，到现在每年冬天也都会去滑雪，并因此接触过很多体育界的人士，深知运动员和教练的各种不易。《我心飞扬》这个电影是运动题材，是我国奥运健儿获得第一枚冬奥金牌的故事。2022年，中国即将第一次举办冬奥会，我觉得这个电影有非常特殊的意义，于是决定参与其中。

我在戏中饰演的角色是秦杉，是以当时的国家队总教练辛庆山为原型的角色。我在高中时期玩滑板的时候，也帮运动学校做过兼职滑板教练，培训小朋友。但从民间玩票到去体会和饰演国家级别的总教练还是有很大距离的。

戏中作为主教练，有在冰上指导运动员训练的戏份，所以我需要进行一段时间的前期准备和训练。通过前期准备，我了解到了一些关于短道速滑的知识。短道速滑穿的冰鞋和普通滑冰鞋是不一样的。短道速滑冰鞋下面的冰刀更细更长，而且偏向一侧。因此，如果之前没有相关经验，穿短道速滑的冰鞋，在冰面上站立和行走都是很难的。其实体育运动都有一定的相通性。我因为经常运动，身

体的协调性和平衡性都还可以，所以第一次训练的时候，刚上冰就比较快地能够一个人独立行走，并进行基础的滑行。但是，要想完成好戏，需要尽量做到在冰上滑行和运动员以及教练员一样轻松自如的程度。因此在开机前，我进行了为期半个月的上冰训练。

任何一项运动想要熟练掌握，都需要反复不断地练习，短道速滑也一样。运动员们想要取得好的成绩，背后付出的辛苦与努力是常人难以想象的。因为冰刀非常锋利，所以短道速滑这项运动，也具有非常大的危险性。它要求运动员不光掌握滑冰的技术动作，同时比赛中，也要随时保持谨慎的心态。

而针对有故事原型的角色秦杉，我也做了相应的工作。从接下《我心飞扬》这部电影的那天起，我就开始看很多关于辛庆山教练时期的资料，其中包括文字采访、视频记录、图片照片等，通过这些途径，了解到了辛庆山教练的一些性格特点。其次，在人物的造型方面，也参考了他当时的着装打扮。辛庆山教练有比较强的性格，训练非常严厉，而且以训练量大著称，有着很强的信念感和领导力，是一名功勋教练。

其实我本身和原型辛庆山的体型和状态还是有很大差异的，但我还是希望可以做到有本可依。我更希望靠近秦杉而不单纯是辛庆山，我希望故事和人物既依托于原型但又不局限于原型，希望在保留教练原有特点的基础上，把人物塑造拓展得更丰富一些。在角色的表现上，使他看起来是一个既固执执着，又能在关键时刻勇于自我反省的人，表面上是个冷酷无情的混蛋，但实际内心非常重感情，很有责任心，同时在日常的训练中也有着自己的小诡计。因为我之前没有出演过教练类型的角色，这是第一次饰演，我不想把秦杉塑造成一个简单、普通、脸谱化的教练，希望尽量让人物能够塑造得真实、有张力、有个性。

冰场挽留那场戏在整部电影里边，是相对比较重要的一场。在

那之前，杨帆和教练之间因为训练方法、理念有差异，两人一直是相对比较对立的状态。在那场戏之后，两人最终达成一致，决定共同努力。同时这场戏也和前面的“杨帆返乡”相呼应，在故事开篇，杨帆因为比赛失利、父亲去世，也曾一度放弃，回到老家，后来是秦杉去到杨帆老家，试图说服她回来继续训练、比赛。这两场前后呼应，两人相互促进，彼此成就。

这是我跟王放放导演的第一次合作，王放放导演是北大化学系和艺术系双学位毕业，理工专业背景的他做导演，逻辑性和执行力都很强。导演之前执导过几部运动题材的电影，所以对这类题材比较有经验和心得。他本身一直都在自编自导，在这次拍摄过程中，也一直在不断地修改剧本，精益求精，让我们非常感动，和导演的合作也是非常愉快的。

这也是我跟孟美岐的第一次合作，孟美岐能够把自己全身心地投入到角色中。她自己的性格中，就有那种很倔强和不服输的感觉。她在拍戏的时候受了几次伤，但仍然继续坚持。印象比较深的是有一场戏，戏里的角色脚受伤了，带伤在场上比赛，她为了给自己找受伤脚疼的感觉，拍摄的时候把一块石头塞进鞋里边。等拍完了这场戏，她把那块石头拿出来，石头上都有了血迹。她非常拼，对自己非常狠，这也让我明白了为什么大家都叫她山支哥。她虽然不是专业演员出身，但是她的感受能力和表现能力让我非常惊讶。

在这部戏里，不光是孟美岐，其他演员也非常认真、敬业。这几个徒弟都有真实、朴实、吃苦耐劳的品质。戏里的搭档，赵海波的扮演者裴魁山老师，也是一位有着精湛演技和丰富表演经验的演员，和这些演员们一起合作非常开心。在拍摄间隙，大家经常在一起玩游戏。我也会偶尔给大家变魔术。私下里，大家在一起关系非常融洽，像真的师徒关系一样。在工作时，也会把这种融洽的气氛带到实际拍摄中，大家互相关照、相互提醒，让紧张的拍摄工作有一个轻松和欢乐的创作氛围。《我心飞扬》整个团队都是非常认真和专业的，所以也很希望以后有机会，可以继续合作。

根据夏雨口述整理而成

于舒　整理

夏雨，中国内地男演员，毕业于中央戏剧学院表演系。凭借电影处女作《阳光灿烂的日子》获得威尼斯国际电影节最佳男演员、新加坡国际电影节最佳男演员、台湾电影金马奖最佳男主角。代表作品:《阳光灿烂的日子》《警察有约》《独自等待》《鬼吹灯之寻龙诀》《古董局中局 2 》等。

我是赵海波

裴魁山

《我心飞扬》是我参演的第一部体育类型电影，也是我第一次以艺术工作者的身份接触和感受奥林匹克精神，能在第一次就遇到如此好的项目、如此好的剧本和如此好的团队实在是我莫大的荣幸，时至今日我都觉得自己与这部作品的缘分就像梦一样。

这场缘分之梦始于一个梦一般的饭局。那晚我在跟几位圈中好友吃饭，席间有人谈到某公司要筹备与冬奥有关的电影，也提及此电影名为《我心飞扬》。当时我们都对这部电影充满期待，也纷纷表示能参与其中该是多么幸福之事。谁承想饭局刚过半，我突然收到一个朋友的微信，说是某制片人想要加我。互加好友后，这位制片人问我愿不愿意参演《我心飞扬》……

于是，梦开始了。

第一次见到王放放导演是在一个冬日的下午，他高大的体形和与年龄不符的大量白发让我印象深刻。由于我俩都有综合大学的求学背景，两所大学又比邻而立，所以那个下午我们仿佛老友般聊了很多话题，从各自的母校聊到电影，从电影聊到冬奥会，从冬奥会聊到短道速滑，最终聊到了《我心飞扬》和“赵海波”。

赵海波是剧本中国家短道速滑队领队，王导为这个角色写了丰富而细致的人物小传，通过他精彩无比的描述，这个人物立刻跃然纸上，仿佛活生生地坐在我们身边。几个小时的见面愉快结束后，我很快便被告知自己将在未来几个月成为赵海波。

决定既毕，摆在我面前的第一道难题是“领队”这个岗位和身份，因为我在此之前从未接触过它，对它的了解也仅是皮毛而已。为此我开始搜集和研究与它有关的各种材料，并采访了几位在不同运动项目里担任过领队之职的人，这才一点点搞明白它具体的职责和任务。随后，我开始反复分析剧本并认真消化、吸收王导为这个角色所写的人物小传，然后以此为基础进行扩充和细化，力图勾画出这个角色完整而详尽的人物图谱，进而形成这个角色的“形象种子”，并将其深植心中。随着种子的生根发芽，角色的人物性格及典型特征逐渐浮现并最终变得清晰明朗，而他的三观、他对待世界对待他人对待自己的方式方法等细节也顺理成章地踪迹尽显。紧接着我开始寻找剧本为这个角色提供的“最高任务”“贯穿行动”“规定情境”，当这些要件都异常明确地出现在我眼前时，我终于有勇气和信心尝试着与赵海波合体了。

就在我干劲十足准备这个角色的过程中，一个惊人的消息传来——先期抵达拍摄地的导演等十人因为疫情在该地出现而被隔离。巨大的不安在我心头出现，因为我听说不少影视项目由于疫情被推迟、停工甚至搁浅。我脑中立刻闪过种种不好的结果，我甚至悲伤地觉得赵海波可能要离我而去了。万幸的是，疫情很快在该地被控制住，那些不幸的坏结果都未出现，于是在冰融雪消的三月，我正式进组，正式加入了这个为着共同目标而组建的临时大家庭。

这个临时家庭的成员数以百计，“赵海波”自然属于演员组，而我们演员组最重要的两位是饰演教练秦杉的夏雨老师和饰演队员杨帆的孟美岐女士。我之前虽然从未有荣幸与二位合作，但二位的大名早已如雷贯耳。我几乎看过夏雨老师所有的影视作品，而那部《阳光灿烂的日子》更是位列我心中最佳电影的前三名。孟美岐虽然非常年轻，但已取得相当广泛且有力的关注度和美誉度，这必然离不开她自身强大的天赋和实力，此番与他们二位的合作果不其然让我从很多方面受益良多。

我原本总愚蠢地认为热爱工作和热爱生活是一对死敌，可跟夏雨老师短短两个多月的合作和相处让我发现这对“死敌”竟能在同一个人身上达成完美而和谐的统一。夏雨老师在表演方面的才华无须我说，他对表演事业的热爱更轮不到我讲，我只是万万没想到这样一位作品等身、声名远播的优秀演员竟还是一个如此有趣、如此热爱生活的人。虽然我比他小不了几岁，可跟他相处时我总觉得自己是个已入暮年的愚夫。

我进组后拍的第一场戏便与夏雨老师和孟美岐同场，这让我有机会近距离观察和感受他们的表演。夏雨老师的表演自不必多说，倒是孟美岐让我相当惊讶和佩服，因为我发现她的表演竟如此真实、自然、鲜活。在我看来达成这三点说起来容易但真正呈现出来却是极难的，孟美岐那场戏的表现一下子就让我折服了。

除了夏雨老师和孟美岐之外，饰演助理教练的米特，饰演另外几位队员的许沁、李沐子、李宁悦和李嘉鑫也都让我受益匪浅，这些演员呈现出来的专业水准、职业态度和敬业精神无时无刻不在提醒和影响着我，而我们的导演王放放及整个导演组也在拍摄过程中

兢兢业业、游刃有余地掌控着全部局面，他们既让我们演员充分发挥各自的创造性，又让整个拍摄高效有序地稳步推进。

随着一声声的Action，这场梦幻之旅有条不紊地徐徐前行，拍摄地从一个城市转到另一个城市，拍摄内容从选拔赛到全运会再到亚冬会，从一届冬奥会到另一届冬奥会再到下一届冬奥会，直到中国取得有史以来第一枚冬奥会金牌。虽然拍摄周期只有短短的两个多月，但剧中的短道速滑队成员却经历了数年之久，赵海波也从一个由其他部门调来的外行领队变成双鬓斑白的资深行家。伴随着赛场上一面面高高飘扬的五星红旗，这部电影渐渐画上了句号，可它带给我的触动和影响却久久无法散去。

为了更好地呈现拍摄效果，剧组请来了多位专业运动员作为指导，也让我们无数次观看和分析真实的比赛视频以及了解比赛前后无数人所做出的默默奉献。通过与这些有名或无名英雄的接触和了解，我这个曾经的奥运会普通电视观众渐渐被他们感染，我从这些比赛和这些人中逐渐体会到了我从未深入思考过的《奥林匹克宪章》所赋予的奥林匹克精神——相互理解、友谊长久、团结一致、公平竞争。

虽然夏季奥运会和冬季奥运会四年才举办一次，虽然奥林匹克精神每隔四年才会以最公开、最普及、最浓烈、最狂热的方式得以展现，但通过参与这部电影的拍摄、通过拍摄过程中对奥林匹克精神的理解，我越发强烈地认为我们日常生活的每时每刻都应该遵循奥林匹克精神。不同民族间、不同国家间、不同群体间、不同领域间难道不应该做到相互理解、友谊长久、团结一致和公平竞争吗？大道至简，愿这十六个字能突破时间和空间的限制走向更广大的范围，愿奥林匹克精神能成为全人类共同的精神财富和价值导向。希望是美好的，但我相信美好的事物永不消散。

任何一部电影总有拍完的那一天，也总有被观看结束的那一刻，可如果一部电影所追寻和探索的意义足够有价值，那它就不会被画上句号，它将以另外一种形式被人们提及、怀念、铭刻心间。一场电影终会结束，正如一届奥运会也会结束，可奥运会结束并不代表奥林匹克精神会消失，正如一场电影结束并不意味着电影所要表达的精神会消失，衷心希望《我心飞扬》这部与奥运会有关的电影会像奥运会那样带给人们丰厚而持久的精神食粮。

随着时间的流逝，“赵海波”将会淡出人们的视野，“秦杉”也会，“杨帆”也会，每一个剧中人都会。但我相信，只要有奥运会，只要有电影，就一定会出现下一个秦杉、下一个杨帆和下一个赵海波，因为这些角色虽然会消失，但那些真实的、为奥运为电影不断付出的人们不会消失，奥运和电影更不会。人们常说，艺术和体育的繁

荣强大是一个国家强盛的标志之一，我深以为然，不过我觉得另外的某种标志也许是看它能不能全面体现奥林匹克精神。祝愿我们的艺术和体育事业蒸蒸日上，祝愿我们这个国家更加繁荣昌盛，祝愿我们都能相互理解、友谊长久、团结一致、公平竞争。

赵海波下台鞠躬！

裴魁山，本科毕业于中国人民大学国际关系学院，研究生毕业于中央戏剧学院导演系。曾执导、出演过十余部舞台剧，曾出演电影《驴得水》《赤狐书生》等，已出版长篇小说《天国的封印》和剧本集《五花马》。

又回《我心飞扬》

李嘉鑫

参与拍摄电影《我心飞扬》是一段让我终生难忘的经历，有惊喜、挑战、感动……收获颇多，不但让我亲身体会到成为一名运动员的艰辛，也让我对奥运精神有了更深层次的理解。

回忆当初我参加《我心飞扬》海选，心情无比激动，体育一直是容易让人落泪的题材，我想亲身去体验、去塑造角色，拼搏进取、为国争光是多么有成就感的事啊。而且，我一直觉得做演员和做运动员有很多地方是相似的，运动员站在领奖台上的时候很风光，但是在成为奥运冠军之前，每个运动员都会经历常人无法忍受的暗淡岁月，付出千倍万倍的努力，但也正是因为这些困境成就了他们。而演员也是同样的，站在舞台上的时候大家觉得星光熠熠，其实在背后拍戏的时候也是寒冬酷暑都要经历的。运动员从默默无闻到成为别人心里的英雄，演员不断磨炼演技最终得到观众认可，这旅程充满荆棘但也是很值得的。

初试体测得到A+，给我增加了一丝自信，然后是复试，我现在还清楚地记得我最初试戏的那个角色是杨帆多年不见的妹妹，一见面便和杨帆、教练吵架，哭得稀里哗啦。试戏后，我满心期待地等

待结果，却得知落选了，心情很难过，之后便进了别的剧组拍戏，直到经纪人跟我说剧本新添了一个角色“赵雪”，我与电影的缘分又回来了。

赵雪和我有着完全不同的生活经历，她父亲酗酒，从小被母亲抛弃，用锋芒外露掩盖自卑脆弱的内心，她有野心、有欲望，不饶人更不饶自己。她的生命力极其顽强，是现实生活和悲惨的童年塑造了一个浑身带刺的她，仿佛仙人掌一般，可以在任何环境都努力生存下去，倔强、不服输、不认输，冷漠是她的保护色，她的内心却善良、义气。她感恩杨帆的出现，在黑暗中给她一缕光，她想要抓住光，逃离命运的安排，但她又止步淘汰赛，她恨自己那么努力却因为没有天赋的加持而落败，恨命运给她开的玩笑，给了她希望又让她绝望。她比谁都更希望杨帆获得冠军，希望她们能一起站在最高领奖台上，一起成长，一起成功。但现实却是残酷的，昔日的姐妹变成了两个世界的人，一个是国家队的主力选手、国家的希望，另一个是混迹社会起早贪黑为生计发愁、为几块钱讨价还价的仙人掌女孩。我不是她，当我慢慢走近她，我开始理解她，站在她的背景和心理角度去想、去做，去诠释她，成为她。还记得，当时和导演视频面试的时候，他问我的生活和家庭情况，想了解下我与角色的贴合度，其实我和赵雪不一样，但有很多方面还是统一的，我们都不想依靠家里，都是想要凭借自己的能力闯出美好未来的人。

当时，还没得到被选中消息的我，为了提前贴合角色，修炼技能，便在鞍山找了一个练习旱冰的场地，零基础的我想先感受一下。东北的冬天极其寒冷，每天只能靠热情支撑。我租了一双滑冰鞋，在冰面上缓慢挪移，虽然尝试新鲜事物着实令人开心，但滑冰实在太难了，摔倒爬起来好多次，但我感觉只要有进步，哪怕腿上摔满淤青，还是蛮值得的。功夫不负有心人，我被选上了。由于疫情原因，我和四朵金花（孟美岐、李沐子、许沁、李宁悦）第一次见面是线上视频，大家都没有距离感，分享着自己的生活趣事，轻松消除掉陌生的隔阂。虽然我们各自训练，但我们的目标一致，心在一起。我们在教练的带领下，熟悉滑冰的动作，深蹲、移重心、靠墙站、左右两侧单腿滑……很期待在剧场见面的那天。

大年初二，我们在哈尔滨国家队的训练基地正式开始训练。我们一起拍作品，一起生活，仿佛一家人一样，我也深深爱上了这群女孩。李沐子，智慧又直接，还有点憨憨的可爱；许沁，成熟、温暖、热情；李宁悦，贴心、文艺又浪漫；美岐，真诚、认真、努力、

能吃苦，她双商皆高，和沁姐一样，知世故而不世故，既有98年的孩子气，又有她做好每一件事情的态度。我很庆幸能融入这个大家庭，我们是相亲相爱的一家人。

我们真正的训练其实是从拿到训练服和训练鞋的那一刻开始的，

要有运动员的意识、运动员的习惯，融入运动环境，听国家退役运动员说他们的冰刀都是跟他们好多年的，他们把自己的鞋当宝贝一样，要时刻保护好自己的鞋，它们犹如上战场的武器。

四朵金花拉着我的手在冰场上慢慢进步，一起训练的时光飞逝而过。其间，因为疫情，我比别人的训练相对晚一些，对很多动作的掌握也比较慢，为了尽快赶上进度，我增加了自己的训练强度和时长，由于自己骨盆前倾，发力姿势不对，导致了腰椎压迫神经影响了大腿，又导致了大腿没了知觉，当时我以为自己要瘫痪了，但在大家的帮助下，最终我找到了正确的姿势，滑冰的技术逐渐追上了她们。摔倒不怕，跟不上也不怕，顶住压力，这不就是赵雪吗？这不就是运动精神吗？我是一个运动员，是一个想去为国家争光的运动员，我每天都会对自己说。我成为赵雪，赵雪成为我，我就是她，她就是我。还记得，在《我心飞扬》剧组拍的第一场戏，就是赵雪在服装店里看杨帆比赛的戏，虽然赵雪被淘汰了，而且这些年一直没有和杨帆联系，但是她一直在关注，长野冬奥会和2002年盐湖城冬奥会，赵雪目睹了杨帆的挫败，也看到她夺冠后的欣喜，她们仿佛又站在了一起，杨帆替赵雪完成了她们曾经共同的梦想。拍完我感同身受，我还联想到有很多优秀的运动员，他们被淘汰了、退役了，去从事其他的工作，但他们的体育魂还在，为国争光的心还在，他们还是和现役队员们站在一起的。每次看到运动健儿们那么努力拼搏，看到五星红旗升起的那一瞬间，我真的会热泪盈眶，包括我现在在叙述这个事情的时候，也依旧有着感动。

我要在这里感谢很多人，感谢运动员组，跟他们交流时，我们获得很多灵感和感悟，感谢他们一直在陪伴着我成长。我很感谢冯教练，因为他给了我自信，有很多技术、压弯，有的人说不需要学，这么短的时间也学不会，电影拍摄也不一定可以用到，但是冯教练

就愿意相信我并且教授我相关知识。我在冰场上唯一一次哭就是感觉自己没有进步，所有人都在帮我，可是我还是没做好，我不想拖集体的后腿。谢谢冯教练一次次的指导和支持让我实现了突破，没有什么不可能，只要你肯学，谁能定义谁不行呢？我也很感谢夏雨老师，他一直在教我们这些年轻演员演戏，还会抽空给我们表演魔术。他是一个会在自己的兴趣里不断深耕，把每一个兴趣都做到极致的人。感谢我们的放放导演，他真的是一个和蔼可亲的人，但又能以人为本，接受大家的意见和建议去充实和修改自己的剧本，导演身上单纯、洋溢着初心热情的可爱劲，让我们看到他就觉得充满着希望和力量，感谢他对我的包容和鼓励，每次对讲机响起“赵雪特别好，保持！”都是我继续前进的动力。我还想和王浙滨妈妈说：“您待我们五个人真的就像妈妈一样，照顾我们的衣食住行，您很伟大。”还有我们的场记，我们的老凤同志（编剧），谢晖编剧小哥哥，协拍老师，还有总给我添饭怕我吃不饱的制片等都在这个剧组给了我莫大的帮助和支持，每次我对角色和戏有不同理解的时候都会去找他们聊天，从他们那汲取养分。

拍摄《我心飞扬》这个电影是我人生中非常重要的一个旅程，还让我结交了很多好朋友，我们是我们，我们也不是我们，我们是努力拼搏的运动员，我们是一起哭过的运动员，也是一起感受过赢得比赛、为国争光荣誉感的运动员。杀青戏是杨帆在2002年盐湖城冬奥会上夺得冠军的那场戏，看着五星红旗徐徐升起，那时候虽然是在拍她的特写镜头，但我们四个人围在场地外面，听到国歌，感受到氛围就已经泪流满面了，我们看到导演的泪水也流了下来。当导演喊出那一句杀青，然后我们四个人便冲上去，五个人抱头痛哭。

这部电影，不是终点，而是我演员路上又一个新的起点，相互理解、友谊长久、团结一致和公平竞争，这不仅仅是奥林匹克精神，也是我们年轻演员一路走下去需要学习的精神。北京2022冬奥会马上就要来了，这是所有中国人的冬奥梦，祝愿我们的奥运健儿2022我心飞扬，勇夺冠军！

李嘉鑫，毕业于沈阳师范大学戏剧艺术学院。代表作有《我心飞扬》《妖怪》《水尽山穷》。入围2020年中国金鸡百花电影节·电影频道“星辰大海”青年演员优选计划。

披荆斩棘·冰雪飞扬

李沐子

我在《我心飞扬》中饰演的角色是吴海霞，“吴海霞”是一个自尊心和好胜心都很强的人，在训练中对自己的要求非常高。同时她也有很强的集体荣誉感，作为队长，她对队友和整个速滑队都有一种责任感，所以最开始给观众的感觉是比较严肃的，但是在很多细节中，能看出，她是一个心思很细腻、感情很丰富的人，她愿意帮助队友进步，可以为了大局帮助队友夺冠，并且真心地替她们开心，在我的认知里，她是一个比较单纯干净的人。

塑造这个人物的难点是她所经历的2002年冬奥首金夺冠是真实的历史事件，她也是有原型人物可以考证的，虽然在电影剧本中为了丰富人物，对她的真实故事有一些改编，但我在塑造人物的时侯必须要尊重她本人，并且很多行为举止要建立在她本人的行为习惯之上，抓住她本人的特点。为此我查阅了很多相关资料，看了很多王春露的采访，以及她比赛的视频，2002年盐湖城冬奥会500米决赛的比赛视频更是看了很多次，基本每次都是慢放看完，我仔细研究了她比赛前的状态，以及她的习惯性动作，比赛看了很多次，每次都还是很激动。

其实对于我来说，整部电影最大的难点就是最后一场2002年冬奥首金夺冠的比赛，我希望观众可以一下被带入到当时比赛的氛围里，身临其境地感受比赛的紧张、夺冠的激动，所以我需要反复地观看纪录片，观察运动员比赛前的状态和行为，还有中国拿到首金后的反应。因为我的角色并不是最终夺冠的人，她是铜牌，并且在一开始抽签的时候是排在了最不被看好的第五道，所以我在塑造角色的时候会更复杂，包括赛前知道自己在第五道的状态，还有最终看到队友夺冠的时候的心理变化。不仅如此，我还要根据剧本夺冠前的设定，给人物加入更丰富的情感。

放放导演是一个非常严谨、认真又很可爱的人，我们都是金牛座，所以很多点上我们都会比较较真儿，这是一个褒义词，是指他在工作中很追求完美，精益求精，会去研究每一个微小的细节，可能一个镜头都会反复拍很多遍，寻找不同的感觉。他给了我很大的帮助，经常跟我聊剧本，研究人物，也会经常问我的想法，给了我很大的空间去发挥，同时也给了我很多启发。他有一个非常好的习惯，就是“形成文字”，在我们刚读完第一遍剧本的时候，放放导演就让我们写下了“观后感”，并且分别单独和我们几个聊了剧本，让我们从客观的角度来分析剧本和角色，这种方式能更全面地理解剧本的架构，了解角色在电影中的作用，建立全局观，而不是只完成自己的角色。导演很愿意和我们交换彼此的想法。生活中的导演也非常可爱，经常会在现场“抓”住我，然后语重心长地说让我多穿几件衣服，别感冒了，注意休息……还有拍摄的时候，放放导演正在控制饮食，结果我又是过生日分蛋糕，又是吃炸鸡，他跟我们说“小心吃胖了就不接戏了”，结果在我和岐岐的忽悠下，跟我们一起吃了……性格随和又可爱。经历了这次的拍摄，我从导演的身上学到了很多东西，我到现在也在保持“文字记录”的好习惯，每当我看到我写的东西，就会立刻调动我当时的情感，便于我更快、更好地体会、进入角色。

《我心飞扬》让我收获了姐妹们的友情，和其他的友情不同的是，我们之间还有着当过运动员才能感受到的情谊，那是一个集体，为了同一个目标努力，流血流汗流泪的时候所收获的情感，这是和其他情感不同的。我以前有做运动员的经历，除了跆拳道以外，我还参与了一个非常小众的项目“舞龙”，一条龙最少十个人，我们必须要每天练习、磨合，才能非常默契地做好每个动作，完成比赛，有一个人受伤或者失误，就会影响整个集体。我们每个人拧成一股绳，互相帮助，互相鼓励，为了同一个目标——“夺冠”，努力奋斗！那时我们每天都是同吃同住，一起训练，互相放松按摩，加油鼓劲，除了是队友，我们更像是相互扶持的家人、战友，那段情谊一直延续到了今天。非常有幸的是，《我心飞扬》也给我们创造了这样的机

会，让我们几个姐妹和专业的短道速滑运动员们一起吃、一起住、一起训练，在一起生活的几个月让我们成为了彼此“还未开口就知道要说什么，一个眼神就可以意会”的朋友，我想这段经历我一辈子都不会忘记，这些情感我们也会一直延续下去。

下面是我杀青的时候写给姐妹们的话，没好意思发给她们，借着这个机会发出来吧！

杨帆，山支哥，帆帆，美岐，岐岐

……转眼我们就认识了120天，短短的四个多月，却让我觉得我们像是认识了好久好久的老友，无话不谈，充满默契。还记得第一次见你的时候，在陆地训练馆，你一身黑色，小小的个子却有着两米八的气场，刚见面你摘下口罩、帽子和我们几个人谦逊地打着招呼……其实那会儿我还在担心和你要怎么相处，才能让我们后边的戏可以迅速进入到角色中，因为我印象中的你都是舞台上的霸气高冷、很飒很美的样子，我还担心万一你不怎么和我们交流，我们要怎么才能演出亲密感……但事实证明，是我想多了！生活中的你更像是一个邻家的小妹妹，调皮搞怪，笑起来眼睛弯成了月牙儿，你的笑点很低，还喜欢讲冷笑话，经常在我们所有人疑惑的目光中自己笑得前仰后合，停不下来。训练时你又一下子变成了“大人”，对待每一个动作细节都很认真，咬着牙努力做到最好，滑冰摔倒，跑步脚受伤，你也从来没有抱怨，每次治疗的时候都疼得满脸通红，咬着牙流泪，但一开始训练你的眼睛里依旧充满了韧劲和不服输的精神……拍摄的时候，你的“较真儿”我也是真的没想到，为了感受疼痛，往绷带里裹铁片，往鞋子里放石头，甚至让我们掐你，在我心里你真的是一个认真对待每一个镜头的好演员。虽然你比我小但是你也会跟我讲很多道理，你说：“永远不要觉得自己已经足够好了，永远不要停止进步！”我记住了！我想这就是你能在这个年纪走到这个位置的原因吧。我已经把它记在心里，时刻提醒着自己。

王佳佳，沁姐，沁沁子……

我们俩算是姐妹中认识最久的了，因为从我们第一次试戏的时候就被分到了一个组，当时我就感受到了你惊人的爆发力，即兴表演里我们两个对手戏的部分，你丰富的舞台剧表演经验带给我很多帮助，让我把吴海霞的性格特点展现出来。除了对于你表演的佩服，就是对于你为了做成一件事的决心和韧劲的佩服。印象最深的就是，咱们冰上测试的时候，因为只有你一个人是完全不会滑冰的，从踩上冰面的那一刻就开始摔跟头，全程基本没有站起来过，还扭伤了脚踝，但就是这样的你，到了最后拍摄的时候，却成了我们几个里滑得最快最好的一个，扎实的陆地基本功，标准的冰上动作，真的是你每天疯狂加练出来的。你说："我不能让导演和选择我的主创失望，我希望拍完以后，让他们觉得这个演员我没选错！"这是我学习到的，面对工作的态度。一路走来我们见证了彼此的变化，你像个开心果一样，拉近了我们彼此之间的距离，让我们成了一家人。未来我们一定还会见证彼此更多的时刻！

罗小燕，小燕，宁悦，小牛……

你是佛系女孩，空闲的时候会泡茶、看书、打太极，年纪不大每天都跟我们讲养生，让我们合理饮食，按时睡觉，体贴地照顾着我们每一个人，好像你才是这个队里的大姐，每次节日的时候都会精心挑选适合我们的礼物，给我们写信。你又是个很大胆的姑娘，每天训练在冰上"极速狂飙"，做着很多高难度动作，每次摔倒又迅速地爬起来继续训练，以至于每次训练前我都要拉住你，让你慢点，注意安全！你不是不痛，你是真的很拼很勇敢。你还是个力大无穷的牛牛"男孩"，每次皮筋的陆地训练，我们都要三个人才能拉住，

每次需要搬东西，你都是主要劳动力，满满的男友力……你让我知道了敢拼才能收获更多的东西。

赵雪，嘉鑫……

我们虽然没有什么对手戏，在一起训练的时间也不是很长，但是你给我的影响也很大，因为你进组比较晚，所以每次训练中途休息的时候，你还在研究动作，冰上训练，我们看着你用一周的时间，就从刚能站稳到开始自己尝试压弯，两条腿练到抽筋发麻去医院，还在坚持训练。拍摄的时候，每一场戏，每一个眼神，你都反复研究，找感觉，问我们的意见，每一句台词的语气你都在反复试验、拿捏。剧本里你有磨冰刀的戏，你就每天帮我们磨刀、开刃，就为了找到专业运动员熟练的感觉。你是个很直接的人，经常很直接地说出我的问题，这对我来说真的有很大的帮助。你又是个敏感的人，你可以从很多细节里发现我的情绪变化，然后在我最需要的时候安慰我。但是我印象最深的是，你太能吃了，胃像是一个无底洞，嘴巴从来没有闲着的时候。不接受反驳！从你身上，我学到了要认真对待每一件事，真正热爱自己的“事业”才能不辜负每一天。

我们五个人性格不同，但是很互补，每个人身上都有着运动员的品质，刻苦努力、坚毅、勇敢、不服输，这可能也是我们可以相聚在《我心飞扬》的原因吧。

夏雨老师，他也是一个很细腻的人，无论是戏里戏外都是我们的老师，戏里他是我们的秦杉教练，外冷内热，戏外他会告诉我们很多表演的东西，看他演戏会学到很多东西，一个简单的拆横幅的戏，都很有节奏，让我学到了很多东西。

能有机会参加《我心飞扬》的拍摄，其实我觉得自己是非常幸运的，学会了短道速滑这个新技能，更深入地了解了中国冬奥的发展史，还认识了这些可爱的人，学到了很多书本里无法带给我的东西，养成了很多好习惯。也因为我是北京延庆人，北京冬奥会的很多场地都是在延庆，在拍摄的时候我会有更多的使命感和责任感，所以会更努力地完成任务，我也希望可以通过我的表演，让大家更了解当年奥运健儿们奋斗的历程，感受当年那份激情。

希望北京2022冬奥会的奥运健儿们可以满载而归，为国争光，也希望《我心飞扬》可以票房大卖，2022年大年初一，我们电影院见！

李沐子，青年演员。擅长跆拳道、拳击、滑冰、滑雪、游泳。代表作有《我心飞扬》《清落》《极速救援》等。

触底反弹

李宁悦

这个故事的开始，其实只是缘于我要去还我朋友一件外套。她说“你去试试吧，我们都去做了体能测试了”。那个时候我也刚从山下学堂出来，自己对自己没有一个概念，对试戏概念也不大，所以什么戏无论适不适合，我都会去尝试，我心想这也是我从未尝试过的试戏，我说“行，你帮我推推吧”。就这样，我和“罗小燕”的故事开始了。

我先说说角色本身，我饰演的是“罗小燕”，我到现在都记得我当时在写她的人物小传的时候，我说为什么我叫这个名字，因为我出生的时候刚好有燕子在我家里筑巢，父母亲觉得这是非常好的寓意，所以给我取名小燕。我可能相较于四朵金花里别的三朵来讲，并不是一个那么有天赋的人，但是好在父母一直陪伴着我，他们花了很多的时间和金钱去帮助我、训练我。我从一个可能体能上没那么好的人，花了四年的时间成长为可以在一些比赛上崭露头角的人。这个是我自己写的一个大概，要说细化就还有很多很多了，但是我为什么挑了一个大框架呢，因为其实这个和我自己的经历相关。可能在创造人物的初期我觉得应当放一些和自己息息相关的东西在

里面。

有时候我在想，我怎么能猜透别人在想什么呢？我的答案从来都是我只看你做了什么。我开始了体能测试、试戏等一系列的测试。克服心里一关一关的障碍，我去打破自己的同时，也得到了这个角色。第一天体测我其实就挺紧张的，因为听朋友给我描述的，特别像个魔鬼训练营。我从小是练长跑和打篮球的，所以自然而然觉得自己不太会在这个事情上出错。但在试戏的日子里，有一天我站在洗水台前心想，最近都挺累的了，要不算了，本来其实也觉得那么大个戏我也不会选上。但还是在刷完牙那一刻，我觉得不是这样的，这个角色是个运动员，我可以质疑我自己，但是绝对不可以质疑作为一名运动员的坚持。后来他们告诉我，冯教练还在上面留了一句话，“这孩子要练也能练出来”。总而言之，我终于进入到最后一轮。去之前，天鸣哥就告诉我，这个戏想3+1，就是说四朵金花选三个，另外一个是替补，以便出什么问题替补可以上。那个时候我心里想都没想就觉得我的目标是那个“+1”。于是我就不停地冲着这个“+1”做了很多的努力，最后一次测试是上冰，我提前去了两三天先练习滑冰，我想都走到这个份上了，不管选不选我，我都一定不能丢人。

我终于进到了剧组里开始了训练。每天运动员、教练所有人都陪着我们一起训练，一起解决困难，所以基本是以最快的速度和最好的资源让我们这几位演员随时都学习短道速滑这门课。我是一个成都人，雪都没怎么看到过，更别说冰了。这大概可以说是生平第一次在快乐中去学习一门技术。我从来都觉得成长的本质是困难的，不过这一次我终于体会到了成长的另一面。我们有很多问题，但在快乐陪伴下的成长和认可，会让人更快速地掌握这一切。所以渐渐地我才知道，原来成长其实并不只是我们想象的那么艰难。

我们总会在某一个时刻需要去突破自己。我想我的那个时刻就是在学习压弯上面。我记得连着两三天，我完全没有办法做到顺利地压弯，每一次都在换脚那一刻莫名其妙地恐惧。这个让我非常焦虑和烦躁。每天就盯着这个事情练习。那个时候所有运动员真的是轮流当我们几个人的“私教”，天天告诉我们，应该或者需要怎么做可以更好。总是笑嘻嘻地说，好多啦好多啦。我就是这么一边害怕一边尝试着去做到更好，但我心里知道，我还是怕，如果问我学滑冰有没有过触底的时刻，这应该是为数不多的时刻。然后就在某一天冯教练看了看我说：“这样，你摆好那个动作，我拉着你往前面走，你试试感觉。”然后就这么突然间开窍了，我才惊讶地发现，原来是这样啊！

后来我记得有一天，我们突然被叫下去，说让我们见见新的运动员，我们一过去，就看到站了一整排的运动员，每个人手上都拿着属于自己的冰刀，往那里随便一站都会觉得有一种随时随地都准备好可以出战的感觉。门门和雪姐帮我完成了“小燕”，门门有个特别标志性的事情，她每次刹车的时候特别像个小精灵在场上一蹦一跳的，那个八字脚的刹车方式是我自己一直觉得特别丑又做不好的动作，但是她可以把这个动作做得特别好看。她让我突然觉得，哎，好像没有那么难看啊。看她第一次滑我就说，雪姐特别像中国跳水队的那样，看起来水花翻得特别小但是杀伤力大、侮辱性强。每一个人在场上都非常有魅力，我觉得这个就是属于他们自身的特质。我最重要的两位教练，一个在场上永远兜里拿着扳手，一个在场上时不时就会像速滑小王子一样自己溜起来。我的速滑是两位手把手教导起来的，他们让我真的体会到了我小传里写的那样，“教练像我父亲一样”。一定要常聚啊师父们。

回来后我的很多朋友也会问到我，这个戏怎么个拍摄的方法或者大家的戏怎么样。我都会告诉他们一切都非常真切。我是一个内

在有一点慢热的人，经常会像牛一样反复咀嚼才吞下。

对沐子有特别记忆的时候，是进组后我没有一条厚裤子，她给了我一条她的加绒裤子。这是个很简单又可爱的人，我记得她隔离的时候在里面和我们视频，一边视频一边哭，说要不行了，快赶不上训练了。

沁姐是个怎么样的人呢？我觉得谁都会特别爱这位女演员，她是个特别有喜剧天赋的人。我很喜欢她作为演员的认真和当朋友的真诚，所以什么事都很喜欢和她商量。她会用她的方式去关心你、帮助你，或者告诉你一些你自己的问题。我不是一个很能听进去别人话的人，但她说的我就能听进去。

再到后来是在健身房第一次见到了邻家大姑娘孟美岐。我到现在都记得天鸣哥在介绍我们和她认识的时候她的样子。我在这之前只知道她的名字但并不了解她，因为我不太看综艺。但你说有没有故意的成分，我觉得也是有的，因为直到我们要和她见面前，我都没有专门去网上找她的资料，我曾经想过但后来还是把手机放旁边睡觉了，因为我觉得我还是只想先去了解我面前的这个人。

后来嘉鑫来了，大家变得更快乐了，嘉鑫是一个马虎鬼，但是又特别让我安心，曾经有一次我在考虑罗小燕这个人物本身的时候，我卡住了，因为小燕这个角色是个和事佬，但你说该怎么表现这个和事佬的性格呢？其实我那个时候有一点不知所措的，毕竟刚刚毕业，学的很多东西也是第一次拿出来用，我也不确定很多事情想得对不对。这个时候我选择自己待着，我一边洗衣服一边自己想。她来我的房间找我拿吃的，我说“自己随意”，她走了一圈然后走过来，到厕所门口说：“你想得怎么样？”我说：“还在思考啊。”在那之后，她说了一段话，具体意思大概就是告诉我我本身是个什么样子，并没有告诉我小燕应该是什么样子。从这点来说我很开心，她没有告诉我对于她来说“罗小燕”这个人物的答案，但帮助我在理解我自己的同时也理解了“罗小燕”。其实别的不说，那天晚上我看着她只觉得，这个人在冒星星，真是个真诚的人啊。

我的领队和我的教练也是。我到现在都记得我的教练夏雨老师走进房间门的第一句话是：心里想一个数。我当时还在笑，我们教练和人建立连接的方式真的很别致，但这个真的是一门技术活，魔术这个事情可不是说我们搞明白怎么回事就做得到的。后来对夏雨老师最深的记忆就是，他真的是一个作息非常规律的人。和他聊什么好像他都知道，永远带着他的笑和他抬头一刹那“思考好了”的样子回答着你提出的问题。后来杀青之后我也学习了他这一点，学着早睡早起，调理好自己的身体，学着去看很多我平时没怎么看的一些书，还有他有一次给我推荐的阿米尔·汗《我的个神啊》。其实完全照着这个样子生活，是一种非常有效的生活方式，每一天都会觉得自己在成长。

领队真的不愧是领队，裴老师真的是一位特别厉害的“外交家”。他是一位很宽容很会理解别人的人。我记得有一次我跟朋友聊天，她说：你要学习裴老师，他是一个很会观察人物的人。后来我悄悄注意过，发现真的是这样！很多时候我觉得自己想得太窄的时候，我就会去看裴老师，同样一个事情我的解决办法和别人的解决办法完全不一样。我到现在还记得他笑着跟我说，他对一个人一件事情的理解。那个表情，像是一个爸爸在看着一个不懂事的女儿，然后告诉她缘由。

见导演第一次，他和我聊了很多。我一直在思考的事情，他给了我一些答案。进组以后，第一次他来现场给我讲戏，是看赵雪和杨帆比赛的戏。我确实有一点不知所措，因为我那个时候不敢确定地说，我这个角色一定会怎么样。导演从后监过来告诉我，你等下就给她加油，但要小声。就这么一句话，我立马确定了我的想法，

就是这样！小燕一定会支持杨帆。再到后来，有一次在转笼的时候，他来给我讲戏，刚开始在对讲机里说，后来就直接从后监跑到了现场看着我拍，然后告诉我他想要什么。我没告诉他的是，我真的好开心啊！我特别喜欢他愿意告诉我这个时候他需要什么，这虽然是我的专业，但还是需要他对我的指导和肯定，所以真的摩拳擦掌想要为他多做一点我力所能及的事情。虽然我的表演刚刚开始，我的积累也刚刚开始，但我还是特别喜欢听到他对我的反馈或者肯定，我觉得这都是我特别需要的。

关于剧组真的还有好多好多，要说感谢，每一个人我都能随时随地想到一堆的故事，翻山越岭，我来见到了你们，靠着她我也走过了一段成长的路程，“小燕”的过程可能坎坷了一点，但却是个非

常好的开头，谢谢所有帮助我完成这个角色的人。心里想念你们，希望这份想念让我们再遇见。

李宁悦，中国大陆女演员，毕业于山下学堂第二期新人班，代表作有《我心飞扬》《空中花园》《不是爱情》。罗马独立电影奖最佳女主角提名。

踏冰前行·逐梦飞扬

许　沁

在电影《我心飞扬》中，我饰演的角色是王佳佳。王佳佳是国家队年龄最小的队员，天不怕地不怕，心直口快，活泼开朗，她是个乐天派，跌倒了就赶紧爬起来，输了就再继续努力，心态积极阳

光，充满了正能量，在四朵金花中也是最有喜感的，属于姐妹中调节气氛的那一个。

从演员许沁到运动员王佳佳，对于我来说就像打游戏通关一样，关关难过，关关过！

第一关从面试这个电影的第一步体能测试开始，因为从小学习舞蹈，小学又跑了三年田径，所以平衡感、爆发力，包括肢体协调性对于我来说没什么问题，体能测试顺利拿了A+；第二轮面试是单人剧本试戏，通过对试戏片段的理解，我特地准备了一些小道具来帮助自己的表演，让整个试戏片段更加完整，幸运地通过了第二轮面试；第三轮面试是即兴群戏，之前我一直在演话剧、音乐剧，舞台剧的演出经验让我的即兴发挥更加自如，没几天就通知我准备冰上测试；第四轮面试是上冰，我的表现给全场的演职人员留下了深刻的印象，因为那简直叫一个惨不忍睹！我是湖北武汉人，在我的认知里，南方孩子从小到大，娱乐项目极少有滑冰这一项，我就从来没想过去冰上玩玩儿，所以我完全不会滑冰，这是我头一次穿上冰刀上冰！当时有6个演员站在起跑线，教练一声令下，其他5个演员全冲出去了，说时迟那时快，只见我“砰”的一声就后脑勺着地了，庆幸有头盔啊！我努力半天好不容易爬起来，又正面落地扑了下去，就这么正正反反跟摊煎饼一样摔了好几个来回，其他演员都到终点了，只有我还执着地坚守在起跑线，记得当时我表面上还强颜欢笑来着，其实心里一直在说：“完啦！这轮废了，估计就止步于此，前功尽弃了……”这个时候放放导演出现了，在我滑冰滑成这样的情况下，他还是给了我一个见面的机会！

我跟导演说，我是舞蹈出身，爆能型，就是爆发力很好，我对自己的身体素质以及肌肉能力非常了解，给我一点时间好好练，我一定能练出来，请导演相信我，给我这次机会。

随后，去哈尔滨参加训练的通知如期而至。感谢导演对我的信任!

其实这部电影本身对于我来说就是一次挑战，因为我从没拍过电影,《我心飞扬》是第一部。短道速滑则是更大的挑战，滑得最差，又曾信誓旦旦向导演保证过，内心的确有很大的心理压力，不想让导演以及选择让我来饰演王佳佳的所有主创老师们失望，我希望他们拍完电影觉得,“嗯，这个演员我没选错”！所以我得争气，就疯狂练习滑冰。

前期一直在摔，训练以后的第一节课，教练一上冰就教我们应该怎么摔，因为短道速滑是非常危险的运动，冰刀很锋利，也很容易崴脚，所以我们要把摔倒之后的伤害减到最小，就需要学习摔倒的姿势，形成下意识，比如腿一定要抬起来，不然容易伤到别人，如果飞出去，一定要用背撞防护垫，不然冰刀扎进防护垫里，腿也就折了。我摔得最痛的一次是冰刀尖扎到冰里，整个人腾空起来，

胯骨落地，那一下最疼了，但还是因为要面子，秒爬起来，用尴尬的笑来缓解，嘴上说着没事没事，然后继续滑，说实话真挺疼的。刚开始做陆地训练的专项训练时，比如最基础的蹲起，一组做30个腿就酸得不行，后面一组80个完全没问题，还有像侧蹬后引这些动作，刚开始半分钟腿就开始抖，后面一分钟、一分半，简直轻松完成！体重上我重了扎扎实实10斤肌肉，还有腿围，在本就不纤细的粗腿上又增加了6cm，练成了大粗腿。训练半个月小有成效，摔跤的次数明显减少；训练一个月，达到导演滑一圈进25秒内的要求；训练一个半月，达到一圈进20秒内，滑一圈的速度从起初的一分半钟到后来的18秒多，终于一跤一跤摔出来了！

除了练习短道速滑，为了塑造好运动员王佳佳，我前期去搜索了大量关于短道速滑的资料，去看短道速滑四朵金花原型人物的采访，还有各大比赛的视频，以及学习磨刀、观察运动员的体态神态、模仿他们的习惯性动作。而且这次角色跨度也比较大，跨越两个时期，我给自己有一些设定，比如前期因为年纪小嘛，初生牛犊不怕虎，比较闹腾，包括在场边为队友加油，我都会冲着旁边韩国队喊，就那种杠上了的感觉，后期随着年龄的增长，参加过各种世界大赛后，心智也越来越成熟，包括肢体动作、行动都会比前期稳重一些。表演上，起初滑冰的基本功还没有长在身上，脚下达不到运动员那样自如，会有一些负担，毕竟这是接触的一个全新的技能，比较难达到自如地边演边滑，但是经过反复练习和适应，熟能生巧，表演自然而然也就放松了很多。

有一场戏让我记忆犹新，那场是2002年盐湖城冬奥会1500米决赛，拍我和杨帆姐从上冰到起跑前一系列活动放松、试冰、穿戴装备的镜头，我先戴护目镜，然后扑棱扑棱头发，戴帽子、手套，再放松腿，单腿在冰上溜达，同时观察对手，那条拍得特别顺，一条过，下来摄影指导懿增老师就说我滑得真好，工作人员过来说觉得刚刚就是运动员在场上，还有运动员过来说我现在真的挺运动员的，我那一下特别有成就感，一下就自信了，有底气说自己是短道速滑运动员王佳佳了。

开机前，我们在哈尔滨集中训练，导演也全程住在哈尔滨，做开拍前的一系列筹备工作，和我们一起跨年，这是我第一次在组里跨年，意义非凡，全组演职人员就是一个友爱的大家庭，让我倍感温暖。拍摄期间，导演经常抽空和演员们沟通、聊角色，听我们对人物的理解，然后进行探讨，去更深层地挖掘人物，帮助我们更立体地塑造人物。导演平常是一个真实、亲切且随和的人，但对待工作非常“较真儿”，敬业，有想法，为了更完美的影片呈现，不断打磨、推翻、打破、重来。这次拍摄跟导演学习到了很多，因为我之前演的舞台剧偏多，但是舞台和电影是两码事，我需要更多地去放下舞台上的一些东西，来做减法，导演给了我很多启发，让我更好地区分了这两种不同的表演形式，收获颇丰，非常荣幸与导演合作！

这次拍摄还有一个巨大的收获，就是四朵金花！我们几个戏里戏外关系都非常好，经历了一起训练、一起成长，我们就像同宿舍的同学、姐妹一样，这是学生时代结束以后不可多得的宝贵经历。美岐和我原本印象中的她截然不同，舞台上她女王气场爆棚，眼神电力十足，舞艺精湛，帅气逼人！然而第一次训练见到她时，我竟然没有认出来，纯素颜，白白净净，简直是邻家妹妹的典范。她没有明星架子，没有偶像包袱，很爱笑，还是那种憨憨的大笑，是个特别可爱的女孩。美岐对自己的要求很高，每个动作、眼神都反复练习，精益求精，她年纪虽小，但极其敬业、努力，身上有很多闪光点值得我学习！整个训练及拍摄过程我们几个相处得特别愉快，杀青后也时常小聚，很珍惜这几个好姐妹。

夏雨老师，出道即影帝，很早之前就看了《阳光灿烂的日子》，

他影片里那句“你丫真肥”让我印象深刻，觉得这人可太贫了，真逗。夏雨老师私底下就像个大男孩，随时随地都能变个魔术，玩个新花样，还给我们分享他玩滑板、滑雪的视频。拍戏过程中，他也非常敬业，经验十足，时常会给我的表演一些小建议，我尝试这些细微的改动后，果然整场戏演下来感觉就顺了很多，也舒服了，能与夏雨老师合作，我真幸运！

从开始训练到杀青，与我们相处最多的就是运动员。运动员的生活是枯燥的，每天除了训练就是训练，又苦又累，并且短道速滑还是一项危险的运动。运动员们人都特好，不厌其烦地教我们动作，给我们做示范，还有磨刀，私下给我介绍东北的好吃的，讲他们队里的趣事儿。每一个运动员都很真实、可爱、接地气。我们的冰上摄影两名运动员许铭洋、金名特别辛苦，要扛着十几公斤的机器在冰上边滑边拍，从我们开始训练，他们就背着十几公斤的铁块进行负重滑行训练了，由衷地佩服他们！

2022年能在自家门口举办冬奥会，我打心底里自豪！能在这样的时刻拍一部讲述冬奥健儿为中国冬奥金牌实现“零的突破”努力拼搏的电影，更是激动万分！预祝北京2022冬奥会圆满成功！祝奥运健儿们满载而归！期待电影《我心飞扬》与大家见面！

许沁，毕业于上海戏剧学院表演系音乐剧专业。代表作有音乐剧《醉后赢家》《不能说的秘密》《隐婚男女》《寻找初恋》，话剧《父亲》《月亮与六便士》。

图书在版编目 (CIP) 数据

我心飞扬 / 王浙滨等著. — 北京：北京十月文艺出版社，2022. 2
（奥林匹克三部曲）
ISBN 978-7-5302-2201-0

Ⅰ. ①我… Ⅱ. ①王… Ⅲ. ①电影剧本—中国—当代 ②传记文学—中国—当代 Ⅳ. ①I217. 1

中国版本图书馆 CIP 数据核字 (2021) 第 231513 号

我心飞扬
WOXIN FEIYANG
王浙滨　等著

出　　版　北 京 出 版 集 团
　　　　　北京十月文艺出版社
地　　址　北京北三环中路 6 号
邮　　编　100120
网　　址　www.bph.com.cn
发　　行　新经典发行有限公司
　　　　　电话（010）68423599
经　　销　新华书店
印　　刷　河北鹏润印刷有限公司
版　　次　2022 年 2 月第 1 版
　　　　　2022 年 2 月第 1 次印刷
开　　本　710 毫米 ×980 毫米　1/16
印　　张　25
字　　数　300 千字
书　　号　ISBN 978-7-5302-2201-0
定　　价　88.00 元
质量监督电话　010-58572393
如有印装质量问题，由本社负责调换。